光文社文庫

長編時代小説

闇の剣

部屋住み勘兵衛

鈴木英治

KOBUNSHA

光 文 社

目次

部屋住み勘兵衛　闇の剣

一

黒い点が遠ざかってゆく。

ねぐらに帰るらしい一羽の鷺《さぎ》がいらかの波の向こう、残照を浴びて橙色《だいだいいろ》に染まった富士の山を目指している。空はすっきりと晴れ渡り、行く手をさえぎるものはない。

古谷勘兵衛《ふるやかんべえ》は壁にもたれ、あけ放たれた障子から暮れゆく江戸の街を眺めている。

富士はまだ雪をかぶっていないが、あと一月《ひとつき》もして九月も末になれば真っ白な神々《こうごう》しい姿を拝めるようになるだろう。格別暑かった夏が嘘《うそ》のように思えるほど、めっきり秋らしくなった風が頰《ほお》に心地いい。

十畳の座敷には円を描くように、あと六人の男があぐらをかいている。それぞれの前には徳利と小鉢、小皿の膳が置かれ、円の中央には刺身がたっぷりと盛られた大皿が二つ、四角い大盆に載せられていた。

「ほら、勘兵衛」

左隣に座る久岡蔵之介《ひさおかくらのすけ》が酒を勧めた。

「ああ、すまぬな」

背中を壁から引きはがして勘兵衛は受け、注《つ》ぎ返した。

蔵之介は一気に干し、ふうと息を吐いた。

「うまいな、相変わらずここの酒は」

「店がいいのも確かだが」

勘兵衛は、満足げな微笑をたたえる蔵之介を親しみこめて見やった。

「こうして気の置けぬ仲間と飲む酒が格別なんじゃないのか」

蔵之介は素直にうなずいた。

「ふむ、その通りだな。なにしろ顔をだすのは二月《ふたつき》ぶりだ」

麹町山元町《こうじまちやまもとちょう》の料理屋『楽松《らくまつ》』の二階座敷。

あるじの人柄を反映した静かさが売りの店で、三味線や太鼓の音が届くことはない。酌女《しゃくめ》も置いておらず、純粋に酒と料理を楽しむことができる。歳《とし》が近く気の合う道場仲間の月に一度の集まりだが、いつもこの店を迷わず選んでいるのは、皆この無粋《ぶすい》ともいえる静謐《せいひつ》さをこの上もなく気に入っているからだ。

勘兵衛も例外ではなく、もし女の嬌声《きょうせい》が響いてくる店だったら、足繁《あししげ》く訪れることはまずなかっただろう。

「酒が久しぶりってことはないのか」

勘兵衛がいうと、蔵之介は小さく笑った。

「お役目の諸先輩方からの誘いで、それなりに口にしてはいるが……」

言葉をとめ、思わせぶりに勘兵衛を見た。

「さほどうまくはない、という顔だな」

あとをまかせられて勘兵衛はいった。

「そのようなことを思ったことは一度たりともないが、顔に出てしまうのはどうすることもできぬな」

しらっという蔵之介を見て、勘兵衛は笑みを洩《も》らした。

「仲間のありがたみがよくわかろう」

蔵之介は杯《さかずき》を傾け、喉《のど》を鳴らした。

「それは昔からよく知っている」

蔵之介は勘兵衛と同い年の二十四で、子供の頃からのつき合いだ。今通っている犬飼《いぬかい》道場に入ったのも一緒だった。

勘兵衛は料理に箸をのばした。煮つけも焼き物も刺身も吟味《ぎんみ》された味わいで、箸はよく動いた。腹を空《す》かせた犬のように片端からたいらげてゆく勘兵衛を見て、これも食べろと蔵之介が小鉢をまわしてくれた。

ありがたい、と礼をいって勘兵衛は菜の煮つけを口に放《ほう》りこんだ。歯切れよく咀嚼《そしゃく》し、味わい尽くしてから飲みこんだ。

杯を取りあげ、もう一度富士山を眺めた。杯を干し、座敷に目を移す。

天井が高く風の通りがいい座敷の南側の障子の上には、富士を描いた扁額《へんがく》が掲げられている。北側の本物に対する取り合わせの妙を意識しているようだ。七人の大小は、右手隅の四つの刀架《とうか》にまとめられている。いかにも平和で、くつろいだ気分だ。

「そういえば、身許《みもと》がわかったぞ」

その平穏を破って、正面の男が声をあげた。

勘兵衛は箸をとめ、声の主に目を向けた。

岡富左源太《おかとみさげんた》は膝《ひざ》を浮かせ気味にしている。

「身許って、おととい殺された侍《さむらい》か」

左源太の右隣の矢原大作《やはらだいさく》がきく。

「そうだ」

首を上下させて、左源太は酒をあおった。骨張った喉仏が生き物のように動く。

杯を置き、仲間を見まわした。

「誰だったんだ、殺《や》られたのは」

もったいをつけたらしい左源太に、わずかにいらだちを見せて大作がうながした。大作の、大きな耳たぶがぷるんと揺れる。

「肥前《ひぜん》佐賀鍋島《なべしま》の家中《かちゅう》らしいぞ」

左源太がいい、すぐに続けた。

「勤番らしい、名はわからぬが」

「いや、みんなも知っている男だ」

低い声をだしたのは蔵之介だ。皆の目がいっせいに蔵之介に吸い寄せられる。

「鍋島公のあと押しを受けて垣本《かきもと》道場で修行し、若くして皆伝《かいでん》を授かった遣《つか》い手だ」

勘兵衛の脳裏には一つの名が浮かんだ。

「垣本道場で鍋島の家中というと松本達之進《まつもとたつのしん》どのか」

「そうだ」

垣本道場は豪快な太刀筋《たちすじ》で知られる一刀流の道場で、年に一度、柴田《しばた》道場というこれも一刀流の道場と対抗試合を行っており、七年前、達之進は五人抜きを鮮やかにやってのけて垣本道場に三年ぶりの勝利をもたらした。

当時の柴田道場は強豪をそろえた評判の道場で、試合前は今年もまた柴田道場の一方的な勝利と見られていたのを、達之進は見事一人でひっくり返してみせたのである。

あのとき達之進はまだ二十三だったはずで、そのあとすぐ免許皆伝となり、国に帰ったときいた。そして今年、勤番として江戸に出てきていたのだろう。

勘兵衛は達之進の強さをじかに目にしたことはない。しかし、群を抜く天分と実力を謳《うた》われていた男の腕が、いくら七年たっていたとはいえ急激に落ちていたとは考えにくい。

「松本どのを殺ったのは、恐るべき手練《てだれ》だな」

勘兵衛の思いを代弁したのは本間新八《ほんましんぱち》だった。酒が入っても入らなくても持ち前の寡《か》黙《もく》さに変わりはなく、それゆえ言葉の一つ一つに重みが感じられる男だ。

今日もこれまでほとんど話をかわさず、円の端で一人黙々と杯を傾けていた。

「うらみか」

大作が蔵之介にたずねた。

蔵之介は首を振ってみせた。

「そのあたりはわからぬ」

「物盗《ものと》りか」

「それもわからぬが、ただの物盗りでは松本どのの命は奪えぬだろうな」

「辻斬《つじぎ》りの筋も考えられぬではないな」

杯を口に運んだ新八がぼそりと口にした。

「なるほど、腕自慢か」

そういって大作が思いついた顔つきになった。

「確か首はあったのだよな」

蔵之介に問う。

「うむ」

大作が首のことを持ちだしたのは、四年前のことがいまだ頭に深く刻みこまれているからだろう。勘兵衛の脳裏からも消えていない。

四年前にあらわれた辻斬りは立て続けに三人の侍を殺し、しかも首を切り取って持ち去ったことで江戸中の耳目《じもく》を驚かせた。その後は百姓、町人、また老若男女を選ぶことなく襲い、およそ一年で十一の首を持ち去った。最初の三人の犠牲者には、勘兵衛たちの見知っている旗本の当主も含まれていた。

この辻斬りは闇風《やみかぜ》と名づけられた。闇のなか不意にあらわれて首を切り取り、風のように去ってゆく振る舞いから、町人たちが自然に呼びはじめたものだ。

十一名もの犠牲者をだした上、幕府の要人からも叱責《しっせき》を受けた南北両奉行所は人数を繰りだして徹底的な探索を行ったが、闇風はいまだにつかまっていない。

なにを目的に首を狩《か》っていたのかもわからない。最後に浪人を殺して、以来四年のあいだ姿をあらわしていない。

どうやら消えてくれたらしい、と見当がつくまで、夜は一人で出歩かぬように、どうしても外出しなければならぬときは必ず供《とも》をつけるように、誰もが気をつかったものだ。

「その話は桐沢《きりさわ》どのからか」

勘兵衛は蔵之介にきいた。

「そうだ」

蔵之介は南町奉行所与力《みなみまちぶぎようしよよりき》の桐沢市兵衛《いちべえ》と従兄弟《いとこ》で、支障がないと市兵衛が判断した限りのことはそれなりに入ってくる。

「闇風に最初に殺された三人はいずれも遣い手だったよな」

大作が蔵之介に確かめた。

「その通りだ」

最初の二人は国許から剣術修行に出てきていた者で、剣名を知られていた。三番目に殺された旗本も、遣い手として名を馳《は》せていた。紀藤郷左衛門《きとうごうざえもん》といい、まだ二十六だった。

「すれば、松本達之進を殺ったのが闇風ということも十分に考えられるな」

「そのあたりのことまでは教えてくれなかったが、話しぶりから十分にあり得ることのように俺は感じた」

「もしこれが闇風の仕業《しわざ》だとしても」

また左源太が声を張りあげ、ぐるりと仲間を見まわした。

「このなかで一人だけ大丈夫な男がいる」

「蔵之介ではないのか」

大作がすぐに応じた。この七人のなかでは蔵之介が最高の遣い手と目されており、そのことに勘兵衛は異を唱えるつもりはない。しかし、蔵之介が松本達之進を殺した者と果たして互角以上にやれるか、勘兵衛にはわからなかった。

「蔵之介ではない」

左源太は言下に否定した。

「蔵之介はすばらしい剣をつかうが、闇風にもし不意を衝《つ》かれたとき、必ず勝てるとはいえぬと思う。なんといっても真剣だし」

その通りだというようにうなずいた蔵之介をちらりと見て、左源太は続けた。

「そいつは、闇風に襲われることはまずあり得ぬのだ。夜、もし一人で歩いていて闇風にぶつかってしまったとしても」

「いったい誰のことをいっている」

大作が叫ぶようにいう。

「勘兵衛よ」

自信たっぷりにいい放った。

「勘兵衛だと」

大作だけでなく誰もが意外な顔をした。勘兵衛は道場において、さほど目立つ剣士ではないからだ。この左源太の言葉には、勘兵衛自身も意外な思いにとらわれている。

「どうしてだ」

大作が問うた。

「勘兵衛は大丈夫なのさ」

「だから、なぜときいておる」

左源太は楽しそうに口許《くちもと》をゆるめた。

「その頭のでかさでは、切り取ったところで重くて持ち運べまい」

「なるほど、そういうことか」

皆、思いきり笑った。蔵之介は一人笑わず、眉《まゆ》を寄せて勘兵衛を見た。

確かに勘兵衛は頭が大きい。人の倍とまではいかないが、すれちがう人が思わずみはった目を隠そうとするくらいは十分にある。それを引け目に感じたことはない。生まれつきをくよくよ思い悩んでもどうしようもないし、こういう頭に生まれついたこともこの世を生きてゆく上でなにか意味があるのだろう、と単純に信じているからだ。

「だが、おとといのやつは首を持ち去っておらぬ。もしおとといのが闇風だとしたら、勘兵衛だって大丈夫とはいえまい」

大作が左源太にただした。

「闇風ではなかったのさ」

「たった四年で新たな辻斬りか……」

大作が自らにいいきかせるようにつぶやいた。いかにも実感がこもったいい方だ。

勘兵衛も、その通りだと思う。江戸に幕府がひらかれたばかりの、人々が戦国の気風を色濃く残して殺伐としていた頃は頻繁《ひんぱん》に出たらしいが、それから二百年以上たった今、辻斬りなど、それこそ五十年に一度あらわれれば、という程度になっている。

「闇風だったにしろそうでなかったにしろ」

蔵之介が珍しくやや高い声を発した。

「決して許せぬ者であることだけは確かだ」

ずばり断じ、勘兵衛を案ずる目で見た。

勘兵衛は、自分が少し暗い顔をしているのを自覚していた。それは、左源太にいわれたことを気にしてのことではない。

苦い思いが残っていた。四年前、勘兵衛は闇風と思える者に襲われているのだ。そのときは幸運に恵まれ、殺されずにすんだが、そのことは蔵之介にも話していない。心配をかけるだけだからだ。あのときは、と今思いだしただけでも全身に震えが走る。手も足も出なかった、というのが偽らざる心境だ。

もっとも、あれが果たして闇風だったかは定かではない。こうして首がつながっている以上、知りようがなかった。

二

勘兵衛たち七人が住んでいるのは番町《ばんちょう》という武家だけが暮らす町で、麹町とは隣り合わせている。麹町の成り立ち自体、番町の日々の求めに応じる町人たちが住みはじめたのが最初だから、隣接しているのは当然といえた。

七人のうち六名が旗本の部屋住みで、蔵之介だけが唯一、当主という立場にいる。

おひらきは予定よりだいぶおくれ、楽松を出たときには秋の日はすっかり落ちて、夜が衣を一杯に広げていた。時刻は六つ半（午後七時）になったかならないか。

空には残照のかけらもない。綿を押し延べたような雲が全体をおおっているらしく、一人ぽつんと夕ずつが薄められた淡い光を放っているのみだ。

提灯《ちょうちん》の用意のない者には店の者がつかい捨ての小田原《おだわら》提灯を貸してくれたが、勘兵衛は固辞した。馴《な》れた道だし、ほかに提灯の用意がある者もいる。

皆の顔には疲れがにじんでいる。季節が移ろって、一際《ひときわ》濃くなった闇が醸しだす雰囲気だけでは決してない。一月《ひとつき》のあいだずっと心待ちにしていた楽しみが終わってしまった虚脱感だろうか。

皆と次々に別れ、最後は蔵之介と二人になった。といっても蔵之介は久岡家の当主だから、二人の供がついてきている。二人は、蔵之介が楽松で飲んでいるときも外で控えていた。今は一人が提灯を持って先導し、もう一人はうしろをついてくる。

歩を進めている道は善国寺谷《ぜんこくじだに》通。番町を南北に通る道で、両側は武家屋敷ばかりだ。

「気にするなよ、勘兵衛」

蔵之介が口をひらいた。

「左源太のことか。気にしてなどおらぬ」

勘兵衛は笑顔を向けた。

「口の悪いのはいつものことではないか。いちいち気にしていたら体がもたぬ。それに、左源太は腹に一物《いちもつ》ある男ではない。ただ思ったことを口にしてしまうだけだ」

「それはそうだが」

蔵之介は勘兵衛を見た。

「それにしても、少し落ちこんでいるように見えたからな」

「ああ、あれは別のことを考えていたんだ」

「なんだ、気がかりでもあるのか」

なにを話すか、勘兵衛はすばやく考えた。

「四年前、闇風が母親と赤子を殺したことがあったろう」

「ああ、覚えている」

蔵之介が苦い表情になった。闇風の犠牲者のなかには、若い母親と赤子もいたのだ。闇風は、母親が背負っていた赤子の首も切り取っていったのである。

「もし兄嫁の身にあのようなことが降りかかったら、とふと思ったのだ」

蔵之介は納得した。

「お久仁《くに》どのか。先月、お子を産んだばかりだったな」

「いずれ古谷家を継ぐ跡取りだ」

兄嫁は、我が子というのはそれほどまでにかわいいものなのか、と勘兵衛にあらためて思わせるほど、はじめての子をいつくしんでいる。

「名は彦太郎《ひこたろう》どのだったな」

甥の名が蔵之介の口から出た途端、勘兵衛は背筋を走り抜ける悪寒《おかん》を感じた。もし本当にそんなことになってしまったら、との思いだった。口にだしたことは、よくうつつのものになるといわれる。勘兵衛は自らの愚かさを恥じた。

「二人が闇風に狙《ねら》われることは万に一つもないと思うが」

蔵之介が気づかうようにいった。

「だが用心に越したことはあるまい」

勘兵衛は顔を伏せげにうなずいた。

「ときに勘兵衛」

呼びかけてきた。

「明日、俺は非番だ。美音《みね》もおぬしに会いたがっている。顔を見せに来ぬか」

屋敷に誘ってくれた。

「かまわぬのか」

蔵之介は目を丸くした。

「おぬしが遠慮を見せるとは……。きいたら美音もきっと驚こう」

「食い物は出るのだろうな」

明るい口調で確かめる。

「さっきあれだけ飲み食いしたのに……。心配いらぬ。おぬしが来ると知れば、なにもいわずとも美音は腕をふるおう」

「そうか。美音どのの包丁か」

食事以上に顔を見るのが楽しみだった。

道は角に差しかかり、二人は右に折れた。そこは表二番町《おもてにばんちょう》通である。

辻番がこの角には置かれていて、小屋にかけられた提灯があたりをわびしく照らしている。その灯《あか》りにぼうと浮かびあがっている右手の塀は、すでに久岡屋敷のものだ。

二人は塀に沿って、西へ半町ほど行った。

左側に門がいかめしくかまえられているところで蔵之介が立ちどまった。

「では明日な、勘兵衛。待っている」

「必ず訪ねる。美音どのによろしく伝えてくれ」

「心得た」

蔵之介が供にうなずいてみせる。

「古谷さま、これを」

供の者が提灯を差しだした。

「ありがたく。明日返す」

蔵之介が意味ありげな笑みを見せた。こういうときの蔵之介は、勘兵衛を元気づけるために逆にからかうのが常だった。

「なんだ」

「おぬしが暗いところが大きらいなのはよく知っているからな」

勘兵衛はむっとした。

「あれは子供時分のことだろう。それにあのときは……」

抗弁しかけたが、こんなところでいうべきことではないことに気づいた。

口を閉ざした勘兵衛に、ではな、と蔵之介は背を向けた。勘兵衛に頭を下げた二人の供をしたがえて、門をくぐった。

その姿を見送って、勘兵衛は表二番町通をさらに西へ歩きはじめた。

提灯の灯りが闇の濃さを際立《きわだ》たせている人けのない道には、勘兵衛以外、動く者はない。人などこの世からいなくなってしまったようにひっそりしており、代わりに物の怪《もののけ》がぬうと顔をだしそうな暗い塀が続いている。

歩きながら空を見あげた。月はない。星も見えない。雲が厚くなってきており、先ほど見えていた夕ずつも呑《の》まれてしまった。夜の訪れとともに、風も強くなっている。やがて訪れる冬の厳しさを思いださせる冷たさをすでにともなっていた。

麹町七丁目横町通との角を突っきり、成瀬小路《なるせこうじ》という尾張徳川《おわりとくがわ》家の家老家の名がついた道に入った。左側を延々と続く長い塀はその成瀬家の塀だ。ここまで来ると、屋敷まであと半町足らず。一際強い風が小路を駆け抜けてゆく。勘兵衛は首をすぼめ、風をやりすごした。

途端、強烈な気のかたまりがおおいかぶさってきたのを感じた。暗がりにひそんでいた物の怪が一気に立ちあがったようだ。なんだこれは。勘兵衛は提灯を突きだした。獰猛《どうもう》な獣の瞳のようななにかが提灯の灯《ひ》をぎらりと跳ね返した。それが刀身と知るのにときはかからなかった。勘兵衛は、気のかたまりが殺気であるのをさとった。殺気は渦を巻く黒いうねりとなって、巨木を薙《な》ぐ勢いで向かってきた。

闇風か。楽松で話が出たことで油断はしていないつもりだったが、まさか今宵《こよい》あらわれるようなことはあるまいという思いがあった。闇風は次の犯行まで少なくとも半月はあけていたからだ。その上、自分を狙ってくるとは、露ほども考えていなかった。

襲撃者が何者とも見定められぬままに、刀が稲妻《いなずま》を思わせるはやさで落ちてきた。やられたっ、と思ったが体が勝手に動いていた。提灯を投げだすや、右肩をひねったのだ。提灯を叩《たた》き斬《き》っていった刀は、勘兵衛の左胸のほんの先を通りすぎていった。ぎりぎりで避け得たことを勘兵衛は知ったが、直後、竜の咆哮《ほうこう》を思わせる風が湧《わ》き起こり、その風に体を持っていかれそうになった。

実際に勘兵衛は体勢を崩し、よろけていた。

そこへ刀が牙《きば》をむいて襲いかかってきた。再び袈裟《けさ》に振りおろされた。よけきれぬ、と今度こそ覚悟を決めかけたが、地面に叩きつけられて燃えはじめていた提灯を踏みつけた足がずると滑った。体が変な方向によじれ、そのために刀は空《くう》を切った。勘兵衛はどすんと尻餅《しりもち》をついた。立ちあがろうともがいたが、動転しているせいか足に力が入らなかった。手を動かし、いざるようにあとずさった。

気づくと、眼前に二本の足があった。もがくのをやめ、勘兵衛は目をこらした。

瞳に映じたのは、素足に草履履《ぞうりば》き。

勘兵衛は、成瀬屋敷の塀に背中を預けている。目をそろそろと上に転じた。

弁慶縞《べんけいじま》の小袖《こそで》の着流し姿。天蓋《てんがい》をかぶっている。編目から何者かが見おろしていた。顔は見えないが、獲物を前に舌なめずりする獣といった様子がほの見えた。

刀を無造作に右肩に乗せている。一見隙《すき》だらけだが、いつでも勘兵衛を両断できる姿勢にあることは、ほかでもない勘兵衛がいちばんわかっていた。

死を思った。これまで生きてきて、これほどまで身近に死を感じたことはなかった。恐怖はあまりない。ときが与えられれば遺言でも書けそうな心持ちだ。

いや、あまりに唐突で実感がないだけのことか。四肢から力はすっぽり抜け落ちていた。

路上でちろちろと燃えていた提灯の最後の炎が、夜の吐息を吹きかけられたようにふっと消えた。殺気が夜気を圧して充満してきたのを感じた。体を押しつぶすその重みに耐えきれず、勘兵衛は目を閉じかけた。

不意に酔ったような高声が、さっきまで歩いていた表二番町通からきこえた。

勘兵衛は目を見ひらいた。提灯のじんわりとした灯りが角にかすかににじみはじめている。襲撃者はそちらを気にするそぶりをした。

一瞬にして体に力が戻り、勘兵衛は腰の刀を抜きかけたが、襲撃者がすぐに顔を戻したために指一本動かせなかった。その代わり、勘兵衛は大声をだそうとした。

とまどった。声が出ないのだ。喉が干からびた井戸のようになってしまっている。

襲撃者は決断したように足を踏みだそうとした。しかし、さらに声は近くなってきた。声はいくつか重なり合っている。揺れる灯りも徐々に明るさを増してきていた。はやく来てくれっ、と勘兵衛は心うちで怒鳴《どな》り声をあげた。

襲撃者がいまいましげに顔をゆがめたのを、勘兵衛は天蓋越しに感じた。舌打ちがきこえてきそうだった。

しばらく勘兵衛を見つめたのち襲撃者はさっと体をひるがえし、あたりの暗さをかき集めて闇色を濃くしたような漆黒《しっこく》の洞窟《どうくつ》に姿を消した。足音はきこえなかった。

勘兵衛は体をかたくし、座りこんだままだ。襲撃者が本当に闇の彼方《かなた》に消えたのか、信じられずにいる。

角をいくつかの提灯が行く。それぞれに供がつきしたがった侍が四、五名いた。どこその屋敷でもてなしでも受けていたのか。勘兵衛に目を向けることなく、表二番町通を行きすぎていった。

またも幸運に恵まれたことを、勘兵衛は感じた。侍たちが自分に気づかなかったのもありがたかった。不意を衝かれたとはいえ、刀も抜かず腰を抜かしている姿。自分がなにを噂《うわさ》されようとかまわないが、家の者が肩身のせまい思いをするのは避けたかった。となれば、声が出なかったのはむしろ幸いだったというべきか。

ようやく気持ちが落ち着いた。

よろよろと立ちあがる。裾《すそ》と尻についた泥をぱんぱんと払った。うずくような痛みを感じ、腰をとんとんと叩いた。提灯に足を滑らせたとき、おかしなひねり方をしたようだ。

　勘兵衛は大きく息を吐いた。こうして息ができることにありがたみを覚えた。

（それにしても……）

　襲撃者が消えた闇をにらみつけた。これまで味わったことのない豪快さと鋭さを秘めた太刀だった。四年前の太刀筋に似ていたが、鋭さがあまりにちがった。

　それに、刀が通りすぎたあとに湧き起こったあの風。仮に一撃目がはずれたとしても相手の体勢を崩し、返す刀で確実に仕留めようとする剣法に思えた。

　やはり闇風なのだろうか。もしや、あの風が闇風と呼ばれるもとなのだろうか。

　舌なめずりするような感じを思い起こした。つまり、やつは人殺しを楽しんでいるのか。そういう猟奇を心に飼う男なのか。

（やむなく引きあげていったのは……）

　すでに思い当たっていた。首を切るときがなかったためではないのか。殺すだけなら、侍たちが姿をあらわすまでに確実にやれた。となると、やつはやはり闇風なのか。四年ぶりに再びあらわれたのか。だがそうだとして、なぜ四年もあいだをあけたのか。

　ほとんど燃えがらになった提灯を拾いあげて、勘兵衛は気づいた。もし蔵之介がこれを貸してくれなかったら。

　この暗さのなか、なにが起きたのかわからぬまま最初の一撃を受けて、この提灯のようにずたずたにされていただろう。

第二撃だってそうだ。

(あそこでもし足を滑らせなかったら)

背筋にぞっとする悪寒を覚えた。

三

門までの半町、心を引き締めて歩いた。もうあらわれないだろうとは思っても、向こうがなにを考えているかは知りようがない。刀ではなく、脇差《わきざし》に手を置いていた。

提灯を失った心細さも手伝って、歩き馴れた道はこれまでで最も長く感じられた。

やっと屋敷にたどり着いたときには、手はじっとりと湿り、額にも汗が浮いていた。

くぐり戸をあけてもらい、なかに身を滑りこませる。さすがにほっとした。

「ずいぶん汗をかかれておられますな」

くぐり戸を閉じた用人《ようにん》の惣七《そうしち》にいわれた。

惣七は五十六歳。四十年以上も前から古谷家に仕えていて、当主である兄善右衛門《ぜんえもん》の信頼も厚い。少し煙たいところはあるが、勘兵衛は父親に近い感情をいだいている。

勘兵衛は額をぬぐった。

「酒のせいでほてったようだ」

手の甲についた汗の量に驚かされたが、顔にだすことなく、いった。

「今日はいつもよりおそかったのでは」

惣七は、勘兵衛の月に一度の集まりを知っている。

「ああ、だいぶ盛りあがってな」

惣七が勘兵衛の体を嗅《か》いだ。

「ふむ、これなら大丈夫でしょうかな」

「臭《にお》わぬか」

「まったくというほどではございませぬが、これならまず」

勘兵衛は安心した。式台をあがり、長い廊下を歩いて兄の部屋に向かう。

部屋には灯りが灯っていた。閉じられた障子《しょうじ》の前に膝をついた。

「兄上」

「勘兵衛か」

なかから声が返ってきた。はい、と答えて障子をひらいた。

「ただいま戻りました」

文机《ふづくえ》の上に書が置いてある。兄は書が大好きで、暇さえあれば向き合っている。

書を閉じ、兄は勘兵衛に向き直った。鼻筋が通り、眼窩《がんか》がくぼんだ彫りの深い顔立ち。

端整な顔だな、といつ見ても勘兵衛は思う。

その顔がおや、というものに変わった。

「なにかあったのか。青い顔をしているようだが」

はっとしたが、態度にも面《おもて》にもださない。

「いえ、別になにごとも」

襲われたことを口にする気はなかった。いったら、当分、屋敷からだしてもらえない。

「道場仲間との集まりだったたな、今日は」

「はい」

「裾の泥は」

勘兵衛はなにげなく目を動かした。落としきれなかった泥がわずかに付着していた。

「酔って転んだ友を助け起こそうとして、逆に足を滑らせてしまいました」

「怪我は」

勘兵衛は体のあちこちをさわってみせた。

「大丈夫です、どこにも」

「ちがう、友のほうだ」

「はい、別段なにごともなく」

「だいぶ飲んだのか」

飲みすぎゆえの顔色の悪さと思ってくれるのなら、そのほうがよかった。

「はい、実を申せば」

兄は書院番組頭《がしら》という要職にある。必要なとき以外、酒を喫することはない。飲んだとしても量をすごすことはない。

「決して飲みすぎぬよう、厳しく申してあるはずだが」

「むろん肝に銘じておりますが、今宵の酒はあまりにうまく」

「酒のせいにするのか」

勘兵衛は畏《おそ》れ入ったように頭を床にこすりつけた。

「いえ、それがしの抑えがきかなかったゆえです」

ふむ、と兄はいった。

「ま、たまにはよかろう。だが、よくよくいたわってやったほうが体も喜ぶぞ」

「はい、以後気をつけます」

素直に非を認めてしまえば、それ以上のことを兄はいわない。厳しい兄だが、自分のことを深く思ってくれている。

歳はずいぶん離れている。兄は三十七。母が異なることが理由だ。勘兵衛の母は今は亡き父の後妻だった。

兄の母は、兄を産んで間もなく死んだ。だから勘兵衛は顔を見たことはない。兄は母に似ているといわれている。だとしたら、きっと美しい人だったはずだ。

勘兵衛は兄に似ていない。口許は引き締まって目も小さくはないが、せいぜい頬と鼻筋が似通っている程度で、頭の大きさはまるでちがう。兄はむしろ小さい。最初に二人を見て、兄弟と見抜く人はまずいない。

勘兵衛の母も、四つ下の弟を産んですぐ死んだ。母が死んだ日を勘兵衛はよく覚えている。思いやりに満ちた瞳をした人たちがやさしい言葉を次々にかけてきた日で、幼心になにが起きたのかはっきりさとっていた。長じた今は、あの人たちの目は、不憫《ふびん》という言葉そのものだったとわかるのだが。

「義姉上《あねうえ》は」

気になって勘兵衛はたずねた。

「奥で彦太郎の添い寝をしている」

口許にゆるみが見えた。勘兵衛はひそかに安堵《あんど》の息を洩らした。

「飯は」

にこやかにきかれた。

「すませてまいりましたが……」

勘兵衛が答えると、兄は歯を見せて笑った。謹厳さなどどこかにいってしまった子供っぽい笑顔だ。勘兵衛は、兄のこの笑顔を見るのが大好きだった。気持ちがほっとするのだ。兄嫁の久仁も、結婚前に顔合わせをした際、この人とならきっとうまくやっていける、とこの笑顔を見て確信したと勘兵衛に教えたことがある。

「食い足りぬ口ぶりだな」

「はあ、まあ」

実際に小腹が空《す》いていた。

「おまえのことだからそんなこともあろうと、お多喜《たき》に支度させてある」

うれしかった。自然に頭が下がった。

「お心づかい感謝します」

「はやく行くがいい」

兄が書に向き直った。失礼いたします、といって勘兵衛は立ちあがった。

台所に行くと、お多喜が待っていた。

女にしてはがっしりした体つきの女中頭で、どことなく酒樽《さかだる》を思わせる。古谷家の奥は、このお多喜が切りまわしている。千石取《ごく》りの家なら台所には男の奉公人の姿が目立つはずだが、お多喜の存在もあって古谷家では男の奉公人はそれこそ数えるほどだ。

用意されていたのは、飯に鰤《ぶり》の切り身、たくあん、わかめの味噌汁だった。

「どうぞ、お召しあがりください」

体つきに似つかわしくないやさしい口調でお多喜がいう。実際、もう五十とは思えないほど透き通るいい声をしている。特に子守歌を歌わせたら、右に出る者はいない。

「すまぬな」

勘兵衛は床に座り、飯茶碗を手に取った。味噌汁はちゃんとあたため直してくれてある。飯は冷や飯だが炊き方がうまいために、甘くて粘りがある。

飢えた犬のようにがつがつ食っていると、おひつの横に座ったお多喜がいかにも惚《ほ》れぼれしたという表情で勘兵衛を眺めていた。

「いつもながら、まこと気持ちのいい食べっぷりでございますね」

勘兵衛は箸をとめ、お多喜を見た。

「お多喜の腕がいいゆえだ」

「まあ、お上手《じようず》を」

お多喜はころころと笑った。別に兄を意識しているわけではあるまいが、若い娘のような笑い方をする。

「世辞ではないぞ」

勘兵衛はたくあんをぼりぼりと咀嚼した。

「なかでも漬物は最高だな」

心からほめるとお多喜は、ふくよかな頬にたっぷりとした笑みを浮かべた。

「売れましょうか」

笑みを消し、真顔できく。

「売れるだろうな。評判まちがいなしだ」

ほほほ、と手を口にあて、お多喜がうれしそうに笑った。

「そのような漬物を毎日食べている俺は、日本一の幸せ者ということになろうな」

「そのようなことを申されますな」

一転、お多喜が悲しげな顔になった。

「おい、お多喜、どうした」

「弥九郎《やくろう》さまのように、勘兵衛さまも縁づかれる日が一日もはやく来ることを私は望んでおります。新しいお家《うち》に行かれ、ちがう味になじんでほしいのでございますよ」

弥九郎というのは勘兵衛の四つ下の弟で、八ヶ月ほど前、他家へ養子に出た。

「そうか、それはいえるな」

勘兵衛はうんうんとうなずいた。

「もしかしたら、そちらの家のほうがずっとうまいかもしれぬものな」

お多喜がすっと背筋を伸ばした。

不穏な気配を感じて勘兵衛が見やると、目をきゅっとつりあがらせていた。

「でも、勘兵衛さまが他家へ行かれる日はきっとやってきますまい。ずっと私の漬物の味しか知らず、一生すごされることになるのでございますよ」

お多喜はすっくと立ちあがった。おひつを横手に抱いている。

「もう一杯ほしいのだが」

勘兵衛は飯茶碗を差しだした。

「もう空《から》でございます」

お多喜はおひつをぽんと叩いた。

「勘兵衛さまがさも育ち盛りのごとく食べられるからでございます」

お多喜は勘兵衛の頭に目を向けた。

「それに、口に入ったものはいったいどこにおさまっているのやら」

いい捨てて、土間におりていった。

「頭に入っているといいたいのか」

勘兵衛は怒った顔をつくった。

「私、一言たりともそのような失礼は申しておりませぬ。いったいなにをそんなにお怒りになっておられるのでございますか」

むっ、と勘兵衛はつまった。仕方なく飯茶碗についた米粒を残らずきれいにし、たくあんの最後の一切れを口に放りこんだ。

「まったく冗談の通じぬばばあだ」

小声で毒づき、味噌汁をがぶりとやった。途端に口のなかが焼けた。

「くそっ、熱い」

なんとか飲みくだし、ふうと息をついた。

「ばちが当たったのでございましょう」

お多喜が勘兵衛を見ていた。

「ばちだと」

「人をばばあ呼ばわりしたことでございます」

きこえていやがったのか、と勘兵衛は思った。相変わらず耳は抜群によかった。

箸を置き、勘兵衛は立ちあがった。ずんずんと歩いて敷居際でとまり、振り返った。

「お多喜」

「なんでございましょう」

お多喜は勘兵衛の膳の片づけをしている。

「ありがとう」

勘兵衛は笑顔を見せた。

「えっ、なにがでございますか」

「飯の礼さ」

本当はちがった。お多喜とのこの手のくだらぬいい合いは日常茶飯事だが、それが今日はいい気分転換になったのだ。あのときの恐怖は心から消え去っていた。

「うまかったよ。やっぱりお多喜の飯は日本一だな」

四

翌日、朝食をすませると屋敷を出た。

出仕前の兄には、蔵之介の屋敷に行くことを告げた。兄は蔵之介の人柄を信用しきっていて、蔵之介の名をだしさえすれば勘兵衛の行動に縛りがかけられることはない。

門を出、成瀬小路を南に向かった。

歩きながら腰に手を当てた。おそるおそる探ってみたが、痛みも違和感もない。一晩寝たら、すっきり治っていた。育ち盛り並みなのは食うだけではないな、と気分がよかった。

昨夜襲われた場所を丹念に見た。提灯の燃えかすが残っている程度で、下手人を示す手がかりらしきものは見つからなかった。はなからあまり期待はしていない。

成瀬小路を今度は北に向かう。屋敷を素通りし、しばらく行くと道に突き当たる。裏六番町通だ。

上野小幡松平《うえのおばたまつだいら》家の上屋敷の塀に沿って東へ一町半ほど行く。麹町七丁目横町通との角に行き当たった。そこには辻番が置かれ、人がつめている。世間話をする口調で水を向けてみたが、怪しい人影を見てはいなかった。

麴町七丁目横町通を南にくだれば蔵之介の屋敷はすぐだが、勘兵衛は道を取って返した。

成瀬小路を通りすぎ、さらに歩を進めること一町半ほどで、四ッ谷門《よつやもん》が見えてくる。

四ッ谷門を抜け、四ッ谷大通に来た。

刻限は五つ半（午前九時）すぎ。秋の日はまだ低いが、これが江戸だといわんばかりに人々はあふれ、なにをそんなに急ぐことがあるのかと思うほどの早足で歩いている。

勘兵衛も人にもまれるように歩いた。

（このくらいの刻限なら）

勘兵衛は立ちどまり、通りを見渡した。いつもはこのあたりに来ているはずだった。

見当たらない。いつもよりおくれているのだろうか。それともなにかあったか。

しばらく四ッ谷伝馬《てんま》町をぶらついた。

さして待つほどもなく、雑踏から頭二つほど抜きん出た長身を見つけた。

向こうもすぐさま勘兵衛を認めた。さすがにいい目をしている。足早に近づいてきた。

町人たちがあわてて道をあける。

黒羽織の着流しに長脇差一本と朱房の十手《じって》を差した姿は、よく目立つ。

「珍しいですね、こんなところでお会いするなんて」

足をとめ、いった。いい男というわけではないが、人をひきつける顔をしている。持ち前の人なつこい笑みを見せると、町娘が騒ぐというのも、もともと町方同心《まちかたどうしん》は抜群にもてるとはいえ、うなずけない話ではない。

「いや、待っていたんだ」

勘兵衛がいうと、真剣な表情になった。

「なにかあったのですね」

察しもよかった。

「うかがいましょう」

稲葉七十郎《いなばしちじゅうろう》は道を見まわした。

「どこがいいかな、話ができそうな場所は」

「いや、歩きながらでいい」

「そうですか」

二人は肩を並べて歩きはじめた。うしろを七十郎の中間清吉《ちゅうげんせいきち》がついてくる。

稲葉七十郎は、南町奉行所定町廻《じょうまちまわり》同心である。二十一の若さだが、腕ききとの評判を取っている。剣の腕も相当のものときく。よく落ちた腰からもそれは十分にうかがえる。

「まずこちらからききたいのだが」

勘兵衛は切りだした。

「三日前の夜、殺された鍋島の勤番のことだ」

「ああ、あれですか」

「殺されたのは松本達之進どのだな」

一応確かめた。

「よくご存じですね」

目を丸くしてみせたが、どんな筋をたどって勘兵衛の耳に届いたか、七十郎はちゃんと心得ている。七十郎の上司は桐沢市兵衛なのだ。市兵衛と蔵之介の関係も、蔵之介と勘兵衛が幼なじみであることも知っている。

「下手人は」

勘兵衛がきくと、七十郎は苦笑した。

「まだつかまっていませんが、でもどうしてそんなことを」

勘兵衛は思いきって口にした。

「昨夜何者かに襲われたんだ」

「ええっ、本当ですか」

七十郎はさすがに驚いた。背後の清吉もぴくりとききを立てる。

「お怪我は」

勘兵衛の全身を見まわした。

「傷一つ負ってない」

「そうですか、それはよかった」

七十郎がほっと安堵の息をついた。が、ぎょっとして、勘兵衛を見つめる。

「まさか、その何者かというのは」

「そう、闇風かもしれぬ」

七十郎が闇風に思い当たったのは、四年前、勘兵衛が闇風と思える者に襲われたことを知っているからだ。勘兵衛が襲われたとき、昨夜の侍たちと同様、七十郎がたまたま通りかかってくれたのである。

勘兵衛にとってまさに命の恩人で、それから二日後に勘兵衛が酒に誘ったことでつき合いがはじまったのだ。馬が合うというのか、親しくなるのにときはかからなかった。

「そうだったのですか」

七十郎は深刻そうに眉根《まゆね》を寄せた。

「では古谷どのは、松本どのを殺した者と昨夜の者が同一かもしれぬと考え、それで話をききたいとおっしゃるのですね」

そういうことだ、と勘兵衛はいった。

「わかりました。お話しします。いわずもがなでしょうが、他言は無用に願います」

七十郎は次のようなことを教えてくれた。

松本達之進は、どうやら下手人と正面からやり合ったが、すさまじい袈裟斬りが達之進の命をおそらく一瞬で奪ったこと。達之進は懐《ふところ》にそれなりの金子《きんす》が入った巾着《きんちゃく》を呑んでいたが、それは奪われていないこと。達之進の命を奪った斬り口は四年前の闇風と同じで、いや四年前よりすさまじさを増していたが、だから奉行所内では同じ者の仕業と見ていること。しかし今回はなぜ首を切り取っていないのか、誰もが不思議に思っていること。

「四年前よりすさまじさを増していたか」

勘兵衛はつぶやくようにいった。

「では昨夜も」

勘兵衛の述懐する口調から感じ取ったらしい七十郎が目をみはった。

「四年前とは雲泥の差だったな。こうして生きていられるのが不思議なほどだ」

「太刀筋は」

「同じだった」

「ということはやはり同じ者」

「同じ流派、も考えられぬではないがな」

なるほど、と七十郎がいった。

「四年前にもおききしましたが、ご存じの流派ではないですよね」

「味わったことのない太刀筋だ」

勘兵衛は質問をやり直した。

「ところで、松本どのが正面からやり合ったらしいというのはどうしてわかった」

「松本どのは刀を抜いていましたし、地面に激しい争闘の跡が残ってましたから」

「場所は確か」

「赤坂溜池端《あかさかためいけばた》です」

そこには鍋島家の中屋敷がある。

「刀身はきれいなものでした」

「松本どのの刀に血は」

「松本どのがうらみを買っていたことは」

七十郎は鬢《びん》をぽりぽりとかいた。

「桐沢さまが鍋島家とは懇意にされているので、だいぶ話はきけたようですが」

いったん言葉をとめた。

「うらみを買う人柄ではないようですね」

大名や旗本が町奉行所の与力や同心と親しくなるのは、家臣が町なかで事件を起こしたとき、表沙汰《おもてざた》にせず内々ですませる必要があるからだ。むろん体面を重んじてのもので、金品を贈って関係を深めるのである。

三十五万七千石の鍋島家なら、市兵衛はいったいどれだけもらっているものか。

「本当なら鍋島家としましても世間に知られたくなかったようですが、早朝松本どのの亡骸《なきがら》が見つかってあっという間に野次馬が集まってしまいまして。それに古谷どのもご存じでしょうが、七年前の活躍もあって松本どのは高名な剣士でしたから、顔を覚えている町人もいまして、あれでは内々で、というわけにはさすがにいかぬでしょうね」

奉行所の同心と身なりのいやしくない侍が肩を並べているさまに、次々にすれちがう町人たちが興味深げな眼差《まなざ》しを送ってくる。

「うらみを買う人物でないとすると」

勘兵衛は目を伏せた。七十郎があとを引き取った。

「闇風と考えていいのかもしれませぬ」

「しかし、なぜ四年もの間を置いたのか」

「しかも首を切り取っていない。……確かにこれらの謎が解けぬことには、松本どのを殺《や》ったのが闇風であると断定するのはむずかしいでしょうね。引っとらえ、口を割らせる以外、方法はないでしょう」

勘兵衛はうなずいた。

「ところで」

ようやく自分の番がまわってきたことを知った七十郎がいった。

「襲ってきた者はどんな風体《ふうてい》だったのです」

勘兵衛は思いだせる限りのことを話した。

「天蓋に弁慶縞の小袖ですか」

七十郎は歩きながら腕を組んだ。

「顔は見ていないのですね」

「すまぬ」

「謝るようなことでは。背丈はどうでした」

「かなり高かったと思う。しかし腰を抜かして座りこんでのものだから、もしかすると高く見えたにすぎぬのかもしれぬ」

腰を抜かしたという侍としては秘めておきたいことを平気で口にする勘兵衛を、七十郎は好意の目で見ている。

「それがしくらいありましたか」

右手を頭にかざす。

「天蓋のせいで、そのあたりははっきりとはいえぬ。あった気もするが」

「体格はどうです」

勘兵衛は七十郎の全身を見た。

「ちょうど同じくらいかな」

「太っても痩《や》せてもおらず、ですか」

勘兵衛は顎《あご》を小さく上下させた。

「古谷どのと松本どののあいだには、なにか相通ずるものは」

「そのことはよくよく考えたのだが」

勘兵衛は渋い顔で首を傾けた。

「思い当たるものはなにもない」

「松本どのとは一面識もないのですか。昔、立ち合ったことがあるとか」

「一度町なかで道場仲間に、あれが松本だ、と遠目に教えられたことがあるだけだ」

なるほど、と七十郎はつぶやいた。

「しかし、そんなに鋭い剣だったのですか」

勘兵衛は湧き起こった風のことを話した。

「よく逃れられましたね」

勘兵衛は説明した。

「そういうことがあったのですか」

七十郎はほっと息をついた。

「今は、ご自分の運のよさを喜ぶべきでしょうね。松本どのにはそのような運のめぐりはなかったということになるのでしょうから」

しかし、と首を振り振りいった。

「そんな技《わざ》をつかうなど恐るべき者ですね」

「まったくだ」

だが、今度会ったときには目にもの見せてやる、という決意が勘兵衛にはある。

一晩寝て起きたら、その思いは胸のうちで強烈にふくらんでいた。あの舌打ちの様子から、必ず再び襲ってくるとの感触を勘兵衛はつかんでいる。もっとも、あの剣を打ち破れる工夫などいまだ思いついていないのだが。

「これは四年前にもうかがいましたが」

七十郎が空咳《からぜき》をした。

「命を狙われるような心当たりは。知らずにうらみを買ったとか、なにか見てしまったがことの重大さに気づいていないようなことは」

それらも昨晩、夜具のなかで考えてみた。

「いずれも心当たりはない」

ふと勘兵衛は気づいて、逆にたずねた。

「松本どのにはそういうことは」

「そのあたりのことも、桐沢さまが調べていらっしゃいます。私が鍋島屋敷へ話をききに行っても無駄でしかないですしね」

七十郎がこういうのにはわけがある。

もし松本達之進殺しの下手人が鍋島家の上屋敷にひそんでいるとしても、町奉行所では手も足も出ないのだ。老中や大目付《おおめつけ》をもってしても駄目だ。大名の江戸屋敷はその領地と同等で、幕府の手が及ぶ場所ではないからだ。市兵衛は家中の親しい者に手を伸ばし、裏から事情をきこうというのだろう。

「しかし家中の内紛がらみで殺されたことは十分に考えられます。松本達之進をこの世から消さねばならぬ者が家中にいるということは、決して考えられぬことではありませぬ」

七十郎が長身を折り曲げ、ていねいに辞儀をした。

「古谷どの、いろいろありがとうございました。貴重なことをおききできました」

「いや、こちらこそありがたかった」

勘兵衛も感謝の意を示した。

「また襲ってくるかもしれません。身辺にはぜひご用心ください」

「心得た、七十郎」

勘兵衛は声をかけた。

「俺が襲われたことは内密に頼む」

「もちろんです。誰にも話しませぬ」

七十郎が胸を叩いて請け合い、清吉に命じた。

「今、耳にした話はすべて忘れろ」

「承知いたしました」

清吉が深々と腰を折った。清吉は稲葉家づきの中間で、七十郎には実に忠実な三十男だ。

「では、これにて」

七十郎が長身をひるがえした。

清吉があとを追いかける。七十郎の長身は雑踏にあっという間に紛《まぎ》れていった。

五

時刻は四つ（午前十時）をすぎ、日も高くなっている。朝はかなり冷えこんだ大気もあたたかみを増し、秋らしく澄んだ風が江戸の町をゆったりと吹き渡っている。

蔵之介の屋敷へ向かった。

勘兵衛には一つの思いがあった。この世から古谷勘兵衛を消さねばならぬ者が本当にいないのか、という思いだった。心当たりはない。それは確かだ。

しかしそれは文字通り、心当たりがない、ということにすぎないのではないか。

昨夜襲ってきた何者かも、そういう必要に駆られていたのではないか。あの襲撃者が誰かに依頼されて、ということになれば、あの舌なめずりにも説明がつく。人殺しが好きで、それを生業《なりわい》にした者。

蔵之介の屋敷に着いた。千二百石だけに、勘兵衛の屋敷より一まわり広い。幼い頃から顔見知りの用人に話は通じていた。

勘兵衛は、案内された部屋に落ち着いた。蔵之介が部屋住みだったときに与えられていた六畳間だ。今は誰もつかっていない。蔵之介が当主となった今でもこの部屋のほうが居心地がよく、客座敷ではなく勘兵衛はいつもこの部屋に通してもらう。

陽当たりがいいとはとてもいえない。庭に面した障子はあいているが、風はほとんど入ってこない。これは勘兵衛の部屋と同じだ。厳然とした武家のしきたりである。

台所で飯を食うのもそうだ。こういうさまざまな差別で当主との歴然とした壁があることを知り、おのれがどういう身分なのか、部屋住みは自然にさとる仕組になっている。

蔵之介は、つい一年前に部屋住みの身分を脱した。

久岡家の当主だった三つ上の兄が病死したのだ。あまり希望の持てない部屋住みを抜けられたことは喜ぶべきことではあったが、兄の死で転がりこんだ家督の座をうれしがるような男ではない蔵之介にとっては、ただただ思いもかけぬ成りゆきでしかなかった。

座っているのにもなんだか疲れ、勘兵衛はごろりと横になった。腕枕をする。自分で認めるのはあまりいい気持ちはしなかったが、腕で支えてみると確かに頭の大きさが実感できる。人が驚くのも道理だ。

蔵之介もこうして天井を見つめたことがあったのだろうな、と勘兵衛は思った。なにを考えたのだろうか。おのれの未来か。

顔を動かし、庭に目を転じた。木々が生い茂り、先を見渡すことはできない。まだ昼前というのに、秋の虫がか細く鳴いている。

廊下に人の気配がし、障子があけられた。

「お言葉に甘えさせてもらったぞ」

庭に目を向けたまま勘兵衛はいった。

「ずいぶんお行儀が悪いのですね」

女の声。ぎくりとし、がばと起きあがる。

「お茶をお持ちいたしましたのに」

敷居際で膝をついていたのは美音だった。にこにこ笑っている。相変わらず美しかった。

「これは失礼した。てっきり蔵之介かと」

勘兵衛はあぐらをかいた。

部屋に入ってきた美音が正面に正座をし、湯呑みを勘兵衛の前に置いた。

「どうぞ、お召しあがりください」

声もきれいで、美音という名にふさわしい。父親が名づけたときくが、生まれたときすでに声の美しさがわかっていたのでは、と思えるほどだ。

「では遠慮なく」

喉が渇いていた。この美しい娘が眼前にいることも決して無縁ではなかった。

蓋《ふた》を取り、がぶりとやった。美音が、あっ、と声をあげた。

「うわ、あちち」

口のなかの茶を湯呑みに戻しかけて、美音がいるのを思いだし、仕方なくごくりとやった。腹が焼けた。歯を食いしばって耐えたが、顔がゆでたように赤くなったのを感じた。

「大丈夫でございますか」

美音があわててにじり寄り、勘兵衛をのぞきこんだ。

美音の顔が間近にあるのに気づいた。いい香りがした。香《こう》を炷《た》きしめているわけではない。美音自身の匂いだ。

「昨日、これと似たことが……」

いいかけて勘兵衛はのぼせあがった。思わず美音を抱き締めそうになって、かろうじてとどまった。力をこめて腕を引き戻す。

美音は勘兵衛の仕草に気づいたが、いやな顔もあらがう姿勢も見せなかった。

横合いから咳払いがきこえた。

目をやると、敷居際に蔵之介が立っていた。腕組みをし、顔をしかめている。

勘兵衛はびっくりし、ぴょんと飛びのいた。美音も体を引き、裾を直して正座をした。

蔵之介が目を鋭くして、勘兵衛を見た。

「今、不届きな振る舞いに及ぼうとしたろう」

「馬鹿をいうな。考えぬではなかったが、手はとめた。着物にさえ触れておらぬ」

「考えぬではなかっただと」

勘兵衛は失言に気づいた。

「えっ、ああ、考えたさ。頭のなかでなにを考えようとこちらの勝手だ」

「ひらき直ったか」

にやりと笑って蔵之介は腰をおろした。

「だから、とにかくなにもしておらぬ」

「まあよい。美音もまんざらではない顔をしている」

「まあ、お兄さま」

蔵之介を軽くにらんでみせたが、気を悪くしたふうではない。

蔵之介は、勘兵衛と美音を交互に見た。

「でもいつか、二人が一緒になる日がくればいいな」

「おいおい、いきなりなにをいいだすのだ」

それは勘兵衛の望んでやまないことだが、今の状況では無理であるのは自覚している。

「昨日の酒が残っているのではないか」

それには答えず、蔵之介は慨嘆した。

「しかし、やはりそれも望み薄かなあ。おぬしがもう少ししっかりしていればな」

勘兵衛を情けなさそうな目で見やる。

「しっかりしていれば、とはなんだ。十分しっかりしているではないか」

「その通りでございます」

美音も勘兵衛の側にまわってくれた。蔵之介は取り合わなかった。

「新たに家を興《おこ》せるだけの剣の腕があれば、またちがうのだが、当てにできぬからな」

いかにも残念というふうに勘兵衛を見た。

「元服前に通った脇山《わきやま》道場では、師範に一人見こまれてびしびし鍛えられたものだったが、師範が亡くなって今の道場に移ったら、いつの間にやらどこにでもいる男になりさがってしまったよな」

「なんて無礼ないいようでしょう」

美音は本気で腹を立てている。そういうときは眉根をきゅっと寄せ、目を三角にするから、すぐにわかる。

「古谷さまはどこにでもいるような男の方ではございませぬ」

兄を見据え、きっぱりと告げた。

「俺も以前はそう思っていたのだが」

蔵之介はのんびりとした調子でいった。

「どうやら目算がはずれたらしい」

これには勘兵衛も啞然《あぜん》とした。

「兄上は古谷さまの親友ではないのですか」

美音が詰問口調でいう。

「ああ、親友だ」

「でも今の兄上の態度は、親友に対するものではとてもございませぬ」

「そんなことはなかろう。親友だからこそ、まっすぐにいえることもある」

「まっすぐなものいいとはとても申せませぬ。古谷さまをただ侮辱しておられます」

美音は膝を進め、兄の正面にまわりこんだ。

「古谷さまに謝ってください」

どうしてこんな展開になったのか勘兵衛としては今一つつかめず、なんとか取りなそうと思うが、うまい言葉が出てこない。

「侮辱などしておらぬ」

蔵之介はいい放った。

「本当のことを申したまでだ」

「いいえ、侮辱しておられます。謝ってください」

蔵之介は妹を冷ややかに眺めた。

「いやだといったら」

「もう兄上とは呼びませぬ。縁を切ります」

「なるほど、縁を切るか」

蔵之介はしてやったりという顔でにんまりと笑い、勘兵衛を見た。

「勘兵衛、わかったか」

いきなり振られて勘兵衛はとまどった。

「なにがだ」

「これが美音の気持ちだということをだ。ありがたく思えよ。来年二十歳《はたち》になろうという娘があまたある縁談をすべて断っているのも、この気持ちゆえだからな」

はめられたことをさとった美音はあっけにとられ、次いで体中の血が集まったのでは、と思えるくらい顔を真っ赤にした。

見る見るうちに桃色の頰が赤く染まってゆくさまに、勘兵衛は見とれた。

美音は兄をきっとした瞳で見据えた。気恥ずかしさで勘兵衛に目を向けられずにいる。

「知りませぬ」

裾をひるがえし、部屋を飛びだしていった。

「どうだ、かわいい女だろ」

うしろ姿を見送って、蔵之介がいった。勘兵衛は胸がどきどきしていた。

「いわれずともよく知っている」

ふふ、と蔵之介は笑った。

「顔をひきつらせていうことではあるまい」

妹が出ていった障子に目を向ける。

「ふだんはおとなしい娘が、おぬしのこととなるとむきになる。不思議なものだ」

蔵之介は勘兵衛の茶を静かに喫した。

「おい、蔵之介」

気持ちがようやく落ち着いた勘兵衛は呼びかけた。

「しかし本当か。あまたある縁談というのは」

「本当だ。すべて断っているのも事実だ」

「断っているのはおぬしだろうが、大丈夫なのか、仕事にさわりが出ぬか」

蔵之介は湯呑みを置いた。

「断ることでいろいろわずらわしいことがあるのは事実だな」

「いいのか、俺のために断ってくれているのだろう」

「勘ちがいするな、勘兵衛」

少し厳しい瞳をした。

「おぬしは親友だが、これに関してはおぬしのためではない。美音のためだ」

あたたかさを目に宿して、断言した。

「好きでもない男のもとへ嫁《とつ》いであいつが幸せになれるとは思えぬ。俺は、あいつに最もふさわしい相手はおぬしだと思っているから、その信念にしたがっているまでだ。剣だって、おぬしが本気になれば俺などおそらく問題にするまい」

勘兵衛はどういう顔をすればいいかわからなかった。うれしいことはむろんうれしいのだが、蔵之介がこれほどまで買ってくれていたのか、という戸惑いもあった。

美音の心尽くしを胃の腑《ふ》にたらふくおさめ、勘兵衛は帰路についた。

昨夜のことがあったばかりだから、おそくならないように気をつかった。酒も遠慮しておいた。勘兵衛の酒好きを知っている蔵之介は驚いたが、昨夜兄に釘を刺されたことをいうと、納得してくれた。

提灯の礼もいい、駄目にしてしまったことを謝ったが、蔵之介は気にしなかった。なぜ駄目にしたのかはきかれたが、酔いが残っていて足を滑らせたといったら、逆に怪我はなかったか心配された。

「しかしむずかしいものだな」

一人歩きながら勘兵衛は声をだした。

「いつになれば、独り立ちできるのか」

風が吹いた。勘兵衛は懐手《ふところで》をした。

「道場でもやるか」

子のなかった脇山道場の師範脇山忠右衛門《ちゅうえもん》から、是非にも養子に、との申しこみがあったことは兄からきいたことがある。

それを断ったのは兄ではなく、父だった。蔵之介がいったように忠右衛門に一人びしびし鍛えられたのは事実で、そこまで見こまれていたのをなぜ父は断ったのか。

理由は教えられなかったが、勘兵衛は自分なりに答えを見つけていた。父が勘兵衛の性格を見抜いていたからにほかならない。

「人に厳しくできる性格ではない、か」

勘兵衛は口にだして、いった。

道場が無理となれば、一家を立てる道としてあとなにがあるだろう。

なにも浮かばなかった。となれば、いくら想《おも》い合っているにしても、美音と添い遂げるのはこの世では無理なのかもしれない。

こういうふうに人というのは心中を考えるようになるのだろうな、と勘兵衛は少し感傷めいた思いを心にいだいた。

むろん、勘兵衛に心中などという気持ちはこれっぽっちもない。死ぬのなら一人でさっさと死ぬ。どんなに好きな人でも、一緒に死のうとは思わない。それに、死ぬだけの覚悟があるのなら、なんとか道がひらけるようにまず命《いのち》懸《が》けの努力をする。

六

蔵之介の屋敷を訪問してから四日たった。その間、命を狙われることはなく、身辺に不審な影を見ることもなかった。闇風が出たという噂もきこえてこない。

その日の昼、軽い中食《ちゅうしょく》をとって道場に出かけようとしていたところに、一族で本家筋の植田《うえだ》家から使いが来た。使いはただならぬ雰囲気を身にまとっていた。

どうやら変事が起きたのをさとって、勘兵衛は外出を見合わせた。

使いが帰るや兄に呼ばれた。勘兵衛は急ぎ座敷に行き、兄の向かいに腰をおろした。

「春隆《はるたか》どのが病死された」

低い声音《こわね》で兄は告げた。勘兵衛は驚いた。

「確か、まだ二十三だったのでは」

「ああ、おまえより一つ下だ」

勘兵衛は少なからず衝撃を受けた。人の死などどこにでも転がっているとはいえ、さすがに自分の人生が去年で終わっていたと考えるのはひどくむずかしいことだった。

「いつのことです」

「今朝、夜具のなかで冷たくなっているのが見つかったそうだ。亡くなったのは昨夜から未明にかけてでは、とのことだ」

「病死といわれましたが、春隆どのはなにか病《やまい》を患《わずら》っておられましたか」

「そのような話はなかったな。突然のことだったらしい。ふだんは一人でさっさと起きてこられるのが、今朝はいつまでも夜具のなかで、起こしに行ったら、ということらしい」

「弥九郎も悲しんでおりましょう」

「春隆どのを慕っていたからな」

勘兵衛の弟の弥九郎は、春隆の小姓《こしょう》をつとめている。弥九郎が八ヶ月前に養子に入った先は、植田家の家臣松永《まつなが》家である。植田家のなかで重臣の一つに数えられている。

「じき家督を継ぐところまできていたのに」

兄は残念そうに首を振った。

「植田家はまた跡継を選ばねばならぬな」

「もめましょうか」

「いや、今度はすんなりだろう」

表情とは裏腹に、兄はあっさりといった。

今の植田家の当主隆憲《たかのり》には子がなく、六年前養子を迎え入れる決定をしたとき、一族間で誰を隆憲の跡継にするかかなりもめた。

結局、年長という理由もあって浜野《はまの》家の春隆に決まったのだが、敗れた側の中村《なかむら》家に最後まで養子の座を争った部屋住みの次男がいるのだ。祥之介《しょうのすけ》といい、二十一歳だ。

兄は、この祥之介にすんなり決まるのでは、といっている。

あと一人、有力一族の高原《たかはら》家に祥之介と同い年の三男がいるが、これは最近他家に養子入りが決まったとの話をきいた。

「ところで、兄上、前から疑問に思っていたことがあるのですが」

勘兵衛は威儀を正した。

「なんだ、そんなにかしこまって」

「浜野家と中村家の両家は植田家より家格は下なのに、なぜ植田家にあれだけの影響力と発言力を有しているのですか」

六千石の旗本で寄合《よりあい》の植田家にくらべ、浜野、中村の両家は非役ではないがそれぞれ二千六百石、二千四百石と植田家の半分以下の知行《ちぎょう》でしかない。

兄が勘兵衛を不思議そうに見た。

「父上からうかがったことは」

「ありませぬ」

よかろう、と兄はいった。

「植田家が以前大名だったことを」

「いえ、存じませぬ」

意外だった。

「植田家は以前、常陸《ひたち》に五万六千石の所領を持つ大名だったのだ」

「では、旗本に落ちたということですか」

「かれこれ八十年はたとうか」

そんなに前か、と勘兵衛は思った。

「殿中《でんちゅう》での刃傷沙汰《にんじょうざた》のせいだ」

「どのような刃傷沙汰です」

きっかけは、ときの当主道隆《みちたか》が迎えた養子の病死だった。まだ十七だった。実の子に恵まれない道隆の跡継という形で成立した養子縁組だったのだが、問題はこの養子を迎えて二年で側室に道隆の実の男子が生まれたことだった。

いや、実際にはそれだけならなんの問題にもならなかった。道隆は、養子をこのまま跡継にするつもりでいたのだから。

ただ、養子の病死が男子が生まれてすぐだったことが、話をやや微妙なものにした。やがて噂が流れはじめた。生まれた男子を跡継とするために養子を毒殺したのでは、という。

殿中での口さがなさを理解していた道隆は、この手の噂が流れるのを極度に怖れていた。

なにしろ病死した養子はときの老中から迎えていたのだ。しかも、最も権勢を誇っていた老中首座だった。もしそんな噂がお耳に達したら、と思うと、道隆は居ても立ってもいられない気分だった。道隆は、ただちに噂のもとを突きとめるよう厳命した。

もっとも、調べを尽くすまでもなかった。誰が噂を流したか、とうに目星はついていたのだ。老中から養子を迎える際、養子を取り合って敗れた大名にちがいなかった。植田家と同じ譜代家《ふだいけ》で、石高《こくだか》は植田家よりやや上。家格が上なのに争いに負けたことも、相手に意趣《いしゅ》をいだかせた要因だろう。

噂のもとがわかっても、道隆にはどうすることもできなかった。老中の耳に届く前に、噂が立ち消えることを祈るしかなかった。

そんなある日、道隆は殿中で老中に呼ばれた。

「妙な噂を耳にしたが、まさか事実ではござるまいな」

「滅相《めっそう》もございませぬ」

道隆はあわてて弁解した。

「あの噂はある者が、思いついたままに流したものにすぎませぬ」

「ほう、ある者とな。どうやら目星がついている申され方だが」

失言に道隆は気づいたが、ときすでにおそく、名を口にせざるを得なかった。

翌日、登城した道隆のもとへ一人の大名が足音荒くやってきた。そこは松の廊下だった。

「それがしがなにやらわけのわからぬ噂を流したといわれたそうでござるが、いったいどういうお気でござるかな」

歩みをとめるや、ささやきかけてきた。

「いや、あれはその……」

道隆は言葉につまった。明確な証拠があるわけではないのだ。

それを見越して、大名は傲然《ごうぜん》と道隆を見おろした。道隆とその大名では一尺も背丈がちがった。体つきもがっしりとした大名と痩せて貧相な道隆では、並ぶとだいぶ見劣りした。

道隆は圧迫感にうつむくしかなかった。

「どうしてなにもいわれぬ」

他の大名が、険悪な雰囲気の二人に怪訝《けげん》そうな目を向け、通りすぎてゆくのを道隆は丸めた背で感じ取っていた。

「貝になって、その小さなお身を縮めているだけでござるのか」

道隆は自らの短軀《たんく》をひどく気にしていた。

「今、なんといわれた」

顎を昂然《こうぜん》とあげた。大名はせせら笑うように同じ言葉を口にした。

道隆のなかで、張りつめていた我慢の紐《ひも》がぶつりと音を立てて切れた。

「おのれ、いい気になりおって」

道隆は脇差を抜き、斬りつけた。相手は頰を押さえ、のけぞった。そこを道隆は追い、さらに脇差をふるった。空を切った。

大名は足をもつれさせ、廊下に倒れこんで動けなくなった。

「もとはといえば、おのれの流した噂がすべてのはじまり。それを棚にあげてのいいたい放題。許さぬっ、許さぬぞ」

振りあげた脇差を思いきり振りおろそうとした。お待ちなされっ。背後から数名の大名にはがい締めにされた。放してくだされ、お頼み申すっ。懇願したが、馬から引きずりおろされるように廊下に押さえつけられた。脇差はいつの間にかもぎ取られていた。

二日後、すべての事情を血の出る思いで吐露した道隆は切腹し、植田家は取り潰《つぶ》しというところまで追いこまれた。

そこを救ったのが、浜野家や中村家など一族の旗本だった。この者たちの老中や大目付への必死の働きかけによって、植田家は取り潰しをぎりぎりでまぬがれたのである。

特に浜野家は取り潰し回避に最も力を発揮した家で、それだけに発言力も強いのだった。もう一方の中村家も、浜野家に負けないくらい力を尽くした。どちらが欠けても植田家の存続はなかった。

結局、五万石の削封の上、道隆の側室が産んだ男子が家督を継ぐことで、かろうじて植田家の家名は保たれたのだ。

脇差の　腹はみちたか　五万石
家移りは　うえだ下だの　大騒ぎ

このような歌も詠《よ》まれたという。武家が弱り目を見せたとき、町人たちはここぞとばかりに容赦のない言葉の矢を放ってくる。

「当然のことだが、家中のほとんどの方が暇をだされた。いきなり路頭に投げだされたも同然だ。どなたも苦労されたであろうな」

兄がしんみりした口調でいう。

「突然、身の振り方を考えろといわれても、困惑しかなかったでありましょう」

「隆憲どのは、今でも大名復帰を願っているらしいが」

そのあたりの一念の底知れなさというか、執着の深さはいかにも武家らしい。

「しかし、かないましょうか」

兄は息を一つ吐いた。

「いくら八十年も昔とはいえ、ことがことだ。むずかしかろうな」

七

夕刻、兄と連れだって植田屋敷へ出かけた。

身なりは裃《かみしも》。ずいぶん久しぶりに身にまとった。肩が凝りそうな心地がする。

通夜が行われる植田屋敷は、表六番町通を東へ八町ほど行ったところにある。

植田屋敷の門前に立った勘兵衛は、いつ見てもすごいな、と素直に屋敷の宏壮《こうそう》さに感嘆した。大名から落ちたとはいっても、六千石はやはり大身《たいしん》だった。おそらく三千坪はくだらない。屋敷自体のつくりは似ていても、宏壮さは古谷家とは比較にならない。

これだけ広い屋敷にもかかわらず、主立《おもだ》った重臣は外に屋敷をかまえている。門を中心にしてぐるりをめぐる長屋は、身分の低い他の家臣たちの住居になっている。

まだときがはやいせいか、弔問客の姿はそれほど多くはない。

勘兵衛たちは提灯が掲げられた門をくぐり、玄関に入った。

三十畳はある奥座敷には、ざっと二十人ほどの人が集まっていた。懐紙《かいし》で涙をぬぐっている人も多く、女のすすり泣きも耳についた。

隆憲は棺桶《かんおけ》の前で沈痛な顔つきをしていた。春隆を溺愛《できあい》していたという評判だった。さすがに気落ちは隠せない様子で、目を真っ赤にはらしている。四十五という年齢よりだいぶ老《ふ》けて見えた。気のせいか、以前会ったときより白髪が増えたようだ。

死者はすでに湯灌《ゆかん》を終え、棺桶におさめられていた。棺桶の前に机が置かれ、その机の上に春隆がつかっていた茶碗が載せられている。茶碗に盛られた飯には箸が立てられている。線香の香りが鼻孔《びこう》をくすぐり、座敷は靄《もや》がかかったように薄く煙っていた。

兄に続いて、勘兵衛は隆憲に悔やみをいった。隆憲は勘兵衛を真摯《しんし》に見つめ、丁重《ていちょう》に頭を下げた。勘兵衛は線香をあげ、隆憲と話をはじめた兄に断りを入れて庭に出た。

木々が鬱蒼《うっそう》と茂る奥深い庭には、秋の夜の清澄な気が張りつめていた。

ふだんなら絶え間ないはずの虫の音も、今宵が通夜であるのを知ってかおとなしげだ。どんよりとした黒い幕が空をおおっているが、幕自体は薄く、今にも降りだしそうな気配はない。右手に泉水があり、かすかに水の落ちる音がしている。池のそばで焚《た》かれる篝火《かがりび》が黒々とした水面《みなも》に淡い灯りを映じていた。

勘兵衛は池に歩み寄ろうとして、ぎくりと足をとめた。薄ら寒いものを背中に感じた。冷たい目で見られている。すばやく振り返った。

増えてきた弔問客の影が途切れることなく動いているのが見えるだけで、目を向けている者はいない。

襲われてからさほど日がたっていないこともあり、気のせいとは思わなかった。

誰かがこちらに足早に寄ってくる。身がまえかけたが、すぐに力を抜いた。

「兄上」

目の前に来て、弥九郎は足をとめた。

「久しぶりだな」

「兄上もお達者そうでなによりです」

憔悴《しょうすい》しているのでは、と心配していたが、顔色は悪くなく、元気そうだ。さすがにあるじの通夜だけに神妙な表情だが、すでにあるじの死を心に受け入れている顔だった。

「しかし突然だったな」

「まったくです」

弥九郎はうつむき、声を落とした。

「お体が強いとはいえないお方ではありましたが、まさか逝《い》ってしまわれるとは……」

少し声が震えた。

「夜具のなかで冷たくなっておられる若殿を目にしたときは、うつつのこととはとても思えず……」

　これには勘兵衛のほうが驚いた。

「おまえが春隆どのを……そうだったのか」

　顔色がさほど悪く見えないのは、最初の驚きが大きすぎたこともあるのだろう。あるいは勘兵衛に、元気でいることを見せようとけなげにも考えたのかもしれない。

　勘兵衛は、悲しみを新たにしたらしい弟を見つめた。やはり自分とはあまり似ていないな、と場ちがいなことが脳裏に浮かんできた。

　母は同じなのに、弥九郎は父の血を濃く受け継いだのか兄にむしろ似ており、鼻筋がきりっとした引き締まった顔立ちをしている。頭は決して小さくはないが、勘兵衛のように人目をひくほどではない。体つきは二十歳《はたち》になって、だいぶ大人びてきていた。がっしりとした肩と盛りあがった胸板がたくましい。

　勘兵衛と共通しているところは、唯一声だ。声だけは、よく似ているといわれる。

「義父上《ちちうえ》は息災か」

　きくと、弥九郎はにっこり笑った。

「はい、お元気です。さすがに今日は気落ちされているようですが」

　心からの笑いだった。兄に心配をかけまいとするつくりものの笑顔ではない。

松永家で弥九郎が大事にされているのがわかり、勘兵衛はほっとした。

「いいのか。弔問客が増えてきたようだが」

弟は振り返り、玄関のほうを見た。

「そのようですね」

「はやく行ったほうがいい」

「もう少しお話ししたかったのですが、では、これで失礼します」

名残惜しげな眼差しで勘兵衛を見た。それからていねいに一礼し、走り去った。

勘兵衛も兄のところへ戻ろうとした。が、近づいてくる影に気づいた。蔵之介だった。

「おう、来ていたのか」

「植田の若殿が亡くなられたのでは、顔をださぬわけにはいくまい」

蔵之介も裃姿だが、さすがに着慣れた様子で、窮屈さは感じられない。

「お歴々も顔を見せているようだぞ」

勘兵衛は弔問客のほうに顔を向けたが、瞳には先ほどと変わらない人影の列が映っただけで、誰が幕府の要人かわからなかった。

「しかし突然だったな」

蔵之介が、さっき勘兵衛が弟にいったのと同じ言葉を放った。声をひそめて続ける。

「若くしての死は珍しくはないとはいえ、ここしばらく続いていると思わぬか」

いわれてみれば、と勘兵衛は思った。

「ここ半年ほどで五人目か」

景山《かげやま》、関口《せきぐち》、村尾《むらお》、桑原《くわはら》。勘兵衛は、春隆より先に病死した者を思い浮かべた。ほぼ一月《ひとつき》から二月《ふたつき》ほどの間隔をあけて、次々にこの四人はこの世を去った。

四人とも千五百石から三千石ほどの旗本で、いずれも二十五に達しておらず、勘兵衛たちと似た年の頃だ。うち三人は春隆と同じく跡取りで、残る一人は当主だった。その男は家つきの娘を妻としていたが、子はなく、新たな婿《むこ》を取ることで家の存続がかろうじて決定した。あとの三家も養子が入ったか、養子になる者が決まっている。

「しかも同じような事情の家ばかりだな」

勘兵衛もささやき声で返した。いずれの家も、控えとしての弟がいない家だった。

「その通りだ」

「なにかあると」

「いや、不審死ならともかく、この家も含めいずれも病死だからな。医師も死因を見極めてから届けをだしたのだろうし。たまたまここ半年に集まったにすぎぬのだろう」

ふと気づいて勘兵衛は蔵之介を見つめた。

「なんだ、その目は」

うつつになるのが怖くて口にできなかった。

「俺も用心しろといいたげだな」

蔵之介は苦笑した。

「気をつけよう。俺も弟はおらぬからな」

通夜には、当然のことながら中村家の者や浜野家の者も多く来ていた。

両者のあいだには、冷ややかな風が流れているように感じられた。名字は異なるとはいえ一族なのだから仲たがいなどやめればいいと思うが、一度しこりが残ると、同じ血をひくがゆえに対立が深刻なものになってしまうのは、いにしえから数えきれない例がある。

まさか春隆どのの死は仕組まれたものではあるまいな、と勘兵衛は思った。蔵之介の話が影響してか、ほかの四家は病死でも植田家は別ではないか、との思いがある。毒を飼われて、といったことはないのだろうか。

いや、実際に浜野家ではそう考えている者もいるのかもしれない。

吹き抜ける冷たい風がその気持ちのあらわれかもしれぬと思ったが、現実に殺すことができるか、といえば、無理だった。

病死に見せかけて殺すことはできぬことではない、と勘兵衛は思う。

問題は、もし露見したら、だ。暗殺がばれたら、中村家はこの世からなくなる。いまだ部屋住みの次男を植田家に入れるために、先に入っていた浜野家の養子を殺す。決して考えられないことではないが、家の存亡を賭《か》けてまでやることではない。弥九郎にしても、春隆の死に別段不審な点は見なかったのだろう。なにか目にしていたら、話さずにいられなかったはずだ。

八

春隆の葬儀から五日たった。勘兵衛は、道場に行くために身支度を整えていた。この頃になると、襲撃者のことは頭から消えかけていた。このままあらわれずにいてくれたら、と願わずにはいられなかった。

稽古着《けいこぎ》が入った風呂敷と竹刀《しない》をかついで門を出、成瀬小路を南へ歩きはじめた。秋の日は江戸の街にくまなく降り注いでおり、雲は遠く海の上にわずかにかたまっているだけだ。

表二番町通に出て東へ足を向けたとき、向こうから急ぎ足でやってくる者に気づいた。目をこらすまでもなかった。

「清吉ではないか」

七十郎の中間は足をとめた。

「どうした、そんなに急いで」

「ああ、これは古谷さま」

深々と辞儀をした。

「事件でもあったか」

いいながら勘兵衛は、もしや、と思った。

「はい。それで、あるじのいいつけで」

どうやら松本達之進に続いて新たな犠牲者が出たようで、そのことを七十郎が気をきかせて知らせてくれたものらしい。

「そうか。歩きながらきこう」

勘兵衛は稽古着と竹刀をかつぎ直し、歩きはじめた。清吉は斜めうしろをついてくる。

「昨晩、定府《じようふ》のお侍が殺されました。伊達《だて》家のお方で、名は坂崎掃部助《さかざきかもんのすけ》さま」

耳にした覚えがある名だ。

「歳は三十六です」

自分とちょうど一まわり違う。これにもひっかかるものを感じた。

「坂崎さまの道場は、神田岸町《かんだきしちよう》の佐藤《さとう》道場です。小さな道場ですが、そちらの師範代をつとめたこともあったようです」

佐藤道場、師範代。その二つを重ねてみたが、引きだされるものはなにもなかった。

「坂崎さまが受けた太刀筋は、この前と同じです。首はありました。刀は抜いていましたから、また正面からやり合ったものと。場所は麻布本村町《あざぶもとむら》です」

そこには伊達家の下屋敷がある。

「正確に申しあげますと、仙台坂《せんだいざか》の半ばあたりです」

勘兵衛は景色を思い起こした。

「確か、仙台坂をのぼりきったところに辻番が設けられているはずだが」

「その通りですが、坂崎さまが殺されたところから半町以上へだてておりまして、番人はなにも見ておりませんし、なにも耳にも……」

そうか、と勘兵衛はいった。

「坂崎さまはちょっとした連絡で下屋敷へ。その帰りでした。供は二人おりましたが、二人とも峰《みね》打《う》ちにされまして」

意外だった。

「二人とも不意にうしろから襲われ、気がついたときにはあるじはすでに」

清吉はわずかに眉を曇《くも》らせた。

「二人の供は、あるじをそれは慕っていたそうにございます」

「清吉が七十郎を慕っているようにか」

「あっしはあるじのためならそれこそ水火も辞さずってやつですが、二人がそこまでの心持ちなのかはわかりかねますねえ」

胸に秘める誇りをうかがわせたようだ。照れたらしく清吉は空咳を一つした。

「坂崎さまが殺られたのは五つ（午後八時）すぎです。やり合っているのを見た者は一人も。今、御用の者たちがききまわっていますんで、もしかしたら見つかるかもしれませんが」

そうか、と勘兵衛はいった。

「ところで、松本どのに殺されねばならぬわけは見つかったのか」

清吉が思案顔をした。こういうときは意外に思慮深そうな男に見える。

「相変わらず桐沢さまが骨を折られていますが、なかなか。内輪のことは昵懇《じっこん》の与力といえど、口がかたいようでして」

「だろうな」

「もっとも、松本さまが人にうらまれるお人でないのは事実らしく、それに鍋島家では家中を割る騒動も重大事も起こっておらず、ですので松本さまが殺されなければならぬわけがないというのはどうやらまことのようで」

「松本どのと坂崎どののあいだには、なにかつながりがあるのか」

「それも今、調べはじめているところでして。お互い知り合いではなかったかとか、道場間のつながりなどですね」

そのとき、どこからか男の怒鳴り声がきこえた。あらがう女の金切《かなき》り声も混じる。近くの町屋で夫婦喧嘩《げんか》でもしているようだ。

ふと勘兵衛は、頭を光がかすめていった気がした。今のはなんだろう、と思った。

「どうかされましたか」

「なにか思いだしかけたのだが」

また男の怒鳴り声が響き渡った。女の金切り声が悲鳴に変わった。

勘兵衛は、また光がかすめたのを感じた。今度は逃さず、手のうちにおさめた。

「そうか、坂崎どのはあのお人だったか」

「えっ、坂崎さまをご存じなんで」

清吉の目が期待に輝いた。

「ああ。だが残念ながら、探索の手助けになりそうなことではないな」

九

日が頭上に来て、秋らしくない暑さになっていた。道先には陽炎《かげろう》が揺らいでいる。汗ばんでいた。風がわずかに出てきたが、風は南寄りで、海上にいまだ漂う夏の名残を運びこんできたようだ。町は蒸し暑さに包みこまれつつある。

道場へ足を運びながら勘兵衛は、そうかあの男だったのか、ともう八年前になる坂崎掃部助との出会いをあらためて思い起こした。

出会いといっても、まだ十六だった勘兵衛が掃部助を間近で見たにすぎず、掃部助のほうでは勘兵衛を覚えてはいないだろう。

あれは脇山道場からの帰りだった。あのとき勘兵衛は表二番町通を一人歩いていた。日ごとに明るさを増してゆく日はいまだ高く、町には春の甘くかぐわしい香りが一杯に立ちこめており、寒さが苦手な勘兵衛の心を弾ませていた。

成瀬小路に差しかかったところで、このまままっすぐ帰るにはあまりに惜しいと感じ、小路には入らず町屋《まちや》の建ち並ぶ四ッ谷のほうへ足を向けたのだ。

四ッ谷界隈《かいわい》は、勘兵衛と同じように陽気に誘われたらしい町人たちでにぎわっていた。うららかな日を浴びて、誰もが浮き立つ気分を抑えきれない様子だった。軽やかな足取りの若い娘の姿も目立ち、若い勘兵衛の目を楽しませた。

知らず頬がゆるんでいたはずの勘兵衛の気分に水を差す怒鳴り声がきこえてきたのは、そろそろ帰ろうかと考えたときだった。

声のもとを捜して目をやると、四十をいくつかすぎたと思える浪人が三人の町人を怒鳴りつけているのが見えた。すりきれかけた木綿《もめん》の小袖の着流し姿の浪人は、明らかに酩酊《めいてい》していた。どうやらふらついた浪人が町人にぶつかったのがことの発端のようだ。

ただし、酒に飲まれている浪人は、町人のほうからぶつかってきたと判断したらしい。三人の町人は理不尽と知りながらも、謝るが勝ちとばかりに身を縮め頭を下げ続けている。

最初は怒鳴っているだけだった浪人は、やがて手をあげはじめた。どうやらあまりのしつこさに閉口した町人の一人が、そっちからぶつかってきたんじゃないか、といった言葉を返したようだ。

激昂《げっこう》した浪人は容赦のない拳《こぶし》で手ひどく殴《なぐ》りつけ、町人からは悲鳴があがった。

酔っているわりに浪人の打撃は的確で、悲鳴は子猫の鳴き声のように小さくなってやがて消え、三人はただ打たれるだけになった。

うずくまった三人に浪人は続けざまに蹴《け》りを入れた。肉を打つ鈍い音に骨のきしむようないやな音が混じる。浪人の鬼気迫る迫力に押され、まわりの誰もがあいだに入れない。

勘兵衛はさすがに見かねて、というか近くの町人たちの目に押しだされるようにして、一歩二歩と踏みだした。その気配に気づいて浪人はぎろりとした目を勘兵衛に向け、勘兵衛がまだ大人になりきっていないのを見て、顔を戻そうとした。

だが、すぐに驚きを貼りつけた顔を勘兵衛にしっかりと向けてきた。

その頃の勘兵衛の頭は今と同じくらいの大きさで、体のほうはまだ成長しきっていなかったから、胴体を誤って細く削ってしまったこけしのような釣り合いのとれていない危なっかしい体つきをしていた。

浪人は首を小さく振り、つぶやいた。

「笠一つではとても間に合わぬな」

そのとき、勘兵衛の前にずいと出てきたのは一人の小柄な侍だった。身なりは貧しくなく、一目で勤番でないのが知れた。旗本か定府の侍だった。

「それ以上やると命にかかわるぞ」

浪人に声をかけた。まだ三十前と思えたが、落ち着きと人としての重みを感じさせる、響きのいい声をしていた。

「なにい」

手負いの熊を思わせる目が侍を射るように見た。

「なんだ、うぬは」

浪人は侍の風体をじろじろと見まわし、これ見よがしに、ちっ、と舌打ちした。

「通りがかりの者だが」

「なら、とっとと通りすぎろ」

背丈は浪人のほうが一尺は高い。傲岸《ごうがん》さを面《おもて》にあらわし、侍を見くだしている。

「そういうわけにはいかぬ」

侍は一歩も引かず、浪人を見返した。

「命にかかわるといったのは町人のことだけではない。もしその三人を殺せば、あんたもただではすむまい」

「無礼を働いた町人三人を打ち殺したところで、いったいなんの咎《とが》があろうか」

傲然といい放って、浪人は問うた。

「貴公、歳は」

きかれたことがわからないというふうに侍は一瞬、面食らったようだ。

「二十八だが」

勘兵衛は、目の前の侍が自分とちょうど一まわりちがうことを知った。

「俺は四十四だ」

浪人はぐいと胸を張った。

「十五、いや十六か、とにかくそれだけ下のやつがこの俺に意見などするな」

いきなり拳を振りあげた。侍に殴りかかるのかと思ったら、くるりと体の向きを変え、寄り添って逃げだそうとしていた三人を次々に殴りつけた。顔を腫《は》れあがらせた三人はもつれるようにして、再びうずくまった。

どうやら浪人の胸底には鬱憤《うっぷん》がたまりにたまっており、それを酒で晴らそうとしたが、逆に憂《う》さを体の隅々まで行き渡らせる結果を呼び、この三人が運悪くそのはけ口に選ばれた、ということらしかった。むろん浪人は町人にわざとぶつかっていったのであり、また、町人がいい返すのを待ってもいたのだろう。

拳をふるいはじめたとき、浪人の瞳に浮かんでいたのは暗い喜びの色だった。

「やめぬか」

侍は声を荒らげ、浪人の肩をつかんだ。

「おぬしになにがあったかは知らぬが」

「さわるな」

侍の腕を振り払った浪人は手を刀へ持っていった。すらりと抜き、すっと腰を落とした。

まわりに集まっていた野次馬がうわっと声をあげ、土煙をあげて飛びのいた。

勘兵衛も驚いたが、それは浪人の腕にだった。堂に入ったかまえ。相当遣《つか》える。

対する侍は刀で応じはしなかった。じりじりと足場をかためる。素手で相手をするつもりだ。

「なめた真似《まね》を」

浪人の目が獰猛な光を帯びた。

はじめて見る真剣をつかっての立ち合いだった。勘兵衛ははらはらして侍をうかがった。

侍には動揺も気負いも感じられない。飄々《ひょうひょう》とそこにあるがままに立っていた。

「やめたほうがいいと思うがな」

いわれた浪人は口をゆがめ、うそぶいた。

「うぬの人生のやめどきにしてくれるわ」

浪人は勘兵衛の腹を揺さぶるような気合をかけ、斬りかかっていった。次の瞬間、牛が横倒しになったようなどうという地響きとともに路上にひっくり返っていた。

勘兵衛にはなにが起きたのかわからなかった。それは白目をむいて昏倒している浪人も同じはずだ。大の字になってぴくりともしない。大きくあいた口から泡を吹いている。

侍はなにごともなかった顔で、三人の介抱をはじめた。息をつめて見守っていた町人たちも歓声をあげて手伝いに加わった。

そこへようやく町奉行所の者がやってきた。同心が一人に捕り手《とて》が四名。捕り手たちに無理に起きあがらせられた浪人は、おぼつかない足取りで引っ立てられていった。

同心に事情をきかれた侍は、落ち着いて受け答えをしていた。そのとき名をたずねられたのだが、それが勘兵衛の耳に入ったのだ。

勘兵衛はそのことを清吉に告げた。

「むろん、同姓異人も考えられるがな」

侍はどこの家中かまでは明かさなかった。

「いえ、まちがいないでしょう」

清吉は喜びを隠さなかった。

「その浪人がその後どうしたか、さっそく調べねばなりませんね」

勇んで遠ざかってゆく姿を見て、勘兵衛は、手がかりとはならぬだろうな、と思った。

松本達之進に続き、あれだけの遣い手である坂崎掃部助を正面から殺ったとなれば、殺人者はこの世に比する者が他にいないほどの腕を誇っていることになる。

あの浪人がいくら腕をあげようと、そこまでの境地に達するはずがなかった。


麹町五丁目から右に曲がって大横町《おおよこちょう》という通りに入り、南へ三町ほど行くと、町屋が一町ばかりにわたって軒を連ねる町がある。

そこは麹町　隼　町《はやぶさちょう》と呼ばれているが、その一角に犬飼道場はあった。通りをはさんだ向かいに長大な長屋の屹立《きつりつ》を見せているのは、紀州徳川家五十五万石の上屋敷だ。敷地は二万五千坪近いときいている。

道場は昨夜の話で持ちきりだった。なかには、すでに殺された侍が誰であるか知っている者もいた。左源太だった。相変わらず耳がはやい。

知り合いが佐藤道場に通っていたことがあり、その縁でだいぶ前に坂崎掃部助の稽古ぶりを目にしたことがあるという。掃部助は玄妙といえる剣を遣ったらしい。

いっぺんに高弟三人を相手にした稽古で、次々に襲いくる打ちこみを軽々とかわすや、床を滑るように走り抜けて一挙に胴を三つ抜いたのだ。左源太には竹刀の出どころがまるで見えず、いったいどんな動きをしたのかまったくつかめなかったとのことだ。

その掃部助が一刀のもとに殺されたなど、左源太にとってとても信じられることではなかった。上気していた。

隅で黙然と座っている者に勘兵衛は気づいた。

「あれ、珍しいな」

「非番なんだ」

蔵之介は防具をつけ終えていた。勘兵衛は横に座り、防具をつけた。

「きいたか」

蔵之介にたずねた。

「ああ」

「どう思う」

「俺たちが気をもんでも仕方ないことだな」

蔵之介はうんざりしている様子だ。道場に来てからずっとこの話が続いていたのだろう。久しぶりに顔をだしたのにろくに稽古もできないのでは、いくら温厚な男といえど腹に据えかねたのもわからないではない。

もし自分が二人を殺した者に襲われたかもしれぬことを話したら、蔵之介はどうするだろうか。いきりたって下手人捜しに打って出るのはまちがいなかった。打ち明けるのは、やはりやめておくほうがよさそうだ。

「やるか、蔵之介」

勘兵衛がいうと、蔵之介はすっくと立ちあがった。力があり余っている。

「望むところだ」

道場の中央で正眼《せいがん》にかまえ合った。

ほう、と勘兵衛は感嘆の思いをいだいた。道場に来るのは久しぶりのはずなのに、蔵之介の腕は落ちていない。いや、以前よりあがっているのでは、とすら思えた。

蔵之介は心に秘めた激情を一気に噴出するような激しい剣をつかう。それは今日も変わらなかった。むしろ鋭さと切れは増していた。蔵之介の動きには、これまで感じたことのない精気がみなぎっていた。勘兵衛は押しまくられた。

ただし、まともに打ちこみを食らうことはなかった。いずれも受けとめ、うまくいなせた。逆に蔵之介を際どいところまで追いこみ、冷や汗を何度かかかせた。

稽古を終えると、道場の端に下がって防具をはずした。さすがに汗びっしょりだった。

「まったくたいした受けだな」

蔵之介があきれたようにいう。

「すごいのは知っているが、しかし今日はこれまでで最高だったのではないか」

勘兵衛は手拭《てぬぐ》いで汗を拭《ふ》いた。

「おい、勘兵衛、正直にいえよ。ひそかに一人稽古でもしているのではないか」

「まさか」

以前より蔵之介の打ちこみがよく見えたのは事実だった。もし目が養われたとしたら、おそらくあの暗闇での襲撃を経験したことがまちがいなく大きいのだろう。あのときの恐怖にくらべれば、防具をつけての稽古などなにほどのものではなかった。

「腕が落ちたのではないか」

勘兵衛が笑うと、蔵之介はぎくりとした。

「冗談だ。前と変わらぬ。いや、前より上か」

だとすると、と蔵之介がいった。

「勘兵衛の腕もあがったということか」

蔵之介が腕組みをした。

「勘兵衛、やはり秘密の稽古を積んでいるのではないのか」

勘兵衛は、噴きだしてきた汗をぬぐった。

「疑り深いやつだな。そんなことはしておらぬ。だいたい一人で稽古をして腕があがるのだったら、俺が教えてもらいたいものだ」

「ふむ、道理だ」

「秘密の稽古というのだったら、蔵之介こそそうではないのか。今日は実に生き生きとしていたぞ、剣も足さばきも」

蔵之介はにやりと笑った。

「実はその通りだ」

道場を出た。今日も蔵之介には供が二人ついてきている。

蔵之介は勘兵衛を見た。

「まっすぐ帰るのか」

勘兵衛は見返した。

「おそくならぬと約束するのなら、つき合ってもいいぞ」

「むろん約束する」

蔵之介は請け合ったが、すぐにため息とともに言葉を吐きだした。

「が、その心配は俺がすべきことだろうな」

十

「しかし楽松は混《こ》んでいたな」

勘兵衛は繁盛ぶりを思いだしている。

「俺たちが馴染《なじ》みでなかったら、まず入れてくれなかったろう」

蔵之介はうなずいた。

「本来なら、あらかじめ約しておかねば入れぬ店だものな」

店主松次郎《まつじろう》の厚意だった。二階座敷の隅に仕切りを立ててくれ、そこに入れてもらえたのだ。料理も酒も抜群にうまかった。一刻《いっとき》（二時間）後、二人は満足して店を出た。

先導する供の持つ提灯が、六つ半（午後七時）前の番町の道筋を照らしだしている。

番町だけでなく江戸の町すべてが闇に鷲《わし》づかみにされており、勘兵衛たちのところだけ灯りが一つぽつりと灯《とも》ったようで、夜の最も深い場所を歩いている気さえするが、両側の屋敷に灯された灯りがじんわりと塀を越えてにじみだしている。

「ところで、嫁の話はないのか」

勘兵衛は蔵之介にたずねた。前から気になっていたことで、楽松で飲みながらきこうと思っていたのだが、最上の酒と料理に酔ったか、ききそびれてしまっていた。

「ああ、さっぱりないな」

蔵之介はあっさり答えた。

「きっと俺の偏屈ぶりがあまねく知れ渡っているのだろう」

ふと提灯が揺れ、道沿いの火除《ひよ》け地の先の草むらまで照らしだした。

勘兵衛は前を行く供に目を当てた。提灯が揺れたのはほんの一瞬にすぎず、なにごともなかった様子で供は先導を続けている。

「蔵之介が偏屈などと思う者がいるのか」

勘兵衛は正直な思いを口にした。

「そりゃ数えきれぬだろうよ」

「だとしても、千二百石取りの家に話がまるでないというのは不思議だな」

三町ほど進んだとき、多くの町人が血相を変えて道を走ってゆく騒ぎに出くわした。

町人たちが駆けている道は、麴町四丁目横町通という番町を南北に突っきる道だ。

その道の二町ほど北に、提灯が激しく揺れているらしいのが見えた。町人たちはそこを目指しているようだ。

一人をつかまえて事情をきくと、どうやら大がかりな捕物《とりもの》らしかった。

勘兵衛たちも行ってみることにした。

奉行所の小者《こもの》や中間たちが道をふさぎ、野次馬たちと押し合いへし合いしているところがその場所だった。一軒のしもた屋の前で御用提灯が鋭く交差し合い、踊るような人影が右に左に飛び跳ねるように動いていた。

このあたりは麴町谷町《たにまち》と呼ばれる一角で、番町のなかで唯一、町人が住む飛び地だった。

声をあげ続けている三十人以上の捕り手越しに見える賊は、どうやら六名。しもた屋の芝垣を背にし、匕首《あいくち》をかまえている。

あの家は確か、と勘兵衛は思った。空き家になっていたはずだ。おびただしい提灯に照らしだされた賊どもの人相は、陰翳《いんえい》が浮き彫りになったせいばかりでなく凶悪だった。いずれも敏捷《びんしょう》そうな体つきをしており、数々の修羅場《しゅらば》をくぐり抜けてきた様子がありありと見える。六人がかたまって一つの生き物を形づくっているようにも思え、発された邪悪な気があたりに満ち満ちている。

その気に押されたのか、六尺棒や刺叉《さすまた》を手にした捕り手たちは明らかに及び腰だ。勇ましい声が響き渡り、足は動いているものの前に出ていこうとはしない。

手負いをだしたようだな、と勘兵衛はさとった。隣の者に先に突っこんでいってもらいたいと願っているらしい雰囲気は、おそらくそういうことなのだろう。

これだけの人数を繰りだしての捕物など年に一、二度がせいぜいの上、手負いが出たのならこのていたらくも仕方がない。しかも、中間や小者は年三両以下の給金でしかない。命を張れというほうが無理だった。

十名ほどが捕り手の輪を離れ、道を向こう側に走り抜けていった。先頭を行く一人が七十郎のように見えたが、定かではなかった。

輪の一番外にいた男が、つとこちらに早足で歩み寄ってきた。与力の桐沢市兵衛であるのを勘兵衛は見て取った。

市兵衛はまっすぐ歩を進めてきた。うしろを槍《やり》を持った中間がついてくる。

桐沢市兵衛は三十五歳。痩せてはいるが、思いもかけない力を秘めていそうな筋骨をしている。腕ききとの評判もきこえており、その体に似つかわしい整った顔つきも相まって一見重厚そうに見えるが、与力とはとても思えない軽口をよく叩く。今は検使《けんし》与力として出張《でば》っているために、陣笠に野羽織《のばおり》、野袴《のばかま》姿だ。さすがに凜々《りり》しく見えた。

「よう、蔵之介」

とても捕物の最中とは思えない気安い調子で声をかけてきた。

「どうした、手こずっているようだが」

腕組みをした蔵之介が答えた。

「そう見えるか」

蔵之介が笑った。

「その手に乗るか」

「なんだ、その手って」

「しらばっくれるな」

蔵之介が機先を制して、いった。

「奉行所だけでは手に余るとかいって、また手伝わせようというんだろうが」

組んだ腕を見せつけた。市兵衛は大仰に手を振った。

「手伝わせるって、あのときは蔵之介が進んで手を貸してくれたんじゃないか。弱り果てた俺を見すごしにできず」

あのときというのは、半年ほど前のことをいっているのだろう。そのときのことは蔵之介からきいたから、勘兵衛も知っている。

江戸近郊の東海道《とうかいどう》筋や中山道《なかせんどう》筋で夜道を行く旅人を狙って金子強奪を繰り返していた浪人五人が相手で、隠れ家《が》を急襲したはいいが、捕り手たちは同心三人と検使与力二人までが手傷を負うという、壊滅に近い状態に追いこまれた。

そこで非番だった南町奉行所の与力にも召集がかかり、そのとき八丁堀近くの店で市兵衛と飲んでいた蔵之介も市兵衛についていくことになったのだ。

捕り手の人数は倍以上にふくれあがったが、浪人たちの抵抗ぶりに衰えは見られず、囲みを破って二人が逃走しかけた。その前に立ちはだかったのが刀をかまえた市兵衛だった。

しかし市兵衛は苦戦におちいった。そこを蔵之介が鮮やかな剣をふるい、あっという間に二人を叩き伏せたのである。

「あんたが弱り果ててるたまか」

笑みを含んだ顔で蔵之介がいった。

「あのときだって俺が手をださずとも、なんとかしていたように思えるがな」

「いってくれるな。俺は風が吹けば倒れてしまうような男だぜ。蔵之介の助けがなければ、生きてはゆけぬのだ」

同意を求めるように勘兵衛を見た。

どう答えればいいかわからず、勘兵衛は小さくうなずきを返すにとどまった。

「なにわけのわからぬことを。勘兵衛も困っているじゃないか。それに、そんなことをいっている場合じゃないんじゃないのか」

蔵之介は顎をしゃくった。

「何者だい、あいつら」

真顔に戻った市兵衛は賊に顔を向けた。

「ここしばらく市中を騒がせていた押しこみがあったのを知っているだろう」

勘兵衛は心のなかでうなずいた。わずか半年のあいだに五軒の商家を立て続けに襲い、四千両以上の金子と三人の奉公人の命を奪った押しこみだ。

「じゃあ、あいつらが」

蔵之介はわずかに目をみはった。

「ああ。この空き家を隠れ家にしているのがわかって襲ったはいいが、思った以上に手《て》強《ごわ》い。手負いが五人も出た」

市兵衛は苦い顔になった。

「怪我の具合は」

「四人は浅手《あさで》だが、一人は太ももをえぐられた。命にかかわるほどではないと思うが」

「深手を負ったのは誰です」

勘兵衛はきいた。横から声をあげた勘兵衛を市兵衛はまじまじと見た。それから合点《がてん》がいったように深くうなずいた。

「深手を負ったのは七十郎ではない。小者だ。だから安心していいとは俺の口からはいえぬが、まあそういうことだ」

「では、七十郎は」

にやりと笑って、市兵衛は唇に人さし指を当てた。蔵之介に向き直る。

「手はずは整っている。だから蔵之介に出てもらえさえすれば、これ以上の犠牲をださずにすむ。それがなによりありがたいのだがな」

蔵之介は嘆息をもらした。

「やむを得まい」

「殿、いけませぬ」

供の一人がとがめる口調でいった。

「大殿に叱《しか》られますぞ」

大殿とは、蔵之介の父蔵之丞《くらのじょう》のことだ。

「ありがたい」

供を無視して、市兵衛は喜びをあらわにした。商人のようにもみ手をする。

「酒が入っているからどうなるかわからんぞ」

蔵之介は一応、釘を刺した。

「おぬしなら大丈夫さ」

市兵衛は自信たっぷりだ。

「まったく弱えよな、こんなに人数繰りだしておいて」

蔵之介はつぶやいた。

「あんたはどうして出ない」

振り返って、中間の槍を手で示した。

「その槍は、捕り手や同心の手で負えなくなったときのためだろうが。なぜつかわぬ」

「伝家の宝刀みたいなもので、つかうとありがたみが失《う》せてしまうのでな」

市兵衛がけろりといってのけた。

「それにほら、俺は一度手ひどい目に遭《あ》っているからな。覚えているだろ」

「ああ、よく覚えているよ」

なんのことをいっているのか。あとで蔵之介にきこう、と勘兵衛は思った。

「だが、今日はさすがにつかわざるを得ぬな」

市兵衛は中間から槍を受け取った。

「奉行所の面目というものがある」

勘兵衛たちは捕り手の輪のなかに入り、そこから賊たちを眺めた。

「あいつをやってくれればいい」

市兵衛が指をさした先にいるのは、六人のなかで最も体が大きく、顔もえらが張ったいかつい男だった。力は相当強そうだ。ただ、こうして近くで見ると、意外に若いのがわかった。まだ三十そこそこではないか。

他の五人はさらに若い。うち一人は二十に届いているかも怪しい。

「あのえら野郎に二人やられた」

市兵衛は憎々しげに口にした。

「あれが首領か」

蔵之介は確認した。

「そうだ。ただし殺すな」

「ああ、わかっている。得物《えもの》は匕首だけか」

「そうだ」

蔵之介は、二人の供に、ここを決して動かぬようにいった。

「しかしそれは」

二人は抗弁しようとした。

「大丈夫だ。たいしたやつらではない」

それは勘兵衛にもわかっていた。

「勘兵衛、配下どもを抑えてくれ」

「心得た」

なおもあるじの翻意をうながそうとした二人だったが、信頼できる勘兵衛が主人の援護にまわってくれるのを知って、あきらめたように吐息をついた。

蔵之介はしもた屋に足を進めていった。その斜め横を槍を手にした市兵衛が行く。

そのさらにうしろを勘兵衛は続いた。

「なんだ、うぬら」

首領がいった。嗄《か》れた渋い声だ。

蔵之介は答えず刀を抜き、正眼にかまえた。

首領は匕首を蔵之介へ向け、いつでも突っこめる低い姿勢をとった。配下も同様で、あたりには緊張が走り、殺気がみなぎった。

勘兵衛も抜刀し、五人の男たちに均等に目を配った。配下どもは身動き一つしない。

不意に地面を蹴りあげるや、蔵之介はやわらかな身ごなしで、すっと首領を間合いに入れ、振りあげた刀を一気に振りおろした。

首領は匕首で受けようとしたが、刀は匕首をすり抜けるように動いていた。どん、と鈍い音がした。刀は首領の脇腹に深々と入っていた。寸前で峰は返されている。

蔵之介はすばやく刀を引き、二歩下がった。

顔をゆがめて膝から崩れ落ちた首領は、路上に倒れこみ、苦しげに体をよじった。

市兵衛が、蔵之介に躍りかかろうとした配下に槍を突きつけた。賊は見えない壁に突き当たったかのようにぴたりと動きをとめた。

もう一人が蔵之介に飛びこもうとしたが、今度は勘兵衛の刀が必殺の気を帯びたことをさとって、思いとどまった。

不意に背後の芝垣を越え、捕り手が姿を見せた。十人はいる。賊どもに殺到した。一尺八寸の十手を手にした七十郎の姿が見えた。

こちら側の捕り手もいっせいに駆けだした。

渦を巻く怒声、叫び声とともに六人は捕り手たちにおおいかぶさられてゆく。大きな人の山ができ、その下の賊がどうなったか心配になってしまうほどだった。

やがて山は低くなってゆき、最後に捕縄《とりなわ》でがんじがらめにされた賊の姿があらわになった。六人は息も絶え絶えだったが、容赦されることなく手荒く引っ立てられていった。

七十郎が勘兵衛に近づいてきた。

「お手柄でしたね」

「いや、俺はなにもしておらぬ」

「そんなことはないですよ。古谷どのがやつらの注意を引きつけてくれたおかげで、我らは気がつかれずにすんだのですから」

「しかし、うまくまわりこんだものだな」

「五人の手負いをだして捕り手にひるみが見えたとき、それがしは首領を叩きのめそうと足を踏みだしたのです。それを桐沢さまがとめられ、裏へまわれとおっしゃるんです。そのときすでに桐沢さまは、古谷どのたちの姿を目にしていらしたんでしょうね」

そういうことか、と勘兵衛は納得した。さすが与力だった。もっとも、市兵衛の目がとらえていたのは蔵之介だけだっただろうが。

七十郎のうしろには清吉もいた。清吉が律儀に頭を下げてきた。

「しかし久岡さまは、すごい剣をつかいますね。評判はきいていましたが」

七十郎が感心しきったようにいった。

「道場では師範代の次だからな」

「なるほど」

七十郎はまわりを見渡した。勘兵衛もつられた。あたりはいつもの静寂を急速に取り戻しつつある。捕り手の姿はすでにまばらで、野次馬たちもぞろぞろと引きあげてゆく。

蔵之介は市兵衛と笑顔で話をかわしていた。

「古谷どの、ではこれにて」

七十郎がいい、勘兵衛も返した。

「うん、またな」

七十郎は清吉とともに市兵衛のもとへ行った。入れちがいで蔵之介は市兵衛に手をあげて別れ、勘兵衛に寄ってきた。

「待たせた」

二人の供にも笑顔を向けた。供はあるじがどこにも傷を負っていないのを間近で確かめて、心の底から安堵していた。

勘兵衛たちは道を歩きはじめた。

一つきいていいか、と勘兵衛はいった。

「一度手ひどい目に遭っている、と桐沢さんがいっていたが、あれはなんだ」

「今日と同じく同心の手に余った賊がめちゃくちゃに暴れたことがあってな、それで脇差で斬りつけられたんだ。特に肩の傷は深くてな、確か一月《ひとつき》以上、床を離れられなかった。もう八年ほど前になるか」

そんなことがあったのか、と勘兵衛は思った。それだったら、蔵之介に助太刀《すけだち》を依頼してきたのも無理はない気がする。

「もう一ついいか」

蔵之介は、ふふ、と笑った。

「知りたいことがたくさんあるんだな」

「桐沢どのとは従兄弟同士なんだよな」

「なんだ今頃」

「でも、どうしてなんだ」

勘兵衛がいうと、蔵之介は問いの意味をさとった。わずかに首を傾ける。

「話してなかったか」

勘兵衛がきいたのには理由があった。

町奉行所の者は不浄役人と呼ばれ、一般の侍より低く見られている。戦場での働きこそ本分であるという誇りが泰平の今でも武家には根強くあり、百姓町人をつかまえ、刑に処するという仕事は不浄で、侍のすべきことではないと見なされているからだ。

だから、旗本や御家人《ごけにん》と町奉行所の者とはほとんど行き来がなく、縁組など滅多《めった》にないのに、どうして二人は従兄弟なのか。

「血はつながっておらぬのだ」

蔵之介が語ったところによれば、蔵之介の叔父が婿入りした先の旗本塩川《しおかわ》家の妹が桐沢家に嫁《か》したのだという。

「もう一度いえ。よくわからぬ」

蔵之介は笑って、繰り返した。

「ふむ、つまり義理の叔母御が町方与力の家に嫁したということか」

「塩川家では以前、伝来の名刀を賊に盗まれたことがあってな、そのようなことは公《おおやけ》にはできぬ。しかし、なんとか取り戻さねば先祖に顔向けができぬ。それで昵懇の間柄だった当時の町奉行に内密に相談したところ、奉行の意を受けてひそかに探索を指揮した市兵衛の父、市左衛門《いちざえもん》どのが見事に賊をひっとらえ、名刀を取り戻したということがあった」

「それで」

「その礼ということで市左衛門どのが屋敷に招かれ、その歓待の宴の際、塩川家の隠居が市左衛門どのの人物に魅《み》せられたのさ」

市左衛門がまだ独り身であることを知った隠居は、下の娘をめあわせることを即座に決意したのだという。

「塩川の隠居はものにこだわらぬたちでな、別に与力の家でもかまわぬだろうといったそうだ。前例がないわけでもなし。叔母御も顔も見たことのない人より、お人柄がわかっているほうが安心と喜んで嫁いだそうだ」

そのあたりの磊落《らいらく》な血を市兵衛は受け継いでいるのだろう。

「塩川のご隠居は」

勘兵衛は思いついて口にした。

「はなから叔母御に引き合わせるつもりで、市左衛門さんを招いたのではないのか」

「考えられるな。町奉行から、いい男がいるとでも売りこまれていたのかもしれぬ」

それに、と蔵之介は続けた。

「前に話したかもしれぬが、桐沢家は鍋島家と昵懇にしている。鍋島家からの付け届けは多大なものがあろうし、ほかにも役得は多い。禄高《ろくだか》は二百石とはいえ、我らとはくらべものにならぬほど暮らしは豊かだ。ご隠居は渡りに船とばかりに、叔母御を嫁がせたのかもしれぬ」

「市左衛門さんは息災か」

なんとなくきいてみた。蔵之介が少し暗い顔をした。

「いや、亡くなった」

「病か」

蔵之介が深い色を目にたたえた。

「いや、殺されたんだ」

十一

その夜はなかなか寝つけず、ようやく眠ったのは深更で、しかも悪い夢ばかり見た。闇風と思える者がいきなり天井からおりてきて、気づいたときには斬りかかられているという夢を見て、がばっと上体を起こすことが何度かあり、夢とうつつのあいだをさまよっているうちやっと長い夜が明けてくれた感じだった。どっぷりと疲れの沼に落ちこんだようで、目覚めはひどいものだった。

はやめに寝床を抜けだし、庭で洗顔した。それで少しはすっきりした気分になった。木刀を持ちだし、素振《すぶ》りを繰り返した。

頬に当たる風はひんやりとし、秋が深まりつつあることを実感させたが、今日がいつにも増して冷えたように感じられるのは、どんよりと厚い雲が空をおおい尽くしているからだ。木々を騒がしく飛びまわる鳥のさえずりがそこかしこからきこえてくるが、そのなかでときおり鋭い声を発するのは百舌《もず》だった。

百舌は秋になると、人里に姿をあらわす。鼠《ねずみ》や蛙《かえる》を木の枝に串刺しにする、速贄《はやにえ》と呼ばれる習性を持つが、その習性だけでなく、あの悲鳴のような鳴き声が、今日に限っては特に不吉なものに思われた。

それにしても、と勘兵衛は思った。あの夢はなんだったのだろう。悪夢を見るなど、ここ最近ほとんどなかった。あの襲われた夜でさえ、ぐっすりと眠れたのだから。

なにか悪いことが起きねばいいが、と雲が垂れこめた空を見あげて、願った。

それとも、胸に黒々としたものがたまっているのは、市兵衛の父市左衛門の無残な死をきかされたからだろうか。

市左衛門は十五年前のたそがれどき、組屋敷のある八丁堀近くの通りで殺された。匕首と思える刃物の一撃を背後から食らって倒れたところを、何度も何度も匕首を突き立てられて、命を絶たれた。傷は背中だけでなく腹と胸に無数にあり、体中の血がすべて流れきってしまったのでは、と思えるほどの血の海に市左衛門は横たわっていた。

犯人は奉行所の必死の探索にもかかわらずいまだにつかまっていないが、おそらくうらみによる犯行とのことだった。市左衛門はそのときにはすでに家督を市兵衛に譲って一年ほどたっていて、与力からも退いていた。

「そのあたりに、市左衛門どのらしからぬ油断があったのかもしれぬな」

蔵之介はいかにも残念そうにいった。

「今も市兵衛どのは犯人捜しに精をだしているらしい。そのことは俺にも話したことはないが」

「目星は」

「影も形も見えぬようだな。市左衛門どのにうらみを持っていた者をくまなく調べているようだが、なにぶんときがたちすぎている」

十五年前か、と勘兵衛は木刀をふるいながら、そんな事件があったか思いだそうとしたが、頭にはなにも映しだされなかった。

九つのときの事件とはいえ、かけらも覚えがないというのは、元与力が殺されたなど、しかも背後から襲われて反撃できなかったなど、町奉行所の体面にかかわることで、あるいは公表されなかったのかもしれない。

稽古を終えた勘兵衛は、兄に朝の挨拶をした。それから、台所で朝餉《あさげ》にした。給仕をしてくれたお多喜に寝ぼけまなこを指摘されたが、食事の味は気持ちとは関係なく、箸はなめらかに動いた。茶を一杯喫して、台所をあとにした。

自室に戻って道場に行く前の習慣としている書見をしたが、中身は隙間《すきま》風のようにむなしく行きすぎるだけだった。

集中できず、勘兵衛は書を閉じた。ため息をついてごろりと横になり、腕枕をした。天井を見つめる。この前、蔵之介の部屋で同じことをしたのを思いだした。

同時に、子供の頃、これと似たようなことがあったのを思いだした。あれはいつだったろう。元服後だっただろうか。

いや、前だ。脳裏に浮かぶ風景に手を伸ばし、記憶の綱をぐっとつかんだ。

あれは父の死んだ日だ。勘兵衛が十一のときだから、もう十三年も前ということになる。

あのときももやもやしたものが胸にとぐろを巻いてなかなか寝つかれず、夜具のなかで何度も寝返りを打った。それでもいつしか寝入っていたのだが、ふと誰かに揺り起こされた。目の前にあったのは、兄の端整な顔だった。

今でも、あのときの兄の顔は思い描くことができる。頬は張られたように真っ赤で、目は一睡もしていないように血走っていた。その証《あかし》か、目の下にはうっすらと隈《くま》ができていた。瞳には自分がしっかりしなければといいきかせている冷静さが見えていたが、その裏にたたえられていたのは紛れもなく悲しみだった。

父上が亡くなった、と兄はつぶやくようにいって部屋を去った。その物腰は落ち着いていたが、体には棒でも差しこまれたようなぎこちなさがあらわれていた。

父はその頃、床に伏せる日が続いていた。顔はどす黒く、体も痩せさらばえて死病におかされていることは勘兵衛にもわかっていた。だからといって勘兵衛に父の死を受け入れる心の備えができていたとはいえず、その日が来るのが怖くてならなかった。

兄にだいぶおくれて部屋を出、廊下を歩いている最中、見あげたまだ明けやらぬ空は、今日と同じく重く垂れこめた雲におおわれていた。氷が張った寒い日だった。

父が死んだ日に似ているがゆえに、さざ波だった水面のようにこうまで気持ちが落ち着かないことを勘兵衛は理解した。

ふと、玄関先に来客の気配を感じた。

朝はまだはやい。五つ(午前八時)すぎだ。こんな刻限の客にいい客はまずいない。

客は玄関で惣七と話している。用件を伝えるだけ伝えて帰ったらしく、話し声はすぐにきこえなくなった。

しばらくして、廊下をこちらに駆けてくる足音がした。ただならぬ気配を足の運びに感じ取り、勘兵衛は悪い知らせがもたらされるのを確信した。起きあがり、息を整えた。

障子に浮かんだ影がひざまずいた。

「勘兵衛さま」

惣七だった。声には抑えようとしても抑えきれない緊迫感があふれている。

勘兵衛は立ちあがり、障子をあけた。

惣七は頬を赤く染めていた。父の死んだ日の兄と同じだ。勘兵衛を見る憐憫《れんびん》の色。母の葬儀のときの人々の瞳と一緒だった。

惣七の口から出たのは、信じがたい知らせだった。体中から力が抜けた。予期しろというのが無理な最悪のものだった。

へなへなと畳の上に座りこんでしまっていることに気づいたのは、惣七の、しっかりしてください、という声がきこえたからだ。

勘兵衛は手を借り、立ちあがった。

「まことなのか……」

声が自分のものでないようにわなないた。

「使いはそういうふうに」

うつむいた惣七は力なく告げた。

「すぐに着替えをなされませ」

惣七がなんといったかわからなかった。惣七は同じ言葉を繰り返し、つけ加えた。

「殿がお待ちになっておられます」

勘兵衛は、震えて思うように動いてくれない手でなんとか身支度を整えた。

それから兄とともに屋敷を出た。

足取りは雲を踏むように心許《こころもと》なく、幾度かなにもないところでつまずいて兄の手をわずらわせた。兄は黙って手を貸してくれた。

口にしなかったのになぜだ、という思いが心に満ちてきている。いや、その前にこれは本当に起きたことなのか。そうだ、なにかのまちがいだ。いや、それともまだ悪夢の続きなのか。

十二

久岡屋敷は生気を失っていた。

くぐり戸をあけてもらい、なかに入った。

雲がさらに低くなってきているのが、庭の木立越しに見えた。その黒い雲がまともにおおいかぶさってきたように、屋敷うちはさらに重苦しかった。

遺骸はまだ夜具のなかだった。

眠っている最中、息を引き取ったということなのか。そこは蔵之介の寝間だった。

手前の座敷に呆然《ぼうぜん》と座りこんでいた蔵之丞が、膝を進ませてきた。憔悴が頰をげっそりとさせている。四年前に家督は譲り、今は隠居の身である。

「さっそくにお運びいただき、痛み入る」

かすれたささやくような声だ。今はこんな声しか出ないのだ。いつくしんで育ててきたせがれの突然の死。張り裂けそうな心を必死に抑えつけていた。

「このたびは突然のことにて……」

兄が頭を下げた。勘兵衛もならったが、目は蔵之介に向いたままだった。

美音と母が体を寄せ合って、枕頭《ちんとう》にいる。崩れそうになるのをお互いで支え合っている。母は肩を震わせている。美音は透き通ってしまうのでは、と思えるほどに蒼白《そうはく》な顔を兄に向け、しゃくりあげている。

勘兵衛は一年前を思いだした。

あれは蔵之介の兄のときだった。肩を落とした美音と母が今日と同じく涙に暮れていた。

一年前とちがうのは、そこに蔵之介がいないことだ。あのとき蔵之介は母と妹のそばで、必死に涙をこらえようとしていた。

「蔵之介どのはなにゆえ……」

善右衛門が小声で蔵之丞に死因をたずねた。

「それがしの口からはなんとも……」

蔵之丞は首を力なく振った。

「玄朴《げんぼく》どのにきいてくだされ」

玄朴は麴町四丁目に居をかまえる町医者だが、腕はよく、番町の旗本のあいだで評判が高い。今は隣の間の敷居際に下がっていた。

心の臓の病、との見立てだった。

勘兵衛は、涙がとまらない美音の横顔を眺めながら、蔵之介との思い出が胸の壺からにじみ出てきたのを感じた。

蔵之介と知り合ったのは、もう十六年前になる。きっかけは、野良犬に武家屋敷の塀に追いつめられていた幼い蔵之介兄妹を勘兵衛が救ったことだった。勘兵衛が麴町七丁目横町通を歩いているときで、寒風が吹きすさんでいたのを覚えているから冬のことだろう。

兄は、目に涙を一杯にため今にも泣きだしそうな妹を背後にかばって、犬をにらみつけていた。兄の顔と同じ高さに肩がある茶色い犬は前足を踏んばって兄をすくいあげるように見、隙をうかがっていた。というより、獣の本能で怖がる相手を見くだし、明らかに遊んでいた。兄がいくら目を険しくしても、犬には通じなかった。

犬がその気になったときが二人の最期《さいご》で、なんとかしなければ二人とも食い殺される、というのがその場に行き当たった勘兵衛の気持ちだった。

人を呼ぼうにも番町の昼下がりは他の刻限以上に人けがなく、最も近い辻番は一町ほど距離があり、助けを呼びに行っているあいだに犬が襲いかかったらおしまいだった。

ここは自分でなんとかするしかなかった。刀があればちがったが、まだ無腰で、なにかいい方法はないかと考えた。

なにも思い浮かばず、手近の石を拾って投げつけたが、犬は逃げていかず、どころか勘兵衛を無視し、二人に向かって不気味なうなり声をあげる始末だった。

勘兵衛は勇気を振りしぼって犬の背後に近づき、この野郎が、と口汚い罵《のの》り声とともにしっぽを思いきりひっぱった。

首をよじって勘兵衛をぎろりと見た犬は、次の瞬間、躍りかかってきた。

勘兵衛は恐怖のあまり、しっぽを放した。よだれの垂れた牙が一気に眼前に迫り、食い殺されると思ったが、うわっと声をあげて払った手がたまたま犬の目に当たり、目潰《めつぶ》しを食らったも同然の犬は顔をそむけた。ややひるんだようにも見えたが、すぐにまた勘兵衛に飛びかかろうとした。

その動きががくんととまったのは、今度は兄がしっぽをつかんだからだ。

犬は兄に気を取られて振り返ろうとした。

そこを勘兵衛は見逃さず、乾いた鼻の頭に拳《こぶし》を叩きこんだ。ぐにゃりという感触が手の甲に残るや、犬は子犬のような鳴き声をあげ、大あわてで走り去っていった。

この一件で勘兵衛は蔵之介と親しくなったのだ。近所だから顔を見かけたことはあったが、言葉をかわしたことはなかった。

あのとき、なぜあれだけの勇気を振りしぼれたのか。今、思いだしてみてもわからない。

いや、今ならはっきりと理解できる。蔵之介の背中に隠れていた妹があまりにかわいく映ったからだ。いいところを見せようと、柄にもなく発奮したのだろう。

一緒に遊ぶようになってしばらくして、蔵之介がきいたことがある。

「なんでそんなに頭が大きいんだ」

しみじみと感想を洩らす口調だった。そのとき勘兵衛はいやな顔をしたらしい。気にしていないつもりでも、さすがに面と向かっていわれるのは気にさわったのだろう。

それに気づいた蔵之介はすまなそうにすぐいい足した。

「いや、いいんだ。今のは忘れてくれ」

勘兵衛はそのとき、ぼんやりと蔵之介の顔を見ていた。ああこいつはいいやつなんだなあ、と友達になれたことがうれしく、また誇りにも思えたのだった。

それ以後、蔵之介は勘兵衛の頭のことを口にしたことは一度もない。

美音が勘兵衛に気づいた。美音の目は真っ赤で、頰はやつれ、少し肉が落ちたようだ。輝くような美しさは、悲しみの陰にすっぽりと隠されてしまっている。

勘兵衛に深く辞儀をした。

「どうぞ、顔を見てあげてください」

勘兵衛は蔵之介と対面した。いまだに眠っているようで、起きろよ、といえば目を覚ましそうだ。頰に触れてみた。ひんやりとしていた。昨日あれだけ元気だった男が、今日はこうして冷たくなっている。

夜の到来とともに雲は手を伸ばせば届くほどに低くなり、強い北風を呼びこみはじめていた。庭の木々が蔵之介の死を悼《いた》むようにざわめき、池の鯉も落ち着かなげに何度も跳ねあがった。風の強まりとともに気温は下がり、勘兵衛の心をもっと冷えこませている。

勘兵衛はいまだにうつつと思えずにいる。蔵之介の死を信じずにいれば、もしや生き返ってくれるのでは、という期待もあった。しかし、枯葉を若葉に戻せないのと同じで、かなうことのない願いであることはわかっていた。

一度蔵之介の枕頭に集まり、屋敷に帰った道場仲間が再びやってきていた。誰もが悲しみを新たにし、表情を失った白い顔をしていたが、きっと自分も同じなのだろうな、と勘兵衛は感覚のない頰を触れて思った。

その感触は蔵之介を思い起こさせた。目をゆっくりと閉じた。涙が出てきた。

本間新八が勘兵衛のもとへ来た。

「嘘だろ、勘兵衛」

顔をくしゃくしゃにして、勘兵衛の肩を両手でつかんだ。痛いほどだったが、勘兵衛はなにもいわず耐えた。やがて新八は胸に頭を押し当ててきた。勘兵衛は、胸にあたたかなものが流れこんできたのを感じた。

新八はしゃくりあげている。この寡黙な男がこんなにまっすぐな感情をあらわすなど意外だったが、それだけ蔵之介の死は深い衝撃を誰の心にも与えたのだった。

弥九郎も姿を見せた。

「この前お会いしたばかりなのに、まさかこのような形でまた……」

勘兵衛の顔を見るのがつらそうだった。

七十郎も市兵衛もやってきた。二人とも青白い顔をし、呆然としている。

市兵衛は、まるで酔っているかのようにふらついている。横で一所懸命に七十郎が支えていた。まさか酒が入っているはずがない。心の軸棒が音を立ててはずれてしまい、そのためにまっすぐ歩けないのだろう。

「なんでこんなことに」

目の前に来た市兵衛がいう。勘兵衛としては黙って首を振るしかなかった。

「心の臓の病とうかがいましたが」

七十郎が勘兵衛にきいた。

「持病でもお持ちだったのでしょうか」

「持病なんてきいたことなかったぞ」

市兵衛が悔しげに言葉を吐きだした。

「もし病持ちだったら、俺はあんな頼みごとなどしなかった……だってあんなに元気だったではないか……」

絶句し、うつむいた。

蔵之介の棺桶が置かれた座敷の隅に、勘兵衛はぽつねんと座っている。弔問客は多いが、勘兵衛に目を向ける者はいなかった。蔵之介との思い出に勘兵衛はひたっていた。

思いだしたのは柿泥棒だ。

十二年ほど前の秋の日、ある旗本屋敷の庭に大きな柿がいくつもなっていることを見つけた蔵之介のかけ声で、勘兵衛たちは友達四名とその屋敷に忍びこんだことがある。

勘兵衛が唯一、頭が大きくてよかったと過去を振り返って思えるのはこのときだ。塀の隙間を一人抜けられず勘兵衛は仕方なく蔵之介たちが首尾よく戻るのを塀の外で待つことになったのだが、結局、蔵之介たちは屋敷の隠居に見つかって、こっぴどく叱られたのだ。説教の最中は歯の根が合わぬほどに怖かったらしいが、もともとはやさしい心根の隠居は四人を解放する際には、柿を二つずつ土産《みやげ》としてわけてくれた。そのあといつもの原っぱに出てみんなでかぶりついたのだが、その柿はちっとも甘くなかった。苦労を重ねて手に入れたのに、骨折り損のくたびれもうけの上、叱られ損でしかなかったのだ。

あのときの蔵之介の情けなさそうな顔は、今も思いだすと涙が出るほどにおかしい。

美音が見つめているのに気づいた。見つめ返したが、それ以上のことはできなかった。そばに行き、肩を強く抱いてやりたかったが、拳を握り締めることでその衝動を抑えた。

知らせを受けて五刻ほどがたち、ほんのわずかだが気持ちが落ち着いてきた。まわりを見る余裕もようやくできた。

もっとも、これは嵐がいったんおさまったふりをするのと同じで、いずれまた悲しみは心のなかを吹き荒れるはずだった。

通夜には見知らぬ顔もかなり来ていた。ほとんどが久岡一族と、蔵之介の上司、同僚に思えた。幕府の要人も来ているようだが、勘兵衛が知っている顔はほとんどなかった。

そのなかに見覚えのある顔を一つ見つけた。どこで見たのか、と思ったが、すぐに思いだした。植田春隆の葬儀だった。

「おい、堀井長次郎《ほりいちょうじろう》どのではないか」

うしろの男が知り合いらしい隣の男にささやきかけた。

名は耳にしたことがある。将軍世嗣《よつぎ》の小姓をつとめていて、世嗣のお気に入りといわれている。四千五百石の大身の次男だ。

「歳はいくつだ」

うしろの男がきいている。

「確か十八だ」

歳よりやや老けている。

将軍世嗣は癇癪《かんしゃく》持ちで知られている。その小姓をそつなくつとめているといっても、やはりそれなりに気疲れ、気苦労はあるようで、それが若干面《おもて》に出ている感じを受けたが、あるいはそういうことは関係なく、はなから老成しているのかもしれない。

「蔵之介と知り合いだったのか」

「殿中で知り合ったのではないか」

「俊才同士、気が合ったということかな」

蔵之介は兄善右衛門と同じ書院番だったが、おそらく男たちのいう通りなのだろう。

長次郎はいかにも無念げな顔で遺族の前に進み、悔やみをいった。焼香をすませてすっくと立つや、座敷を去っていった。

その堂々としためりはりのある立ち居振る舞いは見ていて気持ちがよく、器を感じさせた。今はまだそれほど目を向ける者は多くないらしいが、いずれときを置くことなく頭角をあらわすのはまちがいなさそうだ。

「婿入りの話はないのか」

男たちが話を続けている。

「ほしがっている家はあるのだろうが、堀井の当主はこだわるからな」

「家柄にか」

「大身に行かせたいらしい。少なくとも自家より上でなければ、と考えているようだ」

た。

「四千五百石より上か。厳しいな」

堀井長次郎がどこへ婿に入ろうが、関係のないことだった。勘兵衛は目を美音に向けた。

美音は悲しみを新たにしたようで、懐紙でしきりに涙をぬぐっていた。

少し息を入れたくて外に出た。いつの間にか雨が降りはじめていた。

勘兵衛は手のひらをこすり合わせた。跳ね返ることもなく静かに土に吸いこまれてゆく雨は、指先にかじかみを覚えさせる寒気をどこからか運んできていた。

あれは九年ほど前の冬のことだ。

稽古を終えて脇山道場を出たとき、快晴だった空は一転、今にも雪が落ちてくるのではという寒々とした雲行きになっていた。肩をつぼませる風が江戸を吹き渡り、勘兵衛と蔵之介は丸めたくなる背中を昂然と伸ばして道を歩いた。

先に我慢がきかなくなったのは蔵之介だった。道場を出て、一町も行っていなかった。一陣の強風に襟をかき合わせながら、蔵之介はちらりと勘兵衛を見たのだ。

「ちょっと寄っていかぬか」

麹町平河町《ひらかわちょう》にあった脇山道場は、太田道灌《おおたどうかん》の建立《こんりゅう》と伝えられる平河天満宮の南側に位置し、その参道近くの天神町《てんじんちょう》と呼ばれる通りには数軒の茶店が軒を並べていた。

季節柄、どの店も甘酒を供しており、その甘い香りに蔵之介は抗しきれなくなったのだ。

懐具合が心許なかった勘兵衛はそのことを正直にいったが、蔵之介がおごるというので、茶店の縁台に喜んで腰をおろした。

茶店からは、真っ白な富士が鮮やかに見えた。頂《いただき》の北側は風が特に強いのか煙っていたが、冬の清澄な大気のなか、毅然《きぜん》と一人そそり立つ姿は気高く、美しかった。勘兵衛たちはしばし見とれた。

砂糖を惜しむことなくたっぷりとつかった甘酒のやわらかな甘みにすっかり体があたたまった二人だったが、いざ勘定を払う段になって蔵之介は巾着を持ってきていなかったことに気づいた。それで、中身のとぼしい巾着から勘兵衛が払うことになったのだ。蔵之介にはそういう抜けたところもあった。

この雨は、と真っ黒な泥を塗りたくったような空を見あげて、勘兵衛は思った。富士の山でも降っているのだろうか。だとすれば、明日の朝は真っ白な富士山が拝めるはずだ。天からもきっと見えるだろう。富士を目にした蔵之介は、あのときの甘酒の味を思いだすだろうか。

ああそういえば、と勘兵衛はさらに思いだした。あのときの甘酒代を返してもらっていなかった。

蔵之介、返せよ、と勘兵衛は夜空に向け、ささやきかけた。

十三

六日たち、暦も九月になった。

このあいだ、勘兵衛は蔵之介のことばかり考えていた。なにをしていても、思いが蔵之介に戻ってきてしまうのだ。飯を食べていても、木刀をふるっていても、道を歩いていても、夜具に入っても、目覚めても、考えるのは蔵之介のことだった。

悲しみは薄れていないが、いつまでも嘆いてばかりいたら、蔵之介も喜ばぬだろうと思えるようにようやくなってきている。

久しぶりに道場へ行くことにした。稽古をしているほうがきっと気も紛れよう。

麹町隼町に向かう道筋では、少なくとも足は地をつかむ感触を取り戻していた。

犬飼道場は活気にあふれていた。

「勘兵衛、来たか」

声をかけてきたのは左源太だった。

左源太は通夜の席では大泣きした。人目をはばからぬ号泣《ごうきゅう》だった。この男らしかった。

まだ悲しみは去っていないようだが、勘兵衛と同様、気持ちは落ち着いてきているらしく、蔵之介の死をしっかりと受けとめている顔つきをしていた。

勘兵衛と同じ理由で、他の仲間も姿を見せていた。さすがに六日も来なかったのは勘兵衛だけらしく、他の者たちは三日目にはやってきて、激しく打ち合っていたようだ。

「勘兵衛、元気だせよ」

新八がぽんと背中を叩いてきた。

「その通りだ。声だしてがんばっていこうぜ」

大作も力強く励ましてくれた。

稽古を終えたあと、仲間たちと楽松に行った。左源太が、今日あたり勘兵衛が出てくるだろうから、ということで予約してくれていたのだ。ただ、座敷に描いた円からいつもの顔が一人欠けているというのはやはり寂しかった。そのことに気づいてしまうのも、また、悲しかった。

店主の松次郎自ら出てきて、畳に深く手をついて蔵之介の悔やみをいった。

「本来なら、お屋敷にうかがうべきだったのですが……」

勘兵衛は松次郎のいいたいことを理解した。

馴染みとはいえ、料理屋風情《ふぜい》が千二百石の旗本当主の葬儀に行く資格があるのか、という遠慮もわかるし、仮に行ったところで場ちがいで、気づまりなだけだろう。

松次郎は、麴町界隈で屈指の料理人といわれている。歳は四十五。厳しい修行を積んだのが知れる、厳格さとやさしさが同居した顔をしている。なにもせずのんべんだらりと毎日を暮らす侍たちとはくらべものにならない充実した日々をすごしているのが、体の隅々から自信としてにじみ出ていた。笑うと谷を刻むようにできる目尻のしわが、生来のあたたかみを宿している。

高名な剣客にも通ずるものがこの料理人にはある、と勘兵衛はひそかに思っている。

「ところで、前から一つききたかったことがあるのだが」

明るい声で左源太がいった。

「店の名の由来だ。楽松の松はおぬしの名だろうが、楽はなんだ」

松次郎は恐縮したように頭を下げた。

「深い意味はなく、店をはじめました先々代が、自分が楽ができたらということで名づけたんでございます。料理をこしらえてお客さまに供し、自分たちの腹もその残りでふくらませられれば、という、ちょっとお恥ずかしい話でございまして」

松次郎というのは代々の名乗りだという。

「なんだ、客に料理を楽しんでもらおうという意味ではなかったのか」

左源太がいうと、松次郎はにっこり笑った。

「いえ、私は先々代の教えをしっかりと守りつつも、もちろん岡富さまがいわれた気持ちで常に包丁をふるっておりますよ」

松次郎が去り、雑談になった。

蔵之介の話は意識的に避けようとする雰囲気が誰の心にもあった。

「そういえば、植田家の跡継が決まったようだな。年明け早々にも養子に入るらしいが」

左源太が勘兵衛にいった。初耳だった。

「そうなのか、誰が入るんだ」

頭をよぎったのはなぜか堀井長次郎だった。

「なんだ、知らぬのか」

「はやくいえ」

「気の短いやつだ」

左源太は口をとがらせた。

「どうやら中村祥之介どのがおさまりそうとのことだぞ」

「えっ、ああそうなのか」

考えるまでもなく当然のことだった。

「なんだ、意外そうだな」

「そんなことはない。妥当な結果だ」

「だが、六千石の当主とはいい気分だろうな」

大作が首を振り振りいう。

「確かにうらやましいが」

左源太が応じた。

「でも、あの家は今一つ役職に恵まれぬよな」

「あれ、知らぬのか」

杯を口から離して、新八がいった。

「植田家にはわけがあるのだ」

「わけって」

大作がたずねる。

「八十年ばかり前、旗本に転げ落ちたことと関係がある」

「転げ落ちたって、もとは大名だったのか」

大作が驚いて、きき返す。

深く首をうなずかせた新八は、兄が語ったのと同じことを皆に告げた。

「それでは出世など望みようがないな」

大作が納得顔でいった。

「出世できぬといっても、部屋住みから六千石の当主など極楽みたいなものだろう」

左源太は我が身と引きくらべたらしい、うらやみの気持ちを面《おもて》にだしている。

大作がぎろりと左源太を見た。

「極楽なんて言葉をつかうな」

「悪いか」

「ときと場合を考えろ」

左源太はきこえなかった顔で酒を口に含んだ。ゆっくりと喉に流しこんでから、はやくも酔いのまわった目で皆を見渡した。

「しかし、このなかでは誰が最初かな」

ちらと皆の目が勘兵衛に集まった。皆、美音との仲は知っている。美音を目に入れても痛くないほどにかわいがっている父が、美音の気持ちを尊重するつもりでいることも。

久岡家は、婿が決まるまでは隠居した父が家督の座に戻ることになっているが、皆の眼差しには、その久岡家の婿になることがほぼ決まった男への羨望《せんぼう》が濃く出ていた。

「そうか、勘兵衛、やはりおぬしが一番乗りか」

皆の瞳の動きをとらえた左源太が口にした。

「左源太、おまえそんなはっきりと」

大作があきれ顔で見た。

「おまえは腹にためぬところが長所だが、同時に短所でもあるな。ときには腹にしまっておくことも覚えておくほうがいいぞ」

　意に介さず、左源太が首をひねった。

「だが考えてみれば、勘兵衛より新八のほうが家としては近いぞ。姓は異なるとはいえ、久岡家とはれっきとした一族だからな。新八が美音どのの婿になるっていうほうが、より考えられるんじゃないのか」

　話を振られた新八があわてて手を振った。

「馬鹿をいうな。俺が久岡の婿におさまるなどあり得ぬ。一族といっても、遠い」

「いや、不思議はなかろうよ」

　左源太がぐびりと喉を鳴らした。

「左源太、おまえ、飲みすぎだ」

　大作がとがめたが、左源太はおかまいなしだった。蔵之介のことがあったにしろ、いつもの左源太とは感じがちがった。なにか屈託を抱えているようにも見受けられた。

「久岡の一族で、新八以外に婿になれる者はいないんじゃないのか、なあ勘兵衛」

　酔眼《すいがん》を向けて同意を求めてきた。

「その通りだな」

　勘兵衛は言葉少なに返した。美音を誰にも渡したくないが、だが婿の問題は自分でどうこうできるものではない。左源太のいうように、なんといっても養子、婿を取る際はまず一族、縁戚から、という幕府内の決まりが厳然としてある。

「左源太、おぬし」

大作が呼びかけた。

「なにか気にかかることでもあるのか」

「気にかかることだと」

少しかすれた声で左源太が返した。

「もしやうまくいってないのか」

「おまえにいうことではない」

「なんのことだ」

すぐさま勘兵衛はきいた。大作が笑う。

「こいつには好きな人がいるのだ」

「ほう、誰だ」

「うるさい勘兵衛、きくな」

左源太が大作を見据えた。

「いうなよ、大作」

「いわぬさ。でも勘兵衛、一つだけ教えよう。こいつの好きな人は年上の後家なのさ」

「大作、いうなといったろうが」

わめいて、左源太は大作に指を突きつけた。

「まったく口の軽い野郎だ。新八を見習え」

大作がにんまりと笑った。

「俺も腹にためておけぬたちなのさ」


楽松の名が入った小田原提灯が、人けのない道をぼんやりと照らしている。

この善国寺通を蔵之介と幾度も肩を並べて歩いたことを思いだした。胸がつまる。

「勘兵衛が暗いのが苦手なの、知っているからな」

蔵之介の声がよみがえった。あれも子供時分だった。

四ッ谷門を通り、さらに四ッ谷の大木戸《おおきど》を抜けると、町は内藤新宿《ないとうしんじゆく》になる。道をさらに西へ進んで時の鐘で知られる天龍寺《てんりゆうじ》をすぎると、あたりは緑がずいぶんと深くなってくる。そのなかのとある神社裏の原っぱが、勘兵衛たちの遊び場となっていた。蔵之介とは二人だけでよく行ったものだ。

百姓が農具をしまう三畳ほどの小屋が原っぱと畑の境に建っているのだが、ある日、そこに勘兵衛が一人で入ったとき、いきなりうしろで戸が閉まり、あかなくなった。

蔵之介の仕業だった。頑丈なつくりの小屋に日は射《さ》しこまず真っ暗で、生き埋めのような恐怖を感じた勘兵衛は体がかたまり、声も出なくなった。不意に息苦しさがやってきて、喉を押さえながらずるずると床にくずおれた。急に静かになったことに不審を覚えた蔵之介が戸をあけたときには、勘兵衛は瀕死《ひんし》の魚のように体をぴくぴくさせていた。

驚愕《きょうがく》した蔵之介は、必死に勘兵衛を介抱した。日の光を浴びてしばらくしたときすでに意識も息も平常に戻りつつあったが、蔵之介の周章《しゅうしょう》ぶりがあまりにおかしく、勘兵衛は薄目で蔵之介を見ていた。

頬を叩いても体を揺さぶっても目を覚まさない勘兵衛をしばらく見つめていた蔵之介は、意を決したように立ちあがり、走りだした。

草の陰から、蔵之介がどんどん小さくなってゆくのが見えた。血相を変えているのが背中にはっきりとあらわれていた。町医者でも呼びに行ったのがわかって腹を抱えて笑ったが、そんな大袈裟《おおげさ》になってはまずいことに気づき、勘兵衛もあわてふためいた。

蔵之介は足がはやく、追いつくのに苦労した。内藤新宿の町なかでやっと呼びとめたときには、息も絶え絶えだった。

呼吸を整えてからあらためて見た蔵之介は、なぜか勝ち誇った顔をしていた。

「やはりとうに気がついていたのだな」

「気がつくもなにも、気絶していたのも芝居だったんだ」

内心で舌打ちしつつ勘兵衛はいった。

「嘘をつけ。芝居なら泡を吹いてなどいるものか」

蔵之介は自分の唇に触れた。

「今もついているぜ」

勘兵衛はあわてて口許をぬぐった。

「嘘だよ」

勘兵衛は頭をぽりぽりとかいた。

「まったくかなわんな」

その原っぱは夏のあいだは草が一杯だが、秋になれば、今までどこで息をひそめていたのかと思えるほどにすすきが一面になびく風景に変わる。土はひどくやわらかく、剣豪同士の対決を真似て竹刀を打ち合いながら走りまわっていると、ときに落とし穴に落ちこむように足がすぽんと抜けることがある。そこを狙ってお互い激しくやり合うのだが、そういうのもとにかく楽しくてならなかった。

思い出にひたりつつも、勘兵衛は気をゆるめてはいなかった。油断したら最後、という思いがある。その油断に抜け目なくつけこんでくる相手であることも十分にわかっている。

成瀬小路は目の前に迫っていた。

十四

翌日、兄に来客があった。兄は非番で、客はそれを見越してやってきたようだ。徒目付《かちめつけ》の飯沼麟蔵《いいぬまりんぞう》だった。

庭で木刀を振っていたとき、兄とともに廊下を歩く姿が木立越しにちらりと見えたが、その面《おもて》はやや緊張していた。勘兵衛は少し気になったが、かまわず稽古を続けた。

兄の部屋での話は、百回ばかり木刀を振りおろした頃に終わりを告げた。

勘兵衛は兄に呼ばれた。しっかり汗を拭いてから部屋に赴《おもむ》いた。

「ご無沙汰しております」

廊下に膝をつき、麟蔵に挨拶をした。

幼い頃から知っている目付だった。兄と同い年。兄とは若い頃の道場仲間でもある。

徒目付は目付の配下で八十人いる。八十人は三組にわかれているが、その三人の組頭の一人がこの麟蔵だった。

顔はまな板のように四角く、それに細い目、低い鼻、上唇の厚い大きめの口が載っている。めったに見せることはないが、笑うと削《そ》げた頰の下に小さなえくぼができる。それが長年の役目で面に貼りついた暗い影に、わずかな光を与えている。

「立ち直ってはいるようだな」

安心した様子で声をかけてきた。むろん蔵之介との仲を知って、いっているのだ。言葉はやわらかであたたかみも感じられたが、それとはまったく逆の錐《きり》を思わせる鋭い目つきをしていた。

ふだんは江戸城大玄関で登城する大名を見張ったり、城内の要所を視察してまわっている徒目付だが、ほかにも役人に非違、違法、懈怠《けたい》がないか監督、監視もしている。徒目付の出先には町奉行所も含まれ、七十郎たちも監視の網に入っている。

七十郎からきいた話だが、町奉行所だけでなくいずれの役所でも、徒目付は役人たちを見守っているという。黙りこくって底光りする目を配っているだけだから、とにかく気持ちが悪く、役人たちは徒目付を忌みきらっている。

麟蔵はその徒目付を率いる要職にあり、配下以上にものを見抜く目が必要だった。そのなんでも見通せる瞳が今、ちらと光を帯びて動いた。気づくと、勘兵衛を観察するように見据えていた。

勘兵衛は気にかかり、見返した。麟蔵が表情を白くした。役人たちの気持ちがよくわかる、なにを考えているか知れない不気味さが漂った。

兄は眉を曇らせているようにも見えたが、それがこの徒目付の来訪と関係しているのかはわからなかった。

「今日はなにか」

勘兵衛は思いきってたずねた。目付はいったんことがあった際、手心を加えることのないよう友人、知人はもちろん、縁戚とのつき合いすら避けている。その目付が兄のもとへやってきたということは、私事であるはずがなかった。

「そのようなことをきくでない」

とがめる声を発したのは兄だった。

「別にかまわぬ」

麟蔵は意に介さなかった。

「ちょっと気になる噂を小耳にはさんだのでな、確かめにまいったのだ」

「気になる噂ですか」

麟蔵が薄く笑った。

「たいしたことではない」

「うかがっても」

麟蔵がにべなく首を振った。

「中身はいえぬ」

あとで兄にきこう、と勘兵衛は思った。

「善右衛門にきいても無駄だぞ」

抜け目のない目が勘兵衛を見つめていた。

「なにも話はせぬ」

どうやら口どめしたらしかった。

「麟蔵のいう通りだ」

兄はきっぱりと断言した。

「しかしだ」

取りなす口調で麟蔵がいった。

「いずれおぬしの耳にも入ってこよう」


麟蔵の来訪の三日後、また兄に来客があった。客は山瀬《やませ》八郎左衛門《はちろうざえもん》だった。久岡家の一族である。五十をいくつかすぎた物腰の落ち着いた人で、久岡家に遊びに行ったとき、勘兵衛も何度か見かけたことがある。声も穏やかで、話しぶりにも人柄のあたたかみがあらわれていて、勘兵衛は八郎左衛門にはなんともいえない親しみを感じている。

どんな用件だろう、と思った。まさかという高ぶる気持ちはあるが、やはり無理だろう、期待などせぬほうがいいのだという打ち消しの気持ちも浮かびあがってくる。

八郎左衛門は四半刻《しはんとき》（三十分）ほどで帰っていった。その場に勘兵衛が呼ばれることはなかった。

ちがったか、と少しがっかりした。だったらなんの用でやってきたのだろう。八郎左衛門はすでに隠居の身で、蔵之丞の碁敵《ごがたき》だ。隠居前の職は納戸頭《なんどがしら》だった。納戸衆《なんどしゅう》は、将軍の衣服や調度品に気を配ることを主な仕事としている。顔見知りではあろうが、兄とはほとんど関係のない仕事だ。

兄に呼ばれた。部屋に入り、兄の正面に腰をおろした。

兄の横に義姉《あね》のお久仁もいた。腕に彦太郎を抱いている。彦太郎は産着《うぶぎ》にくるまれて、すやすやと寝ていた。

お久仁の表情はかたかった。いいことやうれしいことがあったとき、ほがらかなこの兄嫁は素直に顔にあらわすのに、今はめったに見せることのないこわばりが頬にある。兄は勘兵衛を見つめている。謹厳実直を絵に描いたような顔だ。まばたき一つしない。

夫婦の表情のあまりの厳しさに、勘兵衛は戸惑いを隠せなかった。

いや、戸惑いより先に、まさか美音の婿がほかの者に決まったのでは、との思いが胸のなかで急速にふくれあがった。

いきなりお久仁が吹きだし、兄はつられたようにゆったりとした笑いを洩らした。

「なにか」

勘兵衛は、二人に遊ばれていたことを知った。自然、声がとがったものになった。

「そんなに怒るな」

兄がなだめるようにいう。

「怒ってなどおりませぬ」

「勘兵衛どの、どうかご機嫌を直してくださいな」

お久仁はにこにこ笑っている。

「相変わらず仲がよろしゅうございますな」

皮肉でなくうらやましさを覚え、勘兵衛は二人をまぶしげに見た。

「仲がよくて不都合なことなどなに一つございませぬよ」

お久仁が彦太郎をそっと抱き直した。以前よりややふっくらとした桃色の頬に、母親としての自信があふれている。

「それにしてもだいぶ気をもんだようだな」

兄がのぞきこむようにした。

「いえ、そのようなことは」

「隠さぬでもよい」

「はあ、実を申せば」

勘兵衛は正直に告げた。兄は満足げにうなずいた。

「用件は縁談だった」

やはりそうだったか、と勘兵衛の胸は躍った。頬がゆるむのを感じたが、兄が楽しげに見ているのに気づき、あわてて引き締めた。

「山瀬どのは蔵之丞どのの代理で来られた」

「では」

「うむ、おまえを久岡家の婿に迎えたいとのことだ」

うれしかった。だが疑問があった。

「しかし久岡家の親戚に、ほかに候補はいないのですか」

「そのことは俺もきいた。山瀬どのはそういう者はいない、と断言された。山瀬どのは一族の総意を伝えに来られたのだ」

「しかし……」

「案ずることはない」

兄は勘兵衛を安心させる口調でいった。

「蔵之丞どのは、美音どのの気持ちが第一と考えておられる。あの美しいおなごは、おまえに惚れているそうだな」

兄は勘兵衛をじっと見た。

「おまえも同じ気持ちなのであろう」

「はい」

これには躊躇《ちゅうちょ》することなく即答した。

「しかし本人同士の気持ちだけで……」

「縁組は成立せぬか」

兄は笑みを口許に浮かべた。

「ずいぶん慎み深いな。いつそのような遠慮を覚えた」

珍しく軽口を叩いた。

「その点も大丈夫だ。古谷家と久岡家は縁戚ともいえるのだ」

初耳だった。

「どういうことです」

「両家とも出は同じ駿河《するが》で、さかのぼれば同じ祖をもとにしているし、戦国の頃には縁組を繰り返していた」

勘兵衛は唖然とした。

「そのような昔のことでも、一族の証になるのですか。それに……」

「わかっている。おまえが申しているのは本間新八どののことだろう」

思いやるようにしみじみと弟を見た。

「大事な友人だものな」

「はい」

それも案ずることはない、と兄はいった。

「本間家にも話は通じてあるそうだ。当主も了解されたとのことだぞ。新八どのはその話をきき、喜んだということだ」

兄はにっこりと笑った。

「いい友を持ったな」

つまり、なんら障害はないようだ。このまま本当に美音の婿におさまっていいのだろうか。蔵之介は喜んでくれるだろうか。

「祝言《しゅうげん》ははやくて来春だな。蔵之介どのの喪が明けるのを待つとなると、来年の今頃か。ふむ、一年は長く感ずるが、すぎてしまえばあっという間だろう」

兄がほっと息をついた。

「おまえのことはお多喜も心配していたが、これでお多喜の味ともあと一年ばかりでお別れということだな」

兄は肩の荷がおりたらしかった。ただ一人の兄として、弟の行く末を心配してくれていたのだ。

「あの味にも飽きましたから」

それまで二人のやりとりに耳を傾けていたお久仁が、ふと障子の外へ目をやった。

「お多喜、ききましたか」

振り返りかけて、勘兵衛はとどまった。誰もいないのはわかっている。

「美音どのは、包丁の達者らしいですね」

ひっかからなかったか、と町娘なら舌でもだしそうな顔でお久仁がいう。

「大身の娘御《むすめご》なのに珍しいものだ」

兄が腕組みをし、勘兵衛を見た。

「なぜそのような娘御がおまえに惚れたのか」

心の底から不思議だといいたげだ。

失敬な兄だ、と思ったが顔にはださない。実際、お互い惚れ合っているのはわかっていても、告白したわけではない。なぜなのか、美音にきく機会を持ったこともない。

「勘兵衛どのは、心のまっすぐなお方です。美音どのは見抜かれたのでございましょう」

お久仁が女としての意見を述べた。

「まあ、とにかくよかった。蔵之介どのの跡を継ぐという、おまえの複雑な心境もわからぬでもないが」

言葉をいったんとめた。

「だが、おまえならきっと蔵之介どのも喜んでくれよう」

十五

翌日、道場に向かうところで、市中巡回中の七十郎にばったりと会った。麹町七丁目だった。向こうから声をかけてきた。うしろにはいつものように清吉がついている。

「葬儀以来だな」

勘兵衛がいうと、七十郎はやや湿った表情になったが、気を取り直して頭を下げた。

「この前はありがとうございました」

いわれた意味がわからなかった。

「なんのことだ」

「坂崎掃部助とやり合った浪人のことです。貴重なお知らせをいただきました」

「ああ、あれか。浪人のことはその後なにか知れたか」

「記録が残っていましたから、名と歳はわかりました。居どころはいまだ」

「住居を変えていたか」

「今、手の者に行方《ゆくえ》を追わせている最中です」

言葉には自信が感じられた。

「名をきいていいか」

「和田勇次郎《わだゆうじろう》です」

当然のことながら、覚えはなかった。

七十郎がややくだけた調子でたずねた。

「その後、いかがです」

勘兵衛は明るく笑ってみせた。

「だいぶ元気は出てきた。あいつのことは一生、忘れはしないが、いつまでも悲しみに沈んではいられぬからな」

七十郎があたたかな目をした。

「これから道場ですか」

「汗を流すのは気持ちいいからな」

七十郎が顔をほころばせた。

「では、襲われてもいないですね」

「ああ、なにごともない。その後、進展は」

勘兵衛は逆にきいた。

「ないですね」

七十郎が眉を曇らせた。

「ですから、古谷どのが教えてくれた浪人の筋が貴重なものになるわけです。まあしかし、進展がないとどうにも張り合いがなく、くたびれるだけですね」

この男がこぼすなど珍しい。本当になにも手がかりがないのだろう。よく見ると、端整な顔にわずかながら黒ずんだ影が射している。

「そうだ、おもしろい話があるんですよ」

勘兵衛は興味をそそられた。

「おととい、奉行所に下総《しもうさ》のさる大名の家中の方が見えたんです」

勘兵衛たちの合力《ごうりき》もあってとらえた六名を、奉行所に見に来たというのだ。

「その家中では、領内を荒らしまわっていた押しこみをようやくとらえ、裁きにかけようとした直前、牢屋が火事になり、やむなく罪人たちを解き放ったということがあったそうなのですが」

ただし、その賊どもに限っては解き放って戻ったところで、死罪はどうしてもまぬがれなかったという。

「ですので、解き放ちなどしたらまず帰ってこぬのがはっきりしていました。それで火の手の及ばぬ近くの寺まで避難させ、十五名で監視していたそうなのです」

「それで」

「篝火を焚いた境内《けいだい》に賊どもを置き、まわりを囲んでいたところへ、不意に灯りの届かぬ闇から何者かが斬りかかってきたらしいのです。あっという間に五人が手傷を負わされ、その混乱のさなか賊どもは逃げていった。そのときの傷がもとで、一人亡くなったそうです。年若い同心ということでした」

七十郎が目を伏せた。

「火事も付け火では、とのことです」

「それきり賊どもの行方はわからずか」

「七人のうち一人はわかったのですが」

「七人だと」

「ええ、とらえられた賊は実は七人だったのです。七人のうち一人は、翌日牢近くの小屋で死骸で見つかったそうです。首領と目されていた男でした」

「首領が死骸で」

「心の臓を一突きにされていたそうです」

「なぜ殺したのかな」

「あるいは新たに六人を率いるつもりゆえかもしれません。牢番の一人も、小屋近くで死骸で見つかったそうです。やはり心の臓を一突きにされて」

「手引きの口封じだな」

「おそらくは」

七十郎が唇を湿した。

「その大名家では逃げた六名を追っていたのですが、江戸屋敷の者から六名の押しこみがとらえられたとの話を聞き、それで掛《かかり》の者が勇躍、こちらに見えました」

「なるほど。結果は」

「残念ながら別人でした……」

勘兵衛はちらりと空を見あげた。雲がかかっているわけでもないのに午後の高い位置にある日は、白《しら》みがかったような光を送ってきている。七十郎に目を戻した。

「その六人は凶悪なのか」

「話をきいた限りでは相当なものです」

その大名領で七人組の跳梁《ちようりよう》がはじまったのは、およそ三年前のことだった。最初は富裕な庄屋に忍びこみ、四十両の金を奪った。

まさに忍びを思わせる身軽さで、金を奪われたことに気がつかず、朝、家人《かじん》が目を覚ましてようやく、という家がその後、四軒続いた。盗まれた金は合わせて百両あまりだった。

人がはじめて殺されたのは五軒目だった。そこも庄屋だったが、続けざまに庄屋が盗みに入られたことで深夜、木刀を手に自ら敷地内の見まわりを日課としていた名主は、ちょうど蔵から金目の物を盗みだしてきた賊と鉢合わせたのだ。

若い頃、名主は剣術をかじったことがあり、そのことが結果として悲劇を呼んだ。

逃げて助けを呼べばよかったものを、向かっていったのだ。悲鳴をききつけて外に飛びだした家族が目にしたのは、胴を二つに斬り裂かれて血の海に沈んだ死骸だった。

夜明け前にはそのあたり一帯に手配の網がかけられたが、賊はつかまらなかった。とうに網の外へ出てしまっていたようだ。

庄屋が襲われたのはそれが最後だった。さすがに警戒が厳しくなったことを知った賊は、標的を家中の武家に変えたのである。武家屋敷は意外と警固が甘い上、金品を盗まれても面目を失うのを怖《おそ》れ、届けをだすことはまずない。

そのために何軒の武家屋敷からどれだけの金子が奪われたかはわからないが、城下では、どこそこのお屋敷がやられたとか、あのお屋敷では何両盗まれたなどという噂がひそやかに流れた。噂における金額の総計は三百両近くにのぼったが、話半分としても百五十両以上はまちがいなくやられた計算になる。

噂が流れると同時に、さすがに武家も警固を厚くしはじめ、賊どもはまたも標的を変えた。今度は商家を狙いはじめたのだ。

商家でもまず忍び入り、見つかったら容赦なく殺すという手口で続けて三軒を襲い、合わせて七十両の金を奪った。博徒《ばくと》崩れの五人を用心棒として雇った商家に忍び入り、気づいた用心棒と正面からやり合って五人を楽々と打ち殺し、金子三十両を奪って逃走したこともある。そのとき顔を見た奉公人を三人、殺害してもいる。

別の日には、深夜、商家から二十両の金を奪った帰路、宿場を巡回していた同心、中間にばったり会い、呼子《よびこ》を吹かれる前に殺したこともある。同心は胸と腹を匕首で刺されていた。三、四人に一気に懐に飛びこまれ、息の根をとめられたものらしかった。中間のほうは首から胸を斬り裂かれ、絶命していた。

奉行所の手の者が警戒して張りこんでいた商家を気づかずに襲い、囲まれたこともあった。だが、猿のごとき敏捷《びんしょう》さと猪のごとき突進の前に捕り手の攻めはすべてかわされ、包囲網はずたずたにされた。捕り手たちはなすすべもなく突破を許し、七人は深い闇の向こうに姿を消した。

「しかし、こともなげに人を殺《あや》めるわりにずいぶん奪った額が少ないな」

いいながら勘兵衛は気づいた。

「だからたちが悪いか」

「そういうことです」

「しかし、そんな凶暴ですばしっこい連中を、大名家の者がよくとらえることができたな」

とらえられたのにも理由があった。最初に殺された名主には三人のせがれがおり、その兄弟の執念が見事に実を結んだのだ。

「父親の仇《かたき》を討つ、の一念で三人で相当の金をつかいつつ探索を続けているうち、どうやら利根川《とねがわ》の対岸から舟で下総にやってきているのが百姓らの話からはっきりしてきまして、その旨をせがれたちは役人に告げたんです。それで奉行所の者が数日のあいだ張りこみを続け、ある夜ついに川を渡ってくる怪しげな舟を見つけ、一軒の商家に押し入るところを見届けて一気に襲いかかり、大立ちまわりの末、なんとかお縄にしたようなのです。家中から、十五名もの選《え》り抜きの遣い手に出張ってもらったそうです」

語り終えて七十郎は額の汗をぬぐった。

「よく家臣たちは同意したな」

「殿さま直々《じきじき》のご下命だったそうです。領民の敵を退治し、城下の安寧《あんねい》に力を尽くすのは侍の大事なつとめ、と仰せられたそうです」

いい殿さまだな、と勘兵衛は思った。

「それに、十五名のなかには何名か盗みに入られた者もいたようですね」

「せめてもの意趣返しか」

七十郎は微笑した。

「そういうことになるのでしょうね。盗まれたことを公にしていない以上、金が見つかっても返してくれとはいえぬわけですから」

「金は見つかっていないのか」

「そのあたり、七人とも頑として口を閉ざしていたようです」

拷問にも屈しなかったということだ。

「その名主のせがれたちは、今度も探索に合力しているのか」

いいえ、と七十郎は力なく首を振った。

「賊どもが逃げだした二日後に、三人とも死骸で見つかったそうです」

ひどいものだな、と勘兵衛は思った。

「もしかしたら、そのたちの悪いのが江戸に来ているかもしれぬのか」

「そういうことです」

「今のところ、表立った動きは見せておらぬのだよな」

「その通りなのですが、それもときの問題という気もします。ああ、そうだ」

一転、高い声をあげた。

「おめでとうございます」

清吉も前に出て、あるじに声をそろえた。いきなりいわれて勘兵衛は驚いた。

「もう知っているのか。早耳だな」

「桐沢さまからうかがいました」

久岡家の一族だ。知らぬほうがおかしい。

「桐沢さまも喜んでおられましたよ。悲しいこともあれば、こうしてうれしいこともある。だから人というのは生きてゆけるのだな、と」

勘兵衛は目を丸くした。

「ほう、桐沢さんがな。桐沢さんにしては、なかなか趣《おもむき》のある言葉だ」

「古谷どのがほめていたと伝えておきますよ。祝言はいつです」

「はやくて来年の秋だな」

勘兵衛は、蔵之介の喪明けにすることに一人決めていた。このことで異論をはさむ者はおそらくいない。

「そうですか」

七十郎はしみじみとした目をしている。勘兵衛の心を読み取っていた。

「祝言には来てくれるだろうな」

七十郎は顔を輝かせた。

「よいのですか」

「命の恩人だ。いや、今は大事な友人だ。呼ばぬでどうする」

「これから忙しくなるな」

七十郎は低くつぶやいた。

「どうしてだ」

「来年の今頃までに罪人を一人残らず引っとらえ、江戸に平安と平穏をもたらせるつもりだからです」

つまり、祝言のときになにも起きることのないようにしておくといいたいのだ。

「清吉も出てくれよ」

「えっ、よろしいんですか」

清吉もあるじに劣らずうれしそうだ。

別れ際、七十郎が軽く足を引いているのに勘兵衛は気づいた。

「どうした、その足は」

「三日前、巾着切りを追ったときなのですが」

七十郎は顔をしかめた。

「すばしこいやつで、路地裏に逃げこんだのをとらえようとして石につまずき、ここを板塀で。けっこう深い傷で、かなり出血しましたね」

七十郎は裾をあげた。そこには晒《さら》しが巻いてあった。少し血がにじんでいる。

十六

道場での稽古を終えて、屋敷に戻った。門を入ったところで惣七に来客を伝えられた。

「客って俺にか」

珍しいこともあるものだ、と思いながら勘兵衛は自室へ向かった。

待っていたのは、身なり正しい侍だった。惣七がだしたらしい座布団の上に、背筋を伸ばして座っていた。顔に見覚えはなかった。

敷居際で名乗ってから部屋に入り、男の正面に腰をおろした。

「藤井信左衛門《ふじいしんざえもん》と申します」

勘兵衛に向けて頭を下げた。

名をきいたことはなかった。声にもきき覚えはない。野太いよく響く声をしていた。

「以前、お目にかかったことが」

顔をあげるのを待って、たずねた。

「いえ、はじめてです」

勘兵衛は居ずまいを正し、相手を見つめた。

炭の切れ端を貼りつけたかと思うほどに眉毛が濃いのが、まず目をひく。両の目は切れ長で、聡明な光をたたえた瞳は高貴の血を受けているような品のよさを感じさせる。鼻は高くもなく低くもなく、やや薄い唇は情け心に欠ける感を与えないでもなかった。

「で、どのようなご用件でしょう」

親しい挨拶をかわす間柄でもなく、観察を終えた勘兵衛はさっそく本題に入った。

「実は私、植田家で剣術を指南《しなん》しております。主に春隆さまを受け持っておりました」

勘兵衛は目の前の男を見直した。なるほど、無駄のないしなやかそうな筋骨をしている。相当つかえそうだ。しかしかなり若く、勘兵衛と同じ年の頃に思えた。

「失礼ですが、道場はどちらですか」

勘兵衛はきいた。同年代で遣い手となれば、名を知っていておかしくない。

「柴田道場です」

勘兵衛は信左衛門をまじまじと見た。柴田道場といえば、松本達之進の垣本道場と対抗試合を行っている道場だ。

「藤井どのはおいくつです」

「二十四歳です」

同い年か、と勘兵衛は思った。

「もしや、松本達之進どのをご存じですか」

「ええ。この前殺された鍋島家中の……」

信左衛門の顔には同情の色がうかがえた。

「しかし、あのお人が殺されたなどまったくもって信じがたいことです」

「では、七年前の垣本道場との対抗試合を」

「もちろん、よく覚えています。もし一人、欠が出ることがあれば、それがしが松本どのと手合わせしていたかもしれませぬ」

この若さで剣術指南役をつとめるのなら、そういうことがあっても不思議ではない。

「まあ、あのときのそれがしの実力では、果たしてどれほどやれたかはわかりませぬが」

残念そうに首を振った。

「翌年は、それがしが中心となって雪辱を果たそうと腕を磨いていたのに、佐賀に戻られたときいてそれは落胆したものです」

この男が松本達之進を、ということはないのだろうか、と勘兵衛は考えたが、どうやらなさそうだな、というのが感触だった。

どことなく抜け目なげな感はあり、すばらしく腕も立ちそうではあるが、それでもこの男の腕では松本達之進を殺《や》るにはやや足りぬ、という気がなんとなくする。容赦なく人を殺すだけの冷たさは十分に秘めていそうではあるが、それは上意を受けて、といったどうしてもやらざるを得ぬときではないだろうか。

「翌年の結果はどうでしたか」

勘兵衛は場つなぎにたずねた。

「我がほうの圧勝でした、といいたいところですが、その年は接戦になり、五番手同士の戦いの末、ようやく我がほうに勝利が。五番手が二人抜いての逆転勝ちです」

ほんのわずかだが、声に誇らしげな響きが混じったのを勘兵衛は感じた。

「五番手は藤井どのですか」

信左衛門が静かに首を上下させた。

いわれてみれば、と勘兵衛は思った。六年前の対抗試合で、同い年の剣士の活躍があったことを耳にした覚えがある。前年の松本達之進ほどの人目を引くほどのものではなかったため、一度は脳裏に刻まれたはずの名は、年月の経過とともに風化してしまっていた。

身じろぎし、信左衛門が問うてきた。

「ところで、松本どのの殺しの下手人はつかまったのでしょうか。松本どのだけではない、坂崎掃部助どのを殺害したのも同じ者の仕業という噂をききましたが」

「では、坂崎どのもご存じですか」

「ええ、名だけですが。相当の遣い手ということで、道場仲間からきいた覚えが」

「いえ、つかまったとの話はきこえてはいないですね。町奉行所の者は必死に調べを進めてはいるようですが」

信左衛門が、おや、という顔をした。

「町奉行所にお知り合いでも」

「はあ、まあ」

珍しいな、という表情になった。

「ところで、松永弥九郎をご存じですか」

勘兵衛は話題を変えた。

「もちろんです」

信左衛門が明快に答えた。

「よく存じております。勘兵衛どのの弟御であることも。明るく元気な方ですね。立ち居振る舞いもきびきびされて好感が持てます」

「それはどうも」

勘兵衛は軽く頭を下げた。弟のことで訪ねてきたわけでないのはわかっている。もしそうなら、兄のほうへ行くはずだからだ。

「春隆さまは弥九郎どのを気に入られておられ、弥九郎どのも慕っていらしたのに、あのようなことになられ……」

信左衛門がつと顔をそむけた。深い悲しみをあらわにしたらしい横顔が見えた。目を潤《うる》ませている。

「ああ、いや、そういうことを申すためにまいったのではござらなんだ。失礼しました」

目尻を指でぬぐった。一度かたくまぶたを閉じてから、瞳を向けてきた。

「久岡家との縁談がまとまったとの話をうかがいましたが」

いきなり話が飛んだ。勘兵衛は戸惑った。

「はあ、確かにお話はいただきましたが、まだ正式にまとまったというわけでは」

「しかし、本決まりも同然なのでしょう」

「そういうことになるのかどうか……」

めでたいこととはいえ、どこまで話していいか迷い、勘兵衛は言葉をにごし気味にした。いまだこの男の来訪の理由がつかめずにいる。

信左衛門はしばらく面を伏せていた。

「実はそのことでお話をうかがいたいのです」

顎をあげ、勘兵衛に目を当てた。

「どういうことでしょう」

「勘兵衛どののことを、最も深く気にかけておられる方はどなたでしょう」

「兄上です」

この問いにどんな意味があるかわからなかったが、隠すべきことではなかった。

「やはりそうか」

信左衛門は口のなかでつぶやいた。

「善右衛門どのは、亡くなった蔵之介どのと親しくされておられましたね」

これも答えられない問いではない。

「その通りです。お互い書院番ですし」

信左衛門は左耳の下をかいた。それを合図にしたかのように考えこんだ。

あまりに長く黙りこんでいることに勘兵衛はじれ、声をかけた。

「そのことがなにか」

信左衛門が驚いたように顔をあげ、眼前にいたのを忘れていたような目で勘兵衛を見た。遣い手を感じさせる目を勘兵衛に据えたまま離そうとしなかった。

「なにか」

勘兵衛がきくと、目をみはった。

「ああ、いえ、なんでもありませぬ」

勘兵衛は、知らず緊張していた自分を知った。凝りをほぐすように肩を一揺すりした。

「久岡家にも一族がいらっしゃいますが、そこから婿に入らないのはなぜなのでしょう。どうして勘兵衛どのが選ばれたのです」

内輪のことを話すようで気が引けたが、ここで隠したところでいずれ耳に入る。

勘兵衛は経緯を伝えた。

「なるほど、そういうことですか」

納得した様子の信左衛門を見て、勘兵衛は疑問をいだいた。

「しかしなぜそれがしに。縁組のいきさつをお知りになりたいのなら、兄にきかれたほうがよかったのでは」

信左衛門が首を振った。

「いえ、勘兵衛どのの口からじかにききたかったのです」

「兄ではなにかまずいことでも」

信左衛門が顔を赤らめた。

「もしや縁組のことで不審でも」

直感して勘兵衛は鋭くいった。

「いえ、まさか」

嘘だな、と勘兵衛は思った。

「本当はなにをおききになりたくて、まいられたのです」

「いえ、もうこれ以上なにもきくことは」

勘兵衛は啞然とした。

「もうすんだといわれるのですか」

「そういうことです」

すでに顔から赤みは抜け、平静さを取り戻している。

「失礼いたしました。本日はこれにて」

畳に額をこすりつけて、信左衛門が礼をいった。そそくさと膝を立てる。

門のところまで出た勘兵衛は、小さくなってゆくうしろ姿を見送って、首をひねった。

いったいなにが目的の来訪だったのか。

いい気持ちはしなかった。美音との縁談に水を差された気分だった。


二日後、兄とともに久岡家を訪ねた。

蔵之丞と妻の鶴江《つるえ》と挨拶をかわした。

「こたびはこちらの申し入れをご快諾いただき、厚く御礼申しあげます」

蔵之丞が朗々たる声でいった。

「こちらこそ不肖《ふしょう》の弟にお声をかけていただき、お礼の言葉もございませぬ」

兄も静かだが響きのいい声で応じた。

美音も同席している。裾に花模様を散らした振袖《ふりそで》を着ているが、派手な感じはない。高価そうではあるが、しっとりと落ち着いた雰囲気だ。

昔は祝言の日にはじめて相手を目にするというのが当たり前だったが、今は事前に顔合わせを行うのも決して珍しいことではない。

美音の顔を見つめ、瞳で喜び合った。言葉にはださなかったが、今はそれで十分だった。

酒になった。美音が酌をしてくれた。一息に干した。妻にするのが決まってはじめて受けた杯だ。ほんの少し味がまろやかになった気がした。

厠《かわや》へ行くといって、中座した。小用を足すと、廊下を反対側に歩きはじめた。

向かったのは、蔵之介の部屋住み時代の部屋だ。障子をひらいた途端、ふわっとなつかしい匂いに包まれた。部屋はそのままだった。今日もか細い虫の音《ね》がきこえている。

庭側の障子をあけたら一瞬途切れたが、すぐにまた鳴きはじめた。

ごろりと横になりたかったが、さすがにそれはやめた。立ったままなかを見まわした。

また蔵之介のことを思いだした。

敷居際に人の気配を感じた。目を向けるまでもなかった。

「やはりこちらだったのですね」

勘兵衛は微笑した。

「この部屋にいると落ち着く」

美音はなかに入ってきた。

勘兵衛は美音に向き直った。自然に手が広がった。倒れこむように美音が腕のなかに入ってきた。力をこめて抱き締めた。

美音は震えていた。顔を見ようとしたが、いやいやをするように伏せた。

あたたかいものを腕に感じた。美音は泣いていた。喜びと悲しみがないまぜになった涙であるのを勘兵衛は理解した。

「泣くな」

外の虫がなぜか鳴きやんだ。

「勘兵衛さま」

美音がうつむいたままいう。

「きいていただきたいことが」

「なんだ」

勘兵衛はつややかな髪に触れようとした。わずかに躊躇した。美音が勘兵衛を見た。自然に手が動き、勘兵衛は髪の毛ごと美音の頭を抱くようにした。

美音は吐息をついた。

「私、一度考えたことがあるのです」

その先をなかなか口にしようとしなかった。虫が再び鳴きはじめた。

「兄上がいなくなれば一緒になれるのに、と一度だけ」

思いきって告白した。

「そのようなことを私が思ったせいで兄は死んでしまったのではないか、とずっと自分を責めておりました」

美音が顔をあげ、勘兵衛を見つめた。

「このような娘、妻にしたいと思われますか」

「このまま連れて帰りたいくらいだ」

勘兵衛は美音を慰めるでもなくいった。

「本当でございますか」

「実はな」

勘兵衛は美音にささやきかけた。

「俺も同じことを考えたことがあるのだ」

美音は黙って見つめている。

「もちろん本気ではない。俺は美音どのを誰にも渡したくなかった。しかし自分の力ではどうすることもできぬ。ただなにもできぬままときがたってゆくのが怖くてならず、焦燥だけが募《つの》るばかりだった。だがこうして蔵之介を失ってみると、なんと馬鹿げたことを、とおのれに愛想を尽かしたくなる」

勘兵衛は強い自制力をもって美音を離した。

「このような男、いやにならぬか」

美音は顔を伏せ、はにかんだ。

「今日よりこの屋敷にいてほしいくらいです」

勘兵衛はもう一度抱き締め、美音から発される甘い香りを胸一杯に吸いこんだ。

「ききたいことがある」

顔をのぞきこんだ。

「蔵之介に縁談はなかったのか」

「ありました」

美音がはっきりと答えた。やはり、と勘兵衛は思った。楽松で飲んだ帰り道、供が提灯を揺らしたのは、あるじの答えに驚いたからだろう。

「でもすべて断っていました」

「どうしてかな」

「さあ、それは」

美音が悲しげに首を傾けた。

「二人が一緒になれればいいな、と蔵之介がいったことがあったな」

「はい、あのときもこのお部屋でした」

「もしや蔵之介は、自分が長くないことを知っていたのだろうか」

十七

翌日、勘兵衛は寺の門前に立っていた。刻限は九つ半（午後一時）にじきなろうとしており、秋のふっくらとした日差しはわけへだてなく町のいたるところに降り注いでいる。

寺は臨興寺《りんこうじ》といい、牛込通寺町《うしごめとおりてらまち》にある。その名の通り、町は寺が十以上も寄り集まっており、通りに五つの寺が並んだ四つ目に臨興寺の山門はあった。ときおり近くの町屋で飼われているらしい犬の声が届くくらいであたりは静けさに満ち、その静けさに安心しきったように、門脇の塀の上で猫が丸くなっている。

勘兵衛は門のなかをのぞいてみた。白い砂利《じゃり》が秋の日をやわらかく照り返し、境内をほのかに染めているだけで、人の姿はどこにも見えなかった。敷石の正面にさほど大きくはないが風格のある本堂が建ち、右手にがっしりとした骨組みを持つ鐘楼《しょうろう》、その奥に庫裡《くり》らしいこぢんまりとした建物があった。墓地は本堂の左手裏に広がっているようだ。

道に気配を感じ、そちらを見た。供を一人連れた女が歩いてくる。

勘兵衛は五段の階段をおり、道に出た。

勘兵衛を見つけると、女が少し小走りになった。供もあわてて駆け足になる。

「お待ちになりましたか」

息を弾ませて、いった。

「いや、今来たところだ」

美音はやや上気している。

こうして二人で外で会うなど、はじめてであることに勘兵衛は気づいた。

そのことは美音もわかっているはずで、その高ぶりやわずかな照れが桃色の頬にあらわれているのかもしれなかった。

「ここで待っていてください」

美音が供にいった。

勘兵衛は美音とともに境内に足を踏み入れた。

墓地は思っていた以上にせまかった。十間《けん》先にもう隣の寺の塀が迫っており、塀の向こう側には卒塔婆《そとば》が見えた。

久岡家代々の墓は、他家の墓のように苔《こけ》むしてはいなかった。

勘兵衛は目を閉じ、手を合わせた。

(俺はおまえの跡に入る。これからもずっと見守っていてくれ)

目をあけた。美音はまだ目を閉じていた。

勘兵衛の眼差しに気づいたようにまぶたをひらいた。まぶしげな瞳を送ってくる。

「なにを蔵之介に」

勘兵衛がきくと、面《おもて》を伏せ気味にした。

「勘兵衛さまと同じです」

おそらくその通りなのだろう。

しばらく二人で黙って墓を見ていた。

「前から不思議に思っていたことがある」

勘兵衛は正面を見つめて、いった。

「なんでしょう」

美音がかすかに身じろぎした。

「ききにくいのだが」

蔵之介にしっかりしろ、といわれた気がして、勘兵衛は美音に向き直った。

「俺は美音どの、いや、美音のことが大好きなのだが、美音はどうして俺に惚れた」

「そのことですか」

恥ずかしげにうつむいた。そのまま黙りこんで話しだそうとしない。

「犬に襲われたときか」

勘兵衛は沈黙に耐えきれず、きいた。美音は桃色に染めた頰をかすかに振った。

「あのときは恐ろしさと助かったという安堵の気持ちばかりで、勘兵衛さまのお顔はほとんど見ることはできませんでした。兄の背中ばかりが強く心に残って」

そうだったのか、と勘兵衛は思った。

「俺はあのとき惚れた」

「本当でございますか」

美音はくすぐったそうな顔だ。

「あまりにかわいくて、俺はこの娘をきっと妻にする、と幼心に誓ったものだ」

美音は笑いながら、疑いを含んだ目を向けてきた。その目に負けて勘兵衛は白状した。

「正直にいおう。あのときはそこまでは思わなかった。でも惚れたのはまことだ」

「そうでございますよね」

美音はおかしそうに口許をゆるめた。

「あの頃の勘兵衛さまが、妻、という言葉をご存じだったか、実に怪しいですもの」

「ふむ、いってくれるな」

勘兵衛は美音をのぞきこんだ。

「で、いつだったのだ」

美音が、こほんとかわいい咳をした。小さな覚悟を決めた態度だ。

「あれはもう十年ほどたちますか」

美音は遠くを仰ぎ見た。勘兵衛も同じ空を眺めた。

いつからか曇り気味になっていた。弱められた日の光は冬の色にまた一歩近づいたようで、墓地をほんのわずか薄暗くした。それでも風がないせいか、肌寒さは感じない。

境内は相変わらず静かだった。塀の上で寝ていた猫が、のっそりと本堂の回廊にあがるのが見えた。わずかな日だまりを捜しだし、そこでまた横になった。

「その日も、勘兵衛さまは兄のところへ遊びにいらしておりました。それで私も兄の部屋に行ったのですが、どうもあの頃の兄には妙に私を避けるところがあり、その日も私に戻れというようなことをおっしゃいました」

蔵之介の気持ちもわからないではない。それなりに成長し、女を意識する年頃だ。身近にまだ幼いとはいえ、こんなに美しい女にいられたら、勘兵衛だってどういう態度をとればいいかわからない。まぶしすぎて、目のやりどころに困る。

「そこを勘兵衛さまがいいではないか、と取りなしてくれまして、それで一緒にお話をすることができました」

取りなしたことなどろくに覚えていないが、その頃の勘兵衛は美音が半分目当てで遊びに行っていたはずだ。それで、必死になって蔵之介を説得したのだろう。蔵之介はおそらく勘兵衛の気持ちを見抜いており、仕方なく承諾したにちがいなかった。

「そのあと母から羊羹《ようかん》をいただきまして、三人して食べたのですが、兄が羊羹もうまいが桜餅のほうがもっとうまいな、とおっしゃいまして、それで私と口論になりました。私は羊羹が大好きですから。今思えば、なぜあのようなことで喧嘩をしなければならなかったのかとあきれてしまいますが、それで、おまえはどうなのだと兄が勘兵衛さまに迫ったのです」

いわれてみれば、なんとなく覚えている。

「それで俺はなんと」

「私のほうについてくれました」

記憶が明瞭なものになった。

「蔵之介は怒ったよな。裏切りやがって、とこっぴどくののしられた覚えがある。正直いえば、俺にとっては桜餅も羊羹も同じだったが、美音の側にまわりたかった」

美音が小さく笑いを洩らした。

「その後、どうなったか覚えていらっしゃいますか」

勘兵衛はうなずいた。

「俺は怒鳴り返した。それで蔵之介と取っ組み合いになった」

「私ははらはらしてとめに入ることもできず、ただ見守るだけになって」

「そのときだったな、地震があったのは」

「あのときは幸いにも家屋敷が崩れたといった話はなかったですけれど、子供心にすごく怖かったのを覚えています」

勘兵衛にもかなり揺れた覚えがある。

「私はもう恐ろしくて恐ろしくて頭を抱えて震えていたのですが、そのとき、不意に重みを感じました。勘兵衛さまが、いつの間にか私をかばうようにしてくださって」

美音はうれしそうに勘兵衛を見た。

「勘兵衛さまにかばわれたそのとき、私はこれ以上ない安心感に包まれました。それで、この人の奥方になりたい、と」

「そういうことだったのか」

そんなことで惚れるのか、とも思うが、人の気持ちなどほんの小さなことで変わるものだ。だから納得はできた。できたが、勘兵衛には一つ秘密ができてしまった。あれは、どうしても美音に触れたくてならなかったからだ。それで、ここぞとばかりに地震を利用したのだ。地震にびっくりした蔵之介を投げ飛ばし、美音に抱きついたのである。

真実を告げたら、美音はどんな顔をするだろう。まさか破談になりはしないだろうが、いわないほうがいい気がした。

当然のことながら蔵之介は勘兵衛の真意を見抜いており、あきれた顔をしたが、さすがに美音には内緒にしてくれたようだ。

「どうかされましたか」

美音が見つめている。

「なにか企《たくら》まれたお顔です」

「企んでいるさ」

勘兵衛は美音を抱き締めた。どこにも人の目がないのを見て取り、唇を吸った。

桜餅のようにやわらかく、甘い味がした。

十八

墓参の日から十日ほどすぎ、九月も二十日になった。

身のまわりに不審なことは起きていない。襲われることもなければ、藤井信左衛門が訪ねてきたということもない。友人が病に倒れたというようなこともなかった。

祝言の日取りも、正式に来年の秋に決まった。蔵之丞はもっとはやくてもかまわないといったが、勘兵衛が気持ちを伝えると気を悪くすることもなく、あっさり了承してくれた。むしろ勘兵衛の気づかいに感謝する笑みさえ見せてくれたものだ。

その日の午後、昼餉《ひるげ》を終えて勘兵衛はいつものように道場へ向かった。

秋はさらに深まり、道沿いの木々もだいぶ色づいてきていた。乾いた風が梢を騒がせてゆく。風の来た道を振り返ると、遠く富士山が八合目あたりまで雪をかぶっているのが見えた。ただ、富士は暈《かさ》もかぶっていた。紛れもなく雨の予兆で、そのことを証明するように富士の南には黒雲の群れがあり、それが江戸を目指して進んできていた。

帰る頃には雨になるかな、と勘兵衛は思い、傘を用意してこなかったことを後悔した。惣七に、夕刻には必ず雨になりますから持っていってください、といわれたのを断ってしまっていた。子供の頃から惣七の天気を見る目の確かさは熟知していたのに、今日はなぜか傘を持つのが面倒くさかったのだ。

道場に着き、支度を整えた。皆も来ていて稽古をはじめていたが、どこか勘兵衛を見る目がいつもとちがった。どこがちがうといわれてもはっきりとはわからないが、とにかく距離を置いた目に感じられた。

大作を稽古に誘った。応じてくれたが、控えめな打ちこみしかしてこなかった。

「なんだ、いつもの気合はどこに行った」

勘兵衛はきつく叱責した。物足りなさだけでなく、わけのわからない遠慮を大作に感じた。なぜか手加減しているようにも思えた。その理由の不明なことが声に出た。

「いや、今日はちょっと疲れているんだ」

大作は、すまんとばかりに手刀をつくり、勘兵衛の前を離れていった。

次に新八を誘ったが、新八は固辞した。

「なぜだ」

「あいつの相手をすることになっている」

顎をしゃくった先には、最近入ってきた若者が立っていた。まだ十四ときく。新八ほどの高弟がわざわざ稽古をつけることはない。

どういうことだ、と勘兵衛は思った。なにかきらわれることをしただろうか。

心当たりはなかった。昨日も道場に来たが、ふだん通りだったのだ。

となると、昨日から今日にかけてなにかあったということだが、昨日は道場から寄り道することなくまっすぐ屋敷へ帰り、またここにやってくるまで外出はしなかった。まさか美音との婚約をやっかんでか、とも考えたが、しかしそのことを皆に話したとき一人の例外もなく喜んでくれている。

稽古が一段落した左源太を見つけた。勘兵衛は、汗を拭く左源太に歩み寄った。この腹にしまうことのできない男なら、きっと話してくれるだろう、と思った。

左源太は、まずいことになったとでもいいたげに顔をしかめた。勘兵衛はちらりとまわりを見た。道場の全員が注目していた。

「どういうことか話してもらえるだろうな」

左源太は口をひん曲げた。

「なんのことだ」

「とぼけるな」

強くいうと、左源太は仕方なげに座るように手で示した。勘兵衛はしたがった。

「話せ」

「せっかちだな」

そういったが、左源太は説明をはじめた。

「別におまえをきらって避けているんじゃないぞ。大事な身であることを慮《おもんぱか》っているだけのことだ。誤解するな」

「大事な身って」

やはり縁談が整ったことをいっているのか。

「きいていないのか」

「なにを」

左源太は小さなほくろまで見つけだすような真剣な目で、勘兵衛を見つめた。

「おまえがさる旗本家の落胤《らくいん》だという噂をだ」

「旗本家の落胤だと」

勘兵衛は驚き、左源太を見返した。

「さる旗本家、というのは」

「植田家だ」

「俺が植田家の落とし子だと」

勘兵衛は頓狂な声をあげた。

「いったいなんの話だ」

「先代の落胤との噂が広まっているんだ」

「先代って、元隆《もとたか》公のことか」

「そうだ」

勘兵衛は笑いだしそうになった。そんなことがあるはずがない。

「左源太、からかっているのか」

「まさか」

左源太は真顔で否定した。勘兵衛は道場内を見渡した。誰もが左源太と同じく、真剣な表情を崩すことなく勘兵衛を見ている。

勘兵衛は考えこんだ。何年前のことか覚えていないが、元隆はとうにこの世を去っている。顔を見たこともない。あれは元隆公のものだったのだろう、と幼い頃に出た法事を覚えている程度だ。

「左源太、おまえ信じているのか」

「正直いえば、わからんのだ。信じるに足る噂ではないとは思うが」

言葉を切って、勘兵衛を見る。

「しかし、火のないところに煙は立たず、というからな」

左源太はためらったが、口にした。

「誰からきいた」

「大作だ」

勘兵衛は立ちあがった。大作を捜す。床板を踏み鳴らして歩いた。

「大作、噂は誰からきいた」

真ん前に立ち、詰問した。

「新八だ」

意外な気がした。寡黙なあいつが、という思いがあった。

新八の前に立った。

「新八は誰から」

「兄上だ」

気負うでもなく新八は答えた。

「おまえの兄上というと、使番《つかいばん》をつとめられていたな」

八十人いる使番の一人である新八の兄は新太郎《しんたろう》といい、新八より六つ上だ。弟とはまるでちがい、いかにも使番らしく、弁舌さわやかとの評判もきこえている。

「兄上は誰からきいたと」

新八があっけにとられた目で見る。

「知らぬが、そうやって噂のもとを突きとめるつもりか。無理だろう。兄だって殿中での雑談で知ったようなことをおっしゃっていたし」

「殿中での雑談か」

一介の部屋住みの自分が城中で噂になる日がやってこようとは。

そうか、これだったのだ、とようやく気づいた。目付が小耳にはさんだという噂は。だから、麟蔵は兄に確かめに来たのだ。

しかしなぜだ、とも思った。なぜ徒目付組頭がこんなつまらぬ噂に興をいだいたのか。


急ぎ足で屋敷に戻ろうとした。

しかし途中、善国寺通に入ったところでうしろから呼ぶ声がきこえた。

振り返ると、こちらへ駆けてきている男がいた。清吉だった。

行きかう町人たちとぶつかりそうになりながら、巧みに避けて走ってくる。

土埃《つちぼこり》をあげてとまった。相当急いだようで、顔をまっ赤にし、両膝に手をついて、こちらが心配になるくらい、はあはあと荒い息を吐いている。

「大丈夫か」

「はあ。なんとか」

苦しげな顔で見あげた。

「鍛え方が足りぬのではないか」

「鍛えているつもりなんですが、これでも」

ようやく息がおさまってきた。

「この刻限なら道場かと思ったら、帰られたそうで、あわてて追っかけてきたんですよ」

「なにかあったのか」

清吉は大きく息をし、唾を飲んだ。

「例の浪人の居どころがつかめたんです。それでその浪人がまちがいなく和田勇次郎か、古谷さまにお確かめいただきたく」

落胤話は一瞬にして頭から消えた。

十九

連れていかれたのは、神田川の柳原土手《やなぎはらどて》から南へ二町ほどくだった、内神田の江川町《えがわちょう》だった。橋本町《はしもとちょう》三丁目と豊島町《としまちょう》にはさまれた小さな町で、勘兵衛ははじめて足を踏み入れた。麴町からおよそ一刻（二時間）の道のりだった。

町屋がひしめき合うように建ち並んでいる。

町人たちがせわしげに行きかう小道から、さらに細い道に入った。ひどく入り組んだ町を進む道だったが、清吉の足の運びに迷いはなかった。

しばらく行くと、わずかに広い道に出た。その道を右に折れ、五間《けん》ほど歩を進めたところで清吉が足をとめた。

「ここです」

裏店《うらだな》だ。見あげた木戸には、住人それぞれの名が書かれた表札が打ちつけられている。数えてみると、全部で十四の名があった。

和田勇次郎の名もある。七軒同士が路地をはさんで向かい合う、厠の真ん前だ。

和田は、木戸の横に易者の看板をだしていた。もっともらしい達筆で『觀易』と書いてある。

厠の先にある井戸端では三人の女が夕餉《ゆうげ》の支度なのか、青物を洗っている。手以上に口が動いていた。高笑いが秋の澄んだ大気に吸いこまれてゆく。

もうそんな刻限になるのか、と勘兵衛は思い、空を見た。気がつけば、すでに長屋の陰には夕暮れのはじまりを告げる暗みがぽつりぽつりとできていた。

「なかにいるのか」

顎をしゃくった。

「少々お待ちを」

清吉はいい、ちらりと右手を見た。

背中一杯に風呂敷包みをかついだ男が近づいてきた。小間物屋だ。どことなく印象が薄い感じのする男で、やさ男が多い小間物屋にしては少し目つきが鋭い。七十郎の手札《てふだ》をもらう岡っ引の手下といったところだろう。

男は清吉に体をすばやく寄せ、一言二言耳に言葉を吹きこむようにした。なにごともない顔でその場を去っていった。

「なかにいます」

清吉が告げた。

「しかし物々しいな」

率直な感想だ。今の男だけではない。周囲にはまだ何人かひそんでいる気配がある。

横合いから七十郎が姿をあらわした。

「おう、来ていたのか」

「お待ちしていました」

「手はずをきこう」

「客になっていただき、古谷どのの知っている和田勇次郎だったら咳払いを。踏みこみます。ちがう男だったら黙って出てきてください」

「心得た」

勘兵衛は長屋のほうに目を向けた。

下水の臭いや煮物、焼き物の香り、小便臭さなどの生活臭に混じって潮の漂いが感じられるのは、五町ほど東を大川が流れているからだろう。

七十郎にしたがって木戸をくぐった。

職人が多く住まう長屋らしく、戸にはそれぞれの名と職が書かれている。ざる売り、箒《ほうき》売り、大工、鋳物《いもの》師などが住まっている。ざる売りや箒売りはなかで仕事をしている音がきこえる。他は外へ仕事に行く出職《でしょく》のようだ。出職の者たちが帰ってきている様子はなかった。

七十郎の姿を見て、井戸端の女房三人がぴたりとおしゃべりをやめ、立ちあがった。

七十郎は、唇に人さし指を当て、騒がないよう仕草で知らせた。

勘兵衛は和田勇次郎の長屋の前に立ち、戸をどんどんと叩いた。

「ご在宅かな。観てもらいたいのだが」

戸の向こうから声がした。

「あいております。入りなされ」

重々しい声だ。あのときの怒鳴り声と似ているように感じられた。

勘兵衛は戸をあけ、足を踏み入れた。

薄暗いなかに、行灯《あんどん》がはやくも灯されている。行灯の紙が破れており、戸口から吹きこんだ風が炎を揺らし、箒をかけるように部屋のなかを照らした。

三畳間と四畳半の二間《ふたま》続き。

奥の四畳半には腰屏風《こしびょうぶ》がくの字にひらかれ、その陰に畳まれた夜具がはみだしている。屏風の手前に火鉢が置かれ、壁に沿って行李《こうり》が二つ。刀架が行李の横にあるが、かけられているのは脇差だけだ。あとは部屋のまんなかに飯びつ、膳。膳の上には欠けた急須《きゅうす》。

　家財はほかに見当たらない。

　行灯に用いられているのは、最も安価な鰯《いわし》油だ。魚が腐ったような胸の悪くなる臭いが充満していた。男が一人暮らしているのがはっきりわかる、寒々とした部屋だ。

　勘兵衛はうしろ手に戸を閉じた。

　土間にはかまどが据えられ、その横に蓋に柄杓《ひしゃく》が載った瓶《かめ》がある。半分焼けこげた火吹竹と、骨があらわになった団扇《うちわ》が瓶に立てかけられていた。

　手前の三畳間に男はいた。小さな机に肘《ひじ》をつき、筮竹《ぜいちく》を手にしている。

　それなりに芝居がかった格好をしているのかと考えていたが、いかにも浪人らしいすり切れた小袖を着ているだけだ。

　勘兵衛は男を黙って見おろした。総髪にしてはいたが、目の前の顔は記憶のなかの顔とほとんど変わらなかった。まちがいなく八年前の男だ。鼻の下にたくわえられたひげだけが、易者らしさをわずかに醸《かも》しだしている。

　男は、勘兵衛を値踏みする目で見ていた。部屋住みとはいえ、千石取りの旗本の次男坊である。かなりの上客に見えるはずだ。

「以前、お会いしたことが」

目は勘兵衛の頭に向けられていた。勘兵衛は一瞬、この頭を覚えていたのか、と思ったが、次の言葉で商売用のかけ声にすぎないのを知った。

「それとも、どなたかの紹介ですかな」

勘兵衛はすぐにも咳払いをしようと思ったが、いたずら心が頭をもたげた。

「紹介というわけではないですが、よく当たるという評判を耳にして」

「評判ですか」

顔をほころばせた。

「まあ、お座りなされ」

手で机の前の座布団を示した。勘兵衛は草履を脱ぎ、男と向き合った。

近くで見ると、八年前とはやはりちがっていた。顔のしわが深くなり、白髪が頭をおおっていた。あのとき四十四歳といっていたから、今は五十二だ。老いは確実に忍び寄ってきている。目には鋭さが感じられず、どことなく人のよささえ見えた。しかし、心の深いところがねじ曲がったままらしいのも、わずかに瞳の奥に残っている気がする。

「それがし、ある旗本の部屋住みなのですが」

「いかほどのお旗本で」

「千石です」

正直に答えた。瞳が喜びに輝いた。

「前金で一朱《いっしゅ》になります」

ふっかけやがったな、と思った。易の相場は知らないが、いくらなんでも高すぎる。遊びのつもりで支払った。あとで七十郎から取り返せばいい。

「おききになりたいというのは」

いったんとめ、おごそかな口調で続けた。

「婿入りのことですかな」

勘兵衛は感嘆の色を浮かべた。

「よくわかりますね」

「それはこちらも商売。では、お歳をおきかせくだされ」

勘兵衛が答えるや、和田は筮竹を手にした。手のうちで練りこんだとき、不意に筮竹が弾《はじ》けたようにばらけ、机の外へこぼれ散った。

和田はあわてるそぶりを見せることなく、悠々と五十本の竹を集めはじめた。

「これは失敬。ちょっとここしばらく腕の具合が悪いものですからな」

左腕をいとおしむようにさすった。

「お怪我でも」

「ちょっとしたへまをしましてな」

和田はにっと笑い、再び筮竹を手にした。仕草はさまになっている。いつからこの商売をはじめたか定かではないが、続けているうちにそれなりに心得ができてきたのか。

しばらく机の上の筮竹をにらみつけていたが、不意に顔をあげた。悪いものでも見たような怖い顔をしていた。

和田は一転、頬をゆるめた。

「すでにあなたは出会っているのでは」

「誰にです」

「運命の人に」

本当に当たるのか。

「いや、待てよ」

再び筮竹を取り、じゃらじゃらやった。

「うむ、まだ出会ってはおらぬようだな。しかし、ここ半月ほどで必ず」

「ここ半月ですか」

「そう出ております」

和田は顔相を見るように勘兵衛を見つめた。

「その出会いからとんとん拍子に話が進み、いずれめでたく婿入りでしょう」

「相手はどのくらいの身代ですか」

「およそ二千石」

勘兵衛はのけぞった。

「それはすごい。相手の歳は」

「十七歳」

「美形でござるか」

和田は表情を曇らせた。

「残念ながら」

勘兵衛は肩を落とした。

「しかし醜女《しこめ》というほどでも。目をひくほどではないという程度。ご安心なされ」

「そうですね。それほどの良縁に恵まれることこそ幸せというもの。美醜など気にしていたら、ばちが当たりましょう」

「そういうことですな」

和田は満足げにいい、顔を引き締めた。

「ただ、一つ大事なことがあります。あるいはここ半月のあいだにそういう出会いがないかもしれぬ、ということです」

「どういう意味です」

「出会いというのはあくまでも天がくだし得るもの。あなたの振る舞い一つで、天の機嫌はあっという間に悪くなり申す。そうなれば」

勘兵衛はあとを引き取った。

「出会いはないと」

「そういうことです」

「その場合どうすれば」

「まずは、天に恥じぬ日々をすごすことが第一。それでも駄目なときは」

和田は真剣な目をつくった。

「またここにいらしてくだされ」

どうやら相当の上客と見こまれた。

「わかりました。そのときは必ず」

勘兵衛は立ちあがり、草履をはいた。ごほんと大きく咳をした。

戸があき、七十郎がずいと入ってきた。

「和田勇次郎、ききたいことがある」

勘兵衛は七十郎とすれちがって、外に出た。振り返って和田の様子を眺めた。

七十郎に筮竹を投げつけるや和田が立ちあがった。刀を手にしている。机の下に置いてあったようだ。抜き放ち、鞘《さや》を投げ捨てた。甲高《かんだか》い気合とともに七十郎に斬りかかった。

勘兵衛は驚いた。この男が本当に下手人なのか。

七十郎は十手で、胴を狙ってきた刀をがきんと受けとめた。押し返そうとした途端、和田の右足が飛んできた。

不意を衝かれた七十郎は横腹を蹴られ、腰を折りかけた。そこへ、袈裟斬りがきた。かろうじて避けた七十郎は戸を突き破り、外に転がり出た。

息をつめて成りゆきを見守っていた三人の女房が、ひえっと声をあげた。土をかくようにその場を逃げだし、それぞれの住まいに戻って戸をぴしゃりと閉じた。

和田が七十郎を追って、路地に飛びだした。目がぎろりと動き、勘兵衛を見た。

勘兵衛は七十郎をかばった。

「奉行所の犬だったか」

殺気が全身に満ちている。

勘兵衛の背後で、清吉があるじの介抱をはじめた。七十郎は腹を押さえ、顔をしかめている。

手下が四人、和田を取り囲んだ。和田は目もくれず、勘兵衛に向かってきた。

袈裟に振られた斬撃《ざんげき》を勘兵衛はかわし、刀を抜きざま、胴に送りこんだ。

和田は勘兵衛の刀をはずし、再び袈裟に斬りこんできた。和田の顔には一瞬、してやったりという表情が浮かんだ。

勘兵衛は軽やかに足を運び、避けた。

自信満々の太刀《たち》をよけられて、和田の顔に血がのぼった。

「小癪《こしゃく》なっ」

叫びざま、逆胴に刀を振るってきた。

それを勘兵衛は、刀で巻きあげるように跳ねあげた。和田の両腕はあっけなくあがり、胴に大きな隙ができた。そこへ峰を返した刀を叩きこんだ。

和田はうめきを残し、膝をついた。こらえきれず路地に横たわり、体をよじった。

勘兵衛は和田に近づき、刀を取りあげた。それを清吉に放る。

清吉は勘兵衛の意図を理解した。もし人を斬っているのなら、どんなに手入れをしたとしても脂は残る。

刀をおさめて勘兵衛は七十郎に歩み寄った。七十郎は勘兵衛の手を借り、立ちあがった。

「大丈夫か」

七十郎が脇腹をなでさすった。

「まさかこのような仕儀になるなど」

情けなさそうに首を振る。

「油断しました」

ようやく痛みが去ったようだ。感嘆の眼差しで勘兵衛を見た。

「しかし古谷どの、強いですね」

「そんなたいしたものではない」

勘兵衛は謙遜《けんそん》でなく、いった。手下たちが、捕縄で和田をがんじがらめにするのを見た。

「こいつが下手人なのかな」

「古谷どのの感触は」

勘兵衛の答えを待たず、七十郎は続けた。

「ちがうようですね」

勘兵衛は、和田が引っ立てられてゆくのを見送った。

「しかしやつはなぜ」

七十郎はその答えをすでに見つけていた。

「なにか悪さをしていたのかもしれません。すぐに吐くでしょう。それでわかります」

二十

勘兵衛は一人、番町を歩いている。

日はとうに落ち、人けも灯の色もほとんどない町には冷え冷えとした闇が早足で忍び寄っており、木々の映じる影が長く伸びている。風が吹くたびに影はさわさわと虫がうごめくように揺れ、勘兵衛の行く手に深い闇をいくつもつくりだしている。

空には雲の群れが寄り集まり、西の消え色をおおい尽くそうとしていた。思いのほかはやく動いているらしい雲は北に向かうにつれ、だんだんと低くなってきているようで、先端はすでに重く垂れこめてきていた。惣七のいう通り、雨になりそうな雲行きだ。

月はなく、星は東の空に冷たい色をした二つだけがわずかにまたたいている。

胸に火照《ほて》りが残っていた。和田勇次郎とやり合った興奮がいまだに消えずにいるのだ。

成瀬小路に入った。

剣気が殺到してきた。あの夜と同じ、勘兵衛を一気に押しつぶそうとする殺気だ。

油断していた。背をそらしざま刀をつかむや抜いた。袈裟に鋭く振られた白刃《はくじん》。ぎりぎり間に合った。がきんという音とともに、岩でもぶつかったような衝撃が体全体を走り抜けた。

男は牛を思わせる力で押してきた。

勘兵衛も踏んばり、負けずに押し返した。大黒柱のように動かない。

目に入ったのは、またも天蓋。

天蓋のなかの瞳が、闇夜の猫のように光を放った。喉笛《のどぶえ》を食いちぎりそうな獰猛さをたたえつつ、しかし細く冷たい目が、勘兵衛をじっと見据えていた。

勘兵衛も見返した。天蓋をはぎ取りたかった。どんな顔をした男が、このい草でつくられた笠のなかにいるのか。

しばらくにらみ合っていた。

なぜか、相手がにやりと笑ったのを勘兵衛は感じた。あの舌なめずりするようだった感覚を思い起こした。背筋を悪寒が通りすぎた。

男がすっと刀を引いた。不意に胴を狙ってきた。かなりの大振りで、勘兵衛は一歩下がることであっさりとよけた。

それが相手の狙いであることに気づいたのは、相手のがらあきの左半身めがけて反撃に出ようとした瞬間、猛烈な太刀《たち》風に体をひっぱられたからだ。

勘兵衛はだし投げでも食らったように、よろめいた。体は伸びきり、そこへ狙いすました袈裟斬りがくるのをさとった。

隙だらけの身をさらしたおのれに、もはや避けるすべはないように感じられた。

ずいぶん長いときがたったように感じられたが、実際には一瞬にも満たなかっただろう。

「古谷さまっ」

横合いから声がしたのはそのときだった。同時に提灯が夜を割って突きだされた。

充満していた殺気が一気にしぼみ、振りおろされた刀が寸前で引かれたのを勘兵衛は知った。天蓋が日に照らされたように明るく見え、それがくるりと向きを変えるや、一気に闇の向こうに遠ざかってゆく。

足音はしない。弁慶縞の小袖がかすかに見えた。両肩の張った長身の男だった。

勘兵衛はつかの間、放心していた。我に返ったのは、また同じ声に呼ばれたからだ。

「古谷さまっ」

見ると、清吉だった。

「古谷さま、追っかけましょう」

清吉は勘兵衛を追い越して駆けてゆく。

勘兵衛も清吉の提灯を追って、成瀬小路を北へ走りだした。

しかし、つかまらなかった。足がはやい上、いつの間にか雨が降りだしたことで視界はさらに悪くなり、闇も幕を垂らしたように深さを増したからだ。

男は成瀬小路を出たあと左へ曲がり、四ッ谷門のほうへ向かったらしかった。

わかったのはそこまでで、そこから先は麴町の大通りに出たようにも思えたが、はっきりとしなかった。

勘兵衛は四ッ谷門の前をすぎ、麴町大通に足を踏み入れたところで立ちどまった。

清吉は悔しげに唇をかみしめ、まだあきらめきれずにあたりを睥睨《へいげい》している。通りを見渡し、行きかう人々の顔を一つ一つ確認するようにしてから、勘兵衛に目を戻した。

「この前、襲われたのと同じやつですか、天蓋をかぶってましたが」

「だと思う」

勘兵衛はきびすを返し、道を戻りはじめた。清吉が先導するように前に出た。

「物騒ですからね、お供しますよ」

提灯で道を照らしてくれる。

「見覚えのあるやつだったか」

勘兵衛は清吉の背中に声をかけた。

「いえ、顔が見えたのならともかく」

いまいましそうに言葉を切った。

「背丈や肉づきだけでは。あのくらいの体格の男が江戸にどれだけいることか」

「その通りだな」

「着ていたものも、この前古谷さまがいわれた通りでしたね」

「また同じ格好で出てくるかな」

「また襲われるとお考えで」

「まずまちがいない。しかし清吉、よく来てくれた」

感謝の気持ちで一杯だった。

「清吉が来てくれなかったら、俺はまちがいなく骸《むくろ》にされていた」

清吉が懐をごそごそと探った。

「これをお返しするように、あるじからいいつかったものですから」

渡されたのは一朱金だった。

「占い料です。こちらからお願いしたのに、お返ししていないことにあるじが気がつきまして」

雨はいっときの通り雨らしく、すでに傘がいらないくらいの小やみになっている。

「ああ見えてもあるじは金に細かいたちでして、借りっぱなしはいわずもがな、いつでも返せるという気持ちが怖いとおっしゃいまして、それですぐに返してくるようにと」

勘兵衛はほっと息をついた。

「七十郎の几帳面《きちょうめん》な性格が俺を助けてくれたことになるのか」

清吉は気づかう瞳をしている。

「でも、本当にお気をつけてくださいましよ。次は今回のようにいかぬかもしれませんし」

屋敷に着いた。門はがっちりと閉められ、なかからはなんの物音もきこえない。

「では、私はこれで」

清吉が小腰をかがめる。

「清吉こそ気をつけてくれよ」

心配になって勘兵衛は声をかけた。

町はすっかり闇の懐にいだかれ、たそがれどきのような曖昧《あいまい》さはかけらもない。清吉が提灯をあげ、帰り道を見やった。雨はあがり、厚かった黒雲の群れも去りつつあって、わずかに南の空にその名残とでもいうべき切れ端を残しているだけだ。強い風は、身を切る冷たさをもって、町を支配しようとしていた。

「この風のなか、一人で八丁堀まで戻るのはぞっとしないものがありますね」

肩を震わせる仕草をし、冗談ぽく告げたが、わずかに頬のあたりがひきつった。

「近くの辻番まで送っていこうか」

いうと、憐れみをかけられたと感じたか、清吉があわてて手を振った。

「けっこうです。ここまでお送りした意味がなくなってしまいますから」

清吉がくぐり戸を示した。

「どうぞ、お入りください」

「本当にいいのか」

一応は念を押した。清吉の顔には、やせ我慢が色濃く刻まれている。

「ええ、大丈夫です」

そこまでいうのなら、と勘兵衛はしたがうことにした。なかに声をかけ、惣七に戸をあけてもらった。ではな、と身を滑りこませ、くぐり戸を閉めた。

少し間を置いて道をのぞいてみると、星空に向かってゆくかのようにすっ飛んでゆく清吉のうしろ姿が見えた。

二十一

「ただいま戻りました」

兄に帰宅の挨拶をした。兄はすでに仕事から戻っていた。

いつものごとく書見をしていた。好きなこととはいえよくもこうまで続くと思うが、二日出仕すれば一日休みである以上、ほかにすることがないというのが本音《ほんね》かもしれない。

「おそかったな」

廊下にひざまずいた勘兵衛に、正座をしたまま向き直った。

「それがしにもときには忙しい日があります」

勘兵衛の言葉に険があるのを察し、兄が見直すような目をした。

「どうした、なにかあったのか」

勘兵衛は瞳を光らせた。

「おききしたいことがあります」

ただならぬ様子を口調から感じ取ったか、兄が背筋を伸ばした。

勘兵衛は噂のことを告げた。

「おまえの言い条はよくわかった」

きき終えるや兄はうなずいた。

「麟蔵がなにをききに来たか、しかし俺の口からはいえぬ」

眉根を寄せた厳しい顔で勘兵衛を見た。

「だがそんな噂は根も葉もないでたらめだな」

きっぱりと否定した。

「まことでしょうか」

「むろんだ。馬鹿げておる」

兄は真摯な眼差しを送ってきた。

「二十三年前、おまえの母はおまえを産んだ。父は生まれたおまえを見て、喜ばれた」

兄の目にはなつかしむ色が強く出ていた。

「母が嫁いできたのはいつです」

兄は興ざめした様子を見せたが、答えた。

「二十六年前だ」

「確かでございますか」

兄が気色《けしき》ばみかけた。

「俺の言葉が信じられぬのなら、母の実家に確かめに行くがよい」

「明日にでもさっそく」

「勝手にしろ。しかし勘兵衛、そんな噂を真《ま》に受けるのは、俺たちが似ていないこともあるのか」

「そのことも確かに」

「似ておらぬ兄弟は我らだけか」

勘兵衛は胸を衝かれた。

「つまりはそういうことだ」

申しわけなさが心を包みこんだが、勘兵衛はさらに続けた。

「もう一つよろしいですか」

「もちろんだ」

「今は亡き脇山先生から、道場の跡取りに私をほしいとの話があったことを覚えていらっしゃいますか」

「むろん」

「そのとき父上は断られました」

兄が弟の思いを読むように瞳を光らせる。

「元隆さまの落胤だから、父上が養子にやらなかったのでは、といいたいのか」

勘兵衛は首を上下させた。

「父上の言葉を覚えているか」

「はい」

「あの言葉がすべてをあらわしていると俺は思うがな」


兄の前を下がった。廊下を渡りつつ、両親のことを思いだした。ずいぶん幼い頃の記憶がよみがえった。立ちどまり、闇に沈む庭を見渡した。

そうだ、ここだったのだ。勘兵衛には、母と遊んでもらった記憶が鮮明に残っている。まだ幼かった。あれは母が死ぬ少し前だろう。

なにをして遊んだのかはわからない。ただ母を追いかけまわしていただけかもしれない。よく転んだ覚えもある。あれは頭のせいだったのだろうか。

美しい方だったな、と脳裏に映じた母のおぼろげな面影を見つめた。

兄は母が勘兵衛を産んだときを覚えているといったが、母がすでに元隆の子を身籠《みご》もってこの屋敷に来たとしたら。

それに、やはりあまりに顔のつくりが兄とちがうことが気になる。兄のいう通り、顔形から血のつながりが感じられない兄弟はほかにいくらでもいるが。

台所へ行った。お多喜が寄ってきた。

「おそかったですね」

気がかりな目をしている。

「なにかありましたか」

「どうしてそう思う」

お多喜は首をかしげた。

「いえ、なんとなく」

噂のこともあったが、やはり襲われたことが影を落としていた。幼い頃から勘兵衛を見ている者の目はごまかせないのだ。

「ちょっといやな噂を耳にした」

「どのような」

「その前に飯を食わせてくれ」

お多喜は支度に取りかかった。

いつもの献立だった。魚が今日は鮭に変わっていた。皮が香ばしく、食は進んだ。最後に味噌汁を飲み干して、食事を終えた。その間、お多喜は一言もはさまず黙々と給仕してくれた。

勘兵衛は茶を喫しながら、待ちかねた顔つきのお多喜に噂のことを話した。

「根も葉もない噂ですね」

お多喜は兄と同じ言葉を口にした。

「確かか」

「確かも確かでございますよ」

お多喜は自信たっぷりだ。

「いったい誰がお乳を差しあげたと思っていらっしゃるのです」

勘兵衛は呆然とした。

「まさか」

「そのまさかでございますよ」

お多喜がやさしい目で見た。

「勘兵衛さまは吸う力がとにかく強くて、私は痛くて痛くて難儀いたしました」

「俺はお多喜の乳にむしゃぶりついたことがあるのか」

「知らぬほうがよかった、というお顔でございますね」

お多喜は怒ってはいなかった。すっと横を向き、すすけた壁を見あげた。

「しかし、そんな不届きな噂をまいたのはどこのどなたでしょう。まったく頭にきます」

二十二

翌日の午前、久岡蔵之丞が屋敷を訪れた。

勘兵衛も挨拶をしたが、蔵之丞はやや険しい顔をしていた。勘兵衛は、兄に追われるようにして座敷を下がらせられた。

蔵之丞は兄と二人きりで、四半刻（三十分）ばかり話しこんでいた。

帰り際の蔵之丞から険は消え、さっぱりした顔つきをしていた。挨拶に出た勘兵衛にも、にこやかな笑顔を向けてきた。

それで、どういう用件で蔵之丞がやってきたのか勘兵衛には理解できた。

兄に座敷に呼ばれた。顔をしかめている。

「だいぶ噂は広がっているようだな」

「久岡さまは、噂の真偽を確かめにまいられたのですね」

「もし噂が真実なら縁談はなかったことにしても、とまでおっしゃられた。俺は、おまえに話したようにきっぱりと打ち消したが」

勘兵衛は唾を飲みこんだ。

「信用なされましたか」

「むろん」

勘兵衛の真剣な表情がおかしかったか、兄がくすりと笑いを洩らした。

「久岡どのはおまえほど疑り深くはない」

むずかしい顔になり、かたく腕を組んだ。

「しかし、いったいどこの誰がそんな噂を流したのか」


屋敷を出た。曇っている。灰色の雲は幾重にも折り重なって、空一面をくまなくおおい尽くしていた。腰の重い客のようにどっかりと居座り、このまま冬の到来を待つかのように動かずにいる。すっかり葉を落とした木々も寂しげで、生気を失っていた。

足を向けたのは、本間家だった。

本間屋敷は裏二番町にある。勘兵衛のところから四町ほどの距離でしかない。

訪《おとな》いを入れ、屋敷うちに入った。玄関先で待つあいだ、なにげなく屋敷内を眺めていた。

同じ家禄《かろく》とはいっても、敷地は古谷家より若干広いように思えた。これは、本間家のほうが先に番町に屋敷をかまえたからだろう。

そういえば、ここに来るのはいつ以来だろう。記憶の扉がひらかれる前に、人の気配を感じ、目を正面に向けた。新八が玄関に出てきた。

「どうした、なにかあったのか」

せわしげに声をかけてきた。

「なにかあったということではないが」

蔵之介の死の知らせをこんな形で受けたのかもしれぬな、と勘兵衛は思った。

新八が首をかしげ、笑みを見せた。

「別に道場に誘いに来たわけではないだろう。道場は今日、休みだしな」

その通りだ。師範と師範代は、勘兵衛たちの名も知らない人の十七回忌に出るのだそうだ。昔は知られた剣客だった人ときいた。

「ちょっとききたいことがあってな」

新八は眉を曇らせ、しばらくうかがう目で勘兵衛を見ていた。

「昨日の噂のことだ」

新八が式台までおりてきた。

「噂って落胤のか」

わずかにほっとした色が浮かんだようにも見えたが、思いすごしかもしれない。

「そうだ」

「ここではなんだから、あがってくれ」

新八が手ぶりで示した。勘兵衛はしたがった。二人は新八の部屋に落ち着いた。

部屋は勘兵衛のと似たようなものだ。もともと日当たりは悪いが、日が姿を見せてくれないこういう日は特に寒い。火鉢は置いてあるが、火は入れられておらず、そのことがよけい部屋を寒々しくさせていた。

勘兵衛はだされた座布団に遠慮なく腰をおろし、あぐらをかいた。

よっこらしょ、と新八も向かいに座った。

「訪ねてくれたのは久しぶりだろう」

手をこすり合わせて、いった。

「十二、三年ぶりかな」

「そんなになるか」

新八は感慨深げだ。

「ききたいことは一つしかないんだ」

勘兵衛はすぐに切りだした。

「噂のことといったな。それがどうした」

「兄上からきいたといったが事実か」

「ああ、本当だ」

いって新八は気がついた顔をした。

「そうだ、婚約が整ったそうだな。昨日、いいそびれた、おめでとう」

いわれてみれば、と勘兵衛は思った。皆に婚約のことを話したとき、新八は風邪をひいていて道場に姿を見せていなかった。

「ありがとう」

なんとなく話をそらされた感じもしたが、勘兵衛は素直に頭を下げた。

「でも整ったといっても、まだ上の許可を得たわけではない」

新八はにっこりと笑った。

「許しがおりぬわけがない。話が両家でできたときに決まったも同然だ。心配するな」

「心配はしておらぬが」

勘兵衛は新八を見やった。瞳に憐憫の気持ちがこもらないよう、なんでもないことをいう口調で続けた。

「だが新八を差し置いたようでな」

「気にするな」

勘兵衛を元気づけるようにいった。

「久岡家とは確かに一族だが、もう何代も縁組をしたことはない。縁が薄くなりつつあるのは事実なんだ」

それに、と語を継いだ。

「勘兵衛は俺を励ましてもくれたんだぞ」

勘兵衛は戸惑った。

「俺が」

「勘兵衛でも婿に入れるということさ」

今日はずいぶん饒舌《じょうぜつ》だ。

「俺でも、というのはひどいな」

新八はあたたかな目をしている。

「すまぬ。だから、きっと俺にもいい話があるさ。選《え》り好みなどしなければな」

「その通りだ」

同意してから、勘兵衛は話を戻した。

「兄上は噂を誰からきいたのかな。昨日は答えてもらえなかったが」

「それほど気になるのか」

勘兵衛は、久岡蔵之丞が噂の真偽を確かめに来た話をした。

さすがに新八が驚いた。

「そんなことが。ふむ、それではどうしても確かめずにはいられぬな」

わかった、と新八はいった。

「じかに話をしろ」

「いらっしゃるのか」

「非番だ、今日は」

奥の座敷で新太郎と向かい合った。

顔は新八とはあまり似ていない。どちらかといえば茫洋《ぼうよう》とした弟にくらべ、新太郎は鋭さが感じられた。双眸《そうぼう》には人を引きつける力が備わっており、使番のなかでも俊秀を謳われているらしいことが理解できた。

とうに妻帯し、子は四人。男女二人ずつだ。長男は八歳。四人とも病気一つせず、すくすく育っていると新八からきいたことがある。仮にこの人に万が一があったとしても、長男がこの家の跡を継ぐことになる。つまり、新八に出番が与えられることはない。

この人と顔を合わせるのは何年ぶりだろうか、と勘兵衛は考えた。子供の頃、一緒に遊んだ覚えもない。はじめて見る顔ではないが、なつかしさは感じなかった。

「新八からきいたが」

新太郎はおもむろにいい、どことなく冷たさを感じさせる瞳を向けてきた。

勘兵衛は落ち着かない気分を味わった。

この冷ややかな瞳の色はなにか。この人の性格かもしれないが、すぐにさとった。

美音との縁談だろう。新八はああいったが、兄としては弟を久岡家の婿にやりたかったはずで、あるいは横取りに近い感情を勘兵衛に覚えているのかもしれない。

「噂のことだったな」

たっぷりと間を置いて、いった。

「はい」

「誰からきいたといわれても」

勘兵衛から目をはずし、上を見た。天井の一点をしばらく見つめていた。

「あの噂は雑談で出てきたからな」

ふと顔を戻し、勘兵衛を眺めた。

「噂は事実なのか」

興味の色が目に浮かんでいる。

「まさか」

勘兵衛は軽く笑った。新太郎は笑わなかった。

「それならなぜわざわざここまで」

「誰がそのような噂を流したか確かめたいだけです」

「縁談に支障が出かねぬのなら気持ちはわからぬでもないが、確かめてどうする」

「意図をぜひ知りたいと思っています」

「意図だと」

「はい。なぜそのようなでたらめとしか思えぬ噂を流したのかという」

「なるほど」

新太郎は納得したしような顔をした。

「事実無根とすると、なぜ噂が流れたか確かに気になるところではあるな」

新太郎が湯呑みを手にした。

「まあ、飲んでくれ」

勘兵衛にも茶を勧める。

「ありがとうございます」

喉の渇きを覚えていた勘兵衛にはありがたかった。ほっとするうまみがあった。

湯呑みから口を離した新太郎がいった。

「誰が噂を口にしたのか、だったな」

考えることはなかった。

「三好忠蔵《みよしちゆうぞう》どのだ」

心当たりは一人だ。

「我ら一族の三好どのですか」

「そう、その三好どのだ。俺と同じく使番であるのは存じておろう。今日は非番だから、屋敷におられよう」

四半刻後、勘兵衛は三好家の座敷に座っていた。三好屋敷も番町にある。市ケ谷門《いちがやもん》の東、外堀沿いの土手四番町だ。

三好家は千五百石の家柄で、当主の忠蔵は三十歳。面識はあるが、性格までは知らない。弟が養子入りした松永家と親しく行き来している話を耳にした覚えがあった。

座敷に通されるまではなんの停滞もなかったが、ここでしばらく待たされた。だされた茶は口をつけないままに冷めた。

勘兵衛は茶うけのおこしを口に放りこんだ。じんわりとした甘みが広がり、久しぶりに食べたことも相まって、実にうまく感じられた。茶を飲んだ。冷めたとはいえ、甘みのある上質な茶で、茶菓に対してかなりこだわりのある家に思えた。

それから四半刻ほどたって、ようやく忠蔵が姿を見せた。

「いや、お待たせしてすまなんだ」

勘兵衛は頭を下げた。

「こちらこそお忙しいところ、突然お邪魔いたしまして申しわけございませぬ」

顔をあげ、控えめに忠蔵を見た。

以前よりやや太ったように思える。顎が二重になっていた。頬にも肉がたっぷりとつき、福々しさを感じさせる。ただ細い目は鋭く、抜け目なさが垣間見えた。顔は笑っても、目は笑わない男に思えた。

「非番よ、忙しいことはない」

忠蔵は鷹揚《おうよう》に笑ってみせた。

「とは申しても、待たせたのは仕事の件で先ほどまで人が来ていたためだが」

忠蔵が真剣みを帯びた目をした。

「今日は」

勘兵衛の問いを受け、忠蔵は考えこんだ。

「その話をしたのは確かにわしだが、あれはどこできいたのだったか」

ぽんと拳《こぶし》で手のひらを打った。

「松永どのの屋敷に行った折りだ」

忠蔵が勘兵衛を見直す。

「あの家には、おぬしの弟御が養子に入っていたな」

勘兵衛はうなずいた。

「少しだけ話をしたことがあるが、気性のさっぱりしたいい男だな。おぬしに似ている。顔ではないぞ。性格のほうだ。あと声もな」

少し笑ってから、忠蔵が話を戻した。

「しかし、殿中でのあの雑談がそんなに広まるとは思いもしなかった」

渋い顔で忠蔵がいいわけがましくいった。

「しかも、おぬしが元隆公に似ていると申した人がいる、といった話をしただけで、おぬしが落胤などという話はしなかったのに」

　言葉を切り、首をひねった。

「どこでどうねじ曲がって落胤などという話になったのか」

「それがしが元隆公に似ている、といわれたのはどなたです」

「誰かは知らぬ。わしもそこまでは松永どのにただささなかった。春隆どのの葬儀の際、おぬしを見た人らしいが」

「松永さまにきけばわかりましょうか」

「わかるとは思うが」

　不思議そうに勘兵衛を見る。

「なにゆえそのような噂を気にする。根も葉もない噂であるのはいま申したばかりだ」

「そのことはよくわかりましたが」

　勘兵衛は遠慮がちに口にした。

「どうにもこの時期に流れたというのが気になりまして」

　忠蔵は面《おもて》を伏せ気味にしたが、合点《がてん》したように首を何度かうなずかせた。

「春隆どのの跡のことか」

「はい」

「しかし、あれだってもう中村祥之介どのに決まったというではないか」

「その通りです」

忠蔵がふっと笑った。春風が流れたような笑みで、こんな笑いをする男なのか、と勘兵衛は意外な思いにとらわれた。

「だが、噂のもとを突きとめぬことには納得しそうもない顔だな」

笑いをおさめた。

「とことんやってみるのも悪くはなかろう。ま、がんばってみることだな」

「ありがとうございます」

礼をいって、勘兵衛は三好屋敷を辞した。

二十三

翌日、松永屋敷に向かった。

松永家は植田屋敷の敷地のなかではなく、外に屋敷をかまえている。

あいにくの雨だった。勘兵衛が出かけようとした途端、ときを合わせたように降りはじめた。最初はたいしたことのない降りで傘をさすまでのことはなかったが、やがて季節はずれの夕立を思わせる激しさに変わり、遠雷さえきこえはじめた。夕闇のような暗さが江戸を包みこんでいる。

草履を脱いで懐にしまい入れ、傘をひらきつつ勘兵衛は顔をしかめた。雷は苦手だった。

大粒の雨に絶え間なく打たれている道はぬかるんでおり、あちこちに水たまりができていた。わずかでも道が坂にかかった場所では川のように勢いよく水が流れくだり、行き着いたくぼみで大きな水たまりをつくっていた。雨が降るたびに繰り返される、江戸のいつもの光景だ。

勘兵衛は激しい雨のなか、静かに道を歩いた。静かにしていれば、雷に目をつけられることもなかろう、と考えている。

傘はほとんど意味はなく、着物は肩先から裾までぐっしょりと濡れていた。

人通りは極端に少ない。雨が降れば江戸者は他出を控えるからだが、ただ、いきなりの土砂降りに、馬方や車力たちは泥濘《でいねい》にひどく苦労していた。口々になにか毒づきながら馬や荷車を引いている。

三番町通を東へ向かい、田安門《たやすもん》の前を通って九段坂《くだんざか》を水流とともにくだった。

俎橋《まないたばし》を渡る。突き当たりを右に折れ、半町ほど行くと、左側に道が口をあけている。

そこを入ると、小路に出る。今川小路《いまがわこうじ》と呼ばれている。その左手三軒目の並びに松永屋敷はある。六千石の旗本の重臣といっても陪臣《ばいしん》だけに、屋敷はさほど広いわけではない。古谷屋敷の半分ほどだろうか。

植田家が大名だった頃、松永家は古谷家以上の屋敷をかまえていたにちがいないが、まだ他の家臣のように暇をだされずにすんだというのは喜ぶべきことだろう。

松永屋敷は昨日も訪問したが、当主の太郎兵衛《たろうひょうえ》は出仕していて留守だった。今日は非番というわけではないが、ときを取ってくれるというのだ。約束の刻限は八つ半（午後三時）だった。

その時刻少し前に訪《おとな》いを入れた。弟は出仕しているのだろうが、もしかすると会えるのでは、との思いが心を弾ませてもいる。

約束通り、太郎兵衛は屋敷にいてくれた。

女中がずぶ濡れの勘兵衛を憐《あわ》れんで手拭いを貸してくれ、水をためたたらいを持ってきてくれた。勘兵衛は足を洗った。女中に導かれ、座敷で太郎兵衛と向かい合った。

座敷は暗く、灯りがほしいほどだったが、目が馴れるうちに気にならなくなった。ただ寒気が部屋に居座っているように思え、雨に打たれた体がさらに冷えた。

太郎兵衛と会うのは春隆の葬儀以来だ。

穏やかな風貌《ふうぼう》を持つ五十男で、常に微笑をたたえて話をする。声にも深みがあり、この人に会うたび勘兵衛は心が落ち着く。きっと弥九郎も気楽に呼吸できていることだろう。

来意は昨日告げてある。だから、太郎兵衛はよけいな前置きなしに話しだした。

「なんとも馬鹿らしいことになったものだ」

眉を曇らせている。

「まさかあのときの話がそのような噂として流れようとは」

すまなげに勘兵衛を見た。

「誰が勘兵衛どのが元隆公に似ていると口にしたか、であったな」

「その通りです」

「我が殿でござるよ」

勘兵衛は意外な思いにとらわれた。

「隆憲さまですか」

春隆の葬儀のとき、雨に打たれる枯葉のように悄然《しょうぜん》としていた姿を思いだした。悔やみをいった自分に真摯な目を注いでいたが、あふれる悲しみのなかでちらりとそんなことを思ったのかもしれない。

「つい先日のこと、おぬしをふと思いだされたようで、父上によく似た男がいたな、と洩らされたのだ。そのことをわしが三好どのに話したにすぎぬ。だからなぜ落胤などという噂になったのか、不思議でならぬ。もっとも」

いったん口をつぐんだ。

「噂というのはつまらぬことをむさぼって肥え太ってゆくものだから、そんな話をしたわしが悪かったことになるな。すまなかった」

勘兵衛は顔をあげさせた。

「ところで、元隆公のことはご存じですか」

「むろん。ずっとお仕えしていた」

勘兵衛は居ずまいを正した。

「おうかがいします。私は元隆公に似ておりましょうか」

太郎兵衛は勘兵衛をまじまじと見た。

「頭の大きさはそっくりかな」

なんと、と勘兵衛は驚いた。

「元隆公も頭が大きかったのですか」

「お互い負けておらぬ気がする」

そうなのか、と勘兵衛は思った。噂は真実なのでは、との思いが、かぶせておいた蓋を押しのけてくるのを感じた。

「しかし、一族なのだから、似た頭を持つ者があらわれても不思議はないと思うが」

その通りかもしれぬ、と勘兵衛は思った。

「顔はいかがです」

「どうであろうか」

太郎兵衛は言葉を選ぶようにした。

「似ているといえなくもないか。ただし、殿があのようなことをおっしゃらなかったら、考えもしなかったと思う。まあ、その程度だ」

「先ほど馬鹿らしい噂、とおっしゃいましたが、私が元隆公の落胤であることは、ございませぬな」

「むろんだ。先ほどから申しているように、本気にする話ではない。大殿《おおとの》に御子《おこ》は一人。それが隆憲さまだ」

勘兵衛は話が終わったことを知った。

「ありがとうございました」

深々と頭を下げた。すっきりしていた。落胤話など兄のいう通り、いい加減なものでしかなかったことをさとっていた。

「そんなにあらたまるものではない」

太郎兵衛が穏やかにいう。

「せがれは出仕しているが、じき戻るゆえ、会ってゆかぬか」

口調はやわらかで、瞳には思いやりが満ちている。弥九郎がいかにこの家で大切にされているか、よくわかる。

「会いたいところですが、今日はやめておきます」

勘兵衛は固辞した。

「そうか」

残念そうだった。勘兵衛はつけ加えた。

「その気になれば、いつでも会いに来られますから」

松永屋敷を出た。雨はあがっていた。空のあちこちに青みが見えはじめている。

勘兵衛は傘を右手に、大きく伸びをした。水たまりを避けて歩きはじめた。

しばらくして、うしろに足音をきいた。一瞬、身がまえかけたが、足音は軽やかだった。女だと判断した。

「もし」

勘兵衛は振り返った。

立っていたのは、手拭いとたらいを貸してくれた松永屋敷の女中だった。

「先ほどはありがとう。助かった」

いえ、と女は小さく返してきた。眉を寄せている。なにか話したがっているようだ。

「あの」

そこで躊躇し、いいよどんだ。

勘兵衛は黙って待った。その間、女を観察した。歳は三十すぎくらいか。もう少しっているかもしれない。目がくっきりと大きく、以前はかなりの器量だったことをうかがわせるが、月日が目尻や頬、口許に渓谷のような深いしわを無慈悲に刻んでいる。

「福蓮寺《ふくれんじ》というお寺をご存じですか」

ようやく決意したようにいった。

「いや」

女が道を教えた。だいたいの場所はわかった。上野寛永寺《かんえいじ》の東側に当たるあたりだろう。

「その寺がなにか」

「住職にお会いし、庫裡に飾ってある絵を見せてもらってください」

「絵を。なにゆえ」

「ご覧になればわかります」

女は少しうしろを気にした。

「松永家に知られてはまずいことでも」

「そんなことはございませぬ」

「そのような寺のこと、義父上《ちちうえ》は教えてくれなかったが」

女が落ち着かなげに身じろぎする。

「絵をあなたさまに見せたくなかったからでしょう」

わざと伏せたというのか。

「よほど大事なものを描いてあるようだな」

「ご覧になればわかります」

女は住職の名も告げた。

「おぬし、松永家に含むものでもあるのか」

「お家には別に」

勘兵衛は女を見直した。

「もしや義父上にか」

「さあ、どうでしょうか」

女が頰をふくらませた。

「じき暇をもらうことになっていますけど」

「暇を」

「故郷に帰ります」

勘兵衛は憐れみが動くのを感じた。

「どこだ、故郷は」

「常陸です」

大名から落ちたとはいえ、植田家の領地は今も常陸にある。屋敷で働く者を領内から採用するのは当然のことだ。

「暇をもらうことに意趣でもあるのか」

女は少し頬をこわばらせた。

「別にございませぬ」

嘘をついている、と直感した。太郎兵衛とのあいだになにがあるのかわからなかったが、別に興味もなかった。主従とはいえ、男女としてきっといろいろあるのだろう。

「わかった。行ってみよう」

女が安堵したようにほほえんだ。

二十四

半刻《はんとき》(一時間)ほどで、目当ての浅草新寺町《あさくさしんてらまち》に着いた。

大小合わせて百ではきかない寺が寄り集まっている町で、これは手間取るかと思ったが、女の言は正確で、さほどときをかけることなく探し当てることができた。

小路の一角に福蓮寺はたたずんでいた。

寺は全体にこぢんまりとしていた。人けがなく雪の朝のようにひっそりとしている境内には木々が鬱蒼と茂っており、ぐるりを取り囲む隣の寺々の塀を見えにくくしていた。本堂も小さかったが、鐘楼だけは不釣り合いなほどに普通の大きさで、そのことに勘兵衛はおもしろみを覚えた。

丈の低い垣根に仕切られた右手に庫裡らしい建物がある。なかから人の声や気配は感じられなかったが、わずかに人の動きを感じさせる風の流れがある。

枝折《しお》り戸をあけ、猫の額ほどもない庭をまわり、縁側の前に立った。訪《おとな》いを入れる。

「どなたですかな」

障子越しに穏やかな声が答えた。先ほど会ったばかりの太郎兵衛を思わせる声だ。

勘兵衛は障子に向けて、名乗った。

障子がすらりとあき、僧侶が出てきた。

中肉中背といったところだが、体はよく締まり、目がぎょろりとして鋭い。戦国の頃の僧兵をどことなく連想させた。頭は、丹念に磨きあげたような光沢を放っている。

歳は五十半ばか。もう少しいっているかもしれない。生き生きと輝いている瞳が、この僧を若く見せているように感じた。

「舜清《しゅんせい》さまですか」

「はい、舜清ですが」

勘兵衛を見て、住職は驚いた顔をした。おやまあ、といったようにきこえた。

「古谷さまといわれましたが」

ようやく声をだし、沓脱《くつぬぎ》の草履をはいた。

「はい」

ゆっくりと進んできた。身にまとう袈裟はさほど高級そうなものではなかった。

「以前お目にかかったことは」

小腰をかがめ、確かめるようにいう。

「お初にお目にかかります」

「ご用件は」

「こちらに蔵されているという絵を拝見したく、足を運んでまいりました」

なるほど、といいたげな顔をした。

「絵のことをどなたから」

「松永家の方です」

舜清は驚かなかった。

「古谷さまは、松永さまのご血縁ですか」

「松永家に、弟が養子に入っています」

「えっ、ああ、さようでしたか」

にっこりと笑った。

「弥九郎どのといわれましたな」

勘兵衛は庫裡に招じ入れられた。

庫裡は二間《ふたま》のつくりだった。一間《ひとま》は座敷で、もう一間は舜清の居間。両方とも六畳間だ。二つの部屋は襖《ふすま》で仕切られている。

舜清は、しばらくお待ちを、と奥にひっこんだ。

だされた座布団に遠慮なく腰をおろし、勘兵衛は部屋を眺めまわした。背後の床の間
に掛軸と一輪挿《ざ》しが飾ってある。

掛軸に向き直り、目をこらしたが、山水を描いただけのありふれた墨絵だ。

やがて舜清自ら二つの茶碗が載った盆を持ってきた。一つを勘兵衛の前に置いた。

畳の上に正座した舜清は、どうぞご遠慮なく、と茶を勧め、背筋を伸ばして茶碗を傾
けた。その姿には高僧のような品が感じられ、勘兵衛はしばし見入った。

こんな小さな寺にはもったいない僧に思えた。舜清自身、身の置き場所があれば十分
という雰囲気をまとっており、そのような不満をいだいているようには思えなかった。

「住職はこちらにはお一人ですか」

茶を一すすりして、勘兵衛はきいた。

「寺男がおります。今は出かけていますが」

舜清は、無二のものであるかのように茶碗をなでさすっている。

勘兵衛はなにげなく目を走らせた。備前《びぜん》らしい渋い色をした茶碗だが、掛軸と同様、あまり高価そうには見えなかった。

「古谷さまはおいくつです」

舜清がたずねた。

「二十四です」

「ほう、年男ですか。子《ね》年生まれはちょこまかと落ち着きがないとよくいわれますが、古谷さまはなにかこうどっしりとされておられますな」

「いえ、そのようなことはまるで」

実際、勘兵衛はじれていた。はやく絵を見せてもらいたかった。

舜清は絵など忘れた風情で、のんびり茶を楽しんでいる。やわらかで喉越しのいい茶だが、勘兵衛には味がよくわからなかった。

「松永さまはご息災ですか」

舜清は別のことをきいてきた。

「ここしばらくお会いしておらぬのですが」

「ええ、すこぶるお元気でした」

「実にいいお人ですな」

「私もそう思います」

意外に多弁なのだな、と勘兵衛は思った。あるいはそれほど人が訪れず、人と話すことに飢えているのかもしれない。

「さてと」

舜清は茶碗を畳に置いた。

「持ってまいりましょうか。だいぶ気をもまれたようですからな」

いったん部屋を出た舜清は隣の間でごそごそやっていた。

戻ってきたときには、風呂敷に包まれた巻物らしきものを両手でささげ持っていた。

畳に置き、おごそかといえる手つきで風呂敷を解《ほど》いた。出てきたのは掛軸だった。

一度拝んでから反物《たんもの》のようにするすると広げ、床の間の掛軸に代えてつり下げた。

掛軸には人物が一人描かれていた。ひと目見て勘兵衛は仰天した。

「これは……」

正面から見つめ返しているのは自分だった。いや俺ではない、と気づいた。

輪郭が異なるし、歳がだいぶ上だ。絵の人物は四十五より上に見える。

頭の形、大きさは酷似し、目や鼻の感じも似ている。太郎兵衛は似ているのは頭だけといったが、自分があと二十、歳を取ったらこういうふうになるのでは、と思わせる風貌だ。

舜清が重々しい調子で告げた。

「植田家の先代元隆公です」

勘兵衛は顔を近づけた。もしかするとこれが俺の父なのか、との思いが胸のなかでふくらんでゆく。そんなことはないと否定する気持ちもあるが、噂は事実だったか、との思いをとめることはできない。

元隆公は笑っている。心を許した友に見せる安堵感と穏やかさが同居した笑みだ。

どんな性格をしていたのか。

瞳は聡明さを感じさせる光をたたえている。快活そうに見えるが、一転なにかの拍子にもの思いの沼に沈みこみかねない一面もほの見える。

この人の出生が、植田家の転落の一因となっている。そのことを重荷に感じたことはあったのか。それとも、なにも知らされることなく成長し、死んでいったのだろうか。

「どうしてこの絵はこちらに」

勘兵衛は問うた。植田家の菩提寺《ぼだいじ》ではないし、こんなちっぽけな寺と植田家とのあいだにつながりがあるとも考えにくい。

「ご不審はもっともです」

深くうなずいて舜清がいった。

「元隆公と拙僧の父は古い知り合いでしてな。元隆公は隠居されたのち、よく当寺を訪れられては茶を喫していかれました」

「古い知り合いといわれますと。ああ、うかがってもよろしいですか」

「もちろんです。別にうしろ暗いことなどありませんから」

舜清が語ったところによれば、二人が知り合ったのは元隆の茶器好きがきっかけだった。

もう四十年以上も前のことで、当時元隆は相当数の茶器を所有していたのだが、どうやら同好の者からきかされたらしく、この寺に『柿葉』という名器があることを知って、ある日、前触れもなく押しかけてきたという。渋る舜清の父舜江《しゅんこう》に無理をいって『柿葉』を見せてもらった元隆は強烈な光に当てられたように一目惚れしてしまい、ぜひとも譲ってもらいたい旨、申しこんだが舜江は頑として応じなかった。『柿葉』は戦国の昔から代々伝わってきた寺宝で、自分の代で手放しては先祖に申しわけが立たなかったし、もともと舜江に手放す気もなかった。

「『柿葉』というのは……」

勘兵衛の目は畳の上の茶碗に吸い寄せられた。

「そうです、これが柿葉です」

勘兵衛は、目の前に掲げられた茶碗を見直した。赤みがかった渋い色合いと、底の浅い形は確かに柿の葉っぱのように見える。

それにしても、この変哲もない茶碗がそれほどの名器だったとは。おのれの見る目のなさを思い知らされた。訪ねてきた自分を見て、いずれこういう話になると舜清が意識してこの茶碗をだしてきたこともさとった。

舜清は話を続けた。

「それでも、元隆公はあきらめなさいませんでした。最初に見えた日は、半日以上も粘られました」

元隆に『柿葉』を見せたときからこうなることは予期できたことで、元隆の執着ぶりにむしろ好感をいだいた舜江は元隆をすげなく追い返す真似はせず、逆に、『柿葉』がご覧になりたくなったらいつでもいらしてください、と丁重に告げたという。

元隆は驚喜した。これで手に入れられると踏んだのかもしれなかったが、以来この寺に足繁く通うようになったのだ。

ただ、舜江の守りは元隆が考えていた以上に強固で、ついに元隆は『柿葉』を我がものにできなかったが、もともと風流人の二人だけに、親しくなるのにときはかからなかった。

そして二人のつき合いは、舜江の死まで続くことになったのである。

「そういうことがあったのですか」

この茶碗をはさんで、一生つき合える者同士の出会いがあったのだ。

無二の親友を失ったばかりだけに、その話はよけいうらやましく感じられた。

「ところで、この絵はどなたが描かれたのです」

舜清が柔和に頬をゆるめた。

「我が父でございますよ」

やはり、と勘兵衛は思った。今までの話から、そうではないかと思っていた。

「描かれたのはいつです」

「かれこれ三十年はたちましょうか。元隆公はちょうど五十歳でした」

勘兵衛は絵に瞳を向けた。あらためてじっくり見ると、絵の主は確かにそのくらいの年齢に見えた。ただ、掛軸自体、それだけの歳月を経たものには見えなかった。よほど大事にしまわれていたのだろう。

「元隆公が父に頼まれたのです」

つき合いを深めるうち、舜江に絵心があることを知った元隆は、五十を機に自分の絵を頼み、舜江は快諾したのだ。

「拙僧は、まるで試合《しあ》うように向き合う元隆公と父を見守っておりました。なつかしいですな」

舜清の面《おもて》に感懐の色が浮かんだ。掛軸に目をやり、勘兵衛に目を移す。

「古谷さまは植田家の一族でしたな」

「さようです」

「なるほど、血のつながりがあれば、こういうことも不思議ではないか」

舜清が自らにいいきかせるようにつぶやいた。

「ご住職は噂のことは」

「噂といわれると」

勘兵衛は語ってきかせた。

「ほう、そのような噂が。それで古谷さまはここまで……」

合点した舜清は首を傾けた。

「しかし、元隆公に落胤がいらしたなど、きいたことはないですね。植田家中のことゆえ、拙僧の耳に入らなかっただけのことかもしれませんが」

二人は沈黙し、座敷には静寂がおりた。

「一つおききしてよろしいですか」

控えめな口調で勘兵衛は静寂を破った。

舜清がにっこりとし、見つめてきた。

「どうぞ」

「元隆さまが亡くなったのはいつでしょう。一族としてお恥ずかしい質問ですが」

「二十二年前です」

舜清が即答した。勘兵衛はそっと目を閉じた。父親としての資格は十分にある。

そういえば、と舜清がいった。

「この絵を見に来られたお方がつい最近いらっしゃいましたな」

勘兵衛は目を見ひらいた。

「どなたです」

「いや、それがそのお侍は名乗られなかったのですよ。それでどなたかは」

侍か、と勘兵衛は思った。

「ただ、両の瞳がずいぶんと鋭かったことが心に残っております」

目の鋭さで思い浮かぶ者といえば、と勘兵衛は考えた。徒目付の飯沼麟蔵。

この前、屋敷にやってきた麟蔵にじろじろ見られたことを思いだした。

「ご住職、お忙しいところ、ありがとうございました」

辞去するときがやってきた。

「いえ、忙しいなどとんでもございません。人もほとんど訪れぬこのような小寺、いろいろ話ができてこちらこそ楽しかったですよ」

舜清は勘兵衛を見つめている。

「気が向かれたら、また足をお運びください」

「そうさせていただきます」

勘兵衛は福蓮寺を出た。

空は晴れていた。すっきりと澄んだ大気には晩秋らしい冷たさがある。日はすでに傾いていて、寺々の塀の影を伸ばしはじめている。風に吹かれた枯葉がその上を舞い散り、力のない日に跳ね返されるように落ちてくる。

時刻は八つ半（午後三時）をまわっている。腹が減っていた。屋敷で朝餉をすませてから、なにも口に入れていない。目についた蕎麦《そば》屋に入り、腹ごしらえをした。期待していなかったが、だしがよくきいたつゆで蕎麦切りとよく合った。満足して代金を払った。

松永屋敷に向かった。

太郎兵衛に絵のことを突きつけ、もう少し突っこんだ話をしなければならない。

二十五

昌平橋《しょうへいばし》を渡って小川町《おがわまち》に入り、武家屋敷が建ち並ぶ人けのない道をしばらく進んだとき、不意に横合いから呼ばれた。

勘兵衛は足をとめた。右手の角から姿をあらわしたのは藤井信左衛門だった。

「こんなところでお会いするとは」

裃姿の信左衛門は人なつこい笑顔を浮かべている。歩み寄ってきた。

「ずいぶんお急ぎのようですな」

勘兵衛はわずかに口ごもった。

「ええ、ちょっと。藤井どのは」

「屋敷に戻るところです」

信左衛門は道を指さした。

「その先に我が屋敷が」

勘兵衛をのぞきこむ。

「ふむ、なにやら思いつめた顔をされているように見受けられますが」

勘兵衛は信左衛門を見返した。別に太郎兵衛でなくとも、この男で十分だった。

「噂のことをお耳にしていますか」

勘兵衛がきくと、首を縦に動かした。

「むろん。おかしな噂ですね」

「噂が出る下地が植田家には」

勘兵衛の唐突といえる問いに、信左衛門は眉をひそめ気味にした。

「気にしておられるのですか」

「おかしな噂を立てられたら、気にせぬほうがおかしいでしょう」

もっともですが、と信左衛門はいった。

「しかし、あれは根も葉もない流言。放っておけばそのうち立ち消えましょう」

勘兵衛は黙っていた。信左衛門は勘兵衛のかたくなな顔を見、仕方なげにうなずいた。

「こんなところで立ち話もなんですので」

自らの屋敷へいざなった。

藤井屋敷は、松永屋敷から二町ほどしか離れていなかった。松永屋敷と同じく、さほど広い屋敷ではない。

信左衛門が門越しに声をかけると、用人らしき初老の男がくぐり戸をひらいた。

信左衛門が勘兵衛を紹介した。用人は、ようこそいらっしゃいました、とていねいに辞儀した。歳を感じさせない敏捷そうな身ごなしで二人を先導する。

玄関の横に枝ぶりの立派なもみじが植えられ、それが見事に紅葉していた。

玄関を入り、廊下を渡った。座敷に突き当たると、信左衛門自ら襖をひらき、勘兵衛を招じ入れた。用人がすぐさま入ってきて、座布団を二つ用意する。

「着替えをしてきますゆえ、しばらく待っていてくだされ」

会釈《えしゃく》した信左衛門は、襖を閉じた用人とともに廊下を歩み去った。

勘兵衛は、福蓮寺でもしたようになかを見まわした。

八畳間。障子が半分あけられた右手に縁側があり、せまい庭が見えた。

丈《たけ》の低い木と白っぽい二つの石が置かれている。うしろを振り返るとそこは床の間で、掛軸が下がっていた。

こちらは富士山だ。雪をかぶった山頂近くを一羽の鳥が横切ってゆく構図。

これと似た風景を見たことがあるのを思いだした。楽松だ。

あのとき隣には蔵之介がいた。瞳が潤むかと思ったが、そんなことはなかった。

ああこうして人というのは死んだ者を忘れてしまうのかな、とそのことに寂しさを感じ、それとも俺は人より薄情にできているのかと思ったとき、廊下に人の気配がした。

「お待たせしました」

襖があき、信左衛門が入ってきた。こざっぱりとした着流し姿だ。

勘兵衛は感傷めいた気持ちを追いだした。

座敷を横切って障子際に立った信左衛門は庭を一瞥《いちべつ》し、障子を閉めると勘兵衛の向かいに正座をしかけ、思い直したようにあぐらをかいた。手のひらを勘兵衛に向ける。

「どうぞ、膝を崩してくだされ」

ありがたかった。勘兵衛もあぐらにした。

若いがさすがに剣術指南役をつとめるだけあって、信左衛門からは迫力ある気が放たれている。

勘兵衛は胸を押される圧迫感を覚えた。信左衛門の気が闇風と思える男のそれと重なるかさりげなく探ってみたが、夜に横たわる邪悪な獣のどろりとした重みはとらえられなかった。別の感覚に取りこまれる気がしたが、それがなんであるかはわからなかった。

失礼いたします、と襖の向こうから声がかかった。信左衛門が応じると、先ほどの用人が入ってきた。茶菓を二人の前に置き、一礼するや、二人の邪魔をしては悪いとでもいいたげにそそくさと出ていった。

「どうぞ、召しあがってください」

信左衛門は湯呑みを持ちあげている。

茶うけは羊羹。目にしただけで唾が湧いてきた。信左衛門がぱくりとやった。勘兵衛も遠慮なくいただくことにした。

甘みがほろほろとほどけてゆく。茶をすする。ほろ苦さのなかに甘みがじんわりと広がり、それが極上の調和を醸しつつ、喉を滑り落ちてゆく。文化《ぶんか》の頃、一日に千以上の羊羹が売れた店があったというが、それもうなずけるうまさだ。

「失礼ながら、藤井どのは妻帯は?」

茶を飲み干し、すっかり満足した勘兵衛がきくと、信左衛門はにこやかに笑った。

「いいえ、まだです。陪臣で軽輩のところへ来ようなどと考える者は、なかなかおらぬようですね」

「そのようなこともないでしょうが」

信左衛門が勘兵衛を見た。

「我が家中に、落胤の噂が流れる下地があるか、でしたね」

信左衛門が少し考えた。

「以前、こんなことをきいたことがあります。ただし、誰にきいたかは覚えておりませぬ。ですから、裏づけがある話ではないことをおわかりいただきたい」

「了解しました」

信左衛門が話しはじめた。

「元隆公が亡くなったのは、二十二年前のことです。五十八歳でしたが、それまではすこぶる元気にすごされていたそうです。四十五で家督を隆憲さまにお譲りになり、悠々自適の暮らしをされていたとのことです」

言葉を切り、おごそかな口調で告げた。

「ここからがそれがしがきいた事柄です。隠居後の元隆さまは気に入りの若い側室を一人置き、寵愛《ちょうあい》しておられました」

「側室ですか」

珍しいことではない。

「そのような者が元隆さまにいることは、家中のほとんどの者が知りませんでした。今の殿、隆憲さまの正室になられたかもしれぬお人だったそうで、ですから殿に知られぬようひそかにことを運んだ、ということもあったようです」

それを聞き、勘兵衛は目を丸くした。

「元隆公は我が子の嫁を横取りしたのですか。横取りというのは、言葉がすぎるかもしれませぬが」

「正室と申しても正式に決まったわけではなく、候補の一人だったらしいのですが」

弁護するように信左衛門は述べたが、言葉尻に力はなかった。

「その側室の方は、お屋敷で暮らしていたのですか」

「いえ、入谷鬼子母神《いりやきしもじん》近くに建てられた別邸に住まっていたようです」

入谷鬼子母神か、と勘兵衛は思い、頭に絵図をひらいた。福蓮寺から北へ五町ばかり行ったところにある。

「元隆公はいつその側室の方を」

「およそ二十七、八年前でしょうか」

それなら、福蓮寺のほうを先に知ったということだ。両方とも行きやすいように元隆は配慮したのだろう。

「元隆公に年若い側室がおられたことはわかりました」

勘兵衛は少し唾を飲んだ。

「その後、その側室の方は」

「二十四年前、子を孕《はら》みました」

やはり、と勘兵衛は思った。苦みが腹の底から這《は》いのぼってくる気がした。

「そのときはまだ、元隆さまの正室は存命されていました。正室はお直《なお》さまとおっしゃいましたが、ひどい悋《りん》気《き》持ちで、ある日元隆さまに側室がいることをお知りになり、さらに子ができたこともお耳になりました。そのことで自分のお子である隆憲さまの座が脅《おびや》かされるのでは、と思いこまれ、側室の命を狙いはじめたのです」

大奥や大名の御家騒動できく類《たぐい》の話だな、と勘兵衛は思った。そんなことが自分の生まれる頃、植田家であったのだ。おそらく、この正室の悋気も側室隠しの理由だろう。

「お直さまの意図を察知された元隆さまは、側室に別邸を出るようすぐさま命じられ、側室はその日のうちに姿をくらましました」

「お直さまは本当に刺客を送ったのですか」

「さあ、どうだったのでしょう」

信左衛門が広い肩を縮めた。

「元隆さまが側室を避難させたのも、おそらく万が一を慮ったゆえでしょう。いくらひどい悋気持ちとはいえ、実際に刺客を送ったとはとても。そのような命《めい》を甘んじて受ける者も果たしていたかどうか」

「でしょうね」

勘兵衛は同意し、問いを続けた。

「側室はその後どこへ」

「それがわからぬのです。別邸に戻ったという話もなく、その後の行方はまるでわかりませぬ。もちろん元隆さまは存じておられたでしょうが」

「では、その側室が今どうしているかもわからぬということですか」

「そういうことです」

信左衛門が悲しげに首を振った。

「元隆さまはなにもいい残されることなく亡くなられましたゆえ。まさかそんなにはやく死が訪れるとはお思いにならず、いずれ側室とお子の居どころを話されるつもりでおられたのかもしれませぬが」

舌先で唇を湿らせた。

「側室が存命であれば、どこかでお子とともに暮らしているはず。ただ、生後間もない赤子が無事育つかは、天が決めることとゆえ果たしてどうなったものやら。無事育ったとしても、生まれたお子が果たして男子だったかも定かではありませぬ」

その側室が実は母、ということはあり得るのか、と勘兵衛は自問した。

母の出自ははっきりしている。父の最初の妻の従妹《いとこ》なのだ。名は志津《しづ》。勘兵衛は何度か母の実家へ遊びに行ったことがある。実家は樋口《ひぐち》といい、六百五十石の旗本だ。母に連れていかれるたび、いろんな人たちにかわいがられた記憶が勘兵衛にはある。

「別邸のほうは今どうなっています」

「はっきりとはわかりませぬが、取り壊されたか、他家の手に渡ったらしいですね」

ただしだ、と勘兵衛は思った。父がその側室か家族と親しく、生まれた子を預かって母が産んだ子として育てたくらいは考えられないではない。それゆえ、自分は父に大事にされたのかもしれないし、樋口家でも下へも置かぬもてなしを受けたのかもしれない。

「その側室と父親の名は」

信左衛門が答えた二つの名を勘兵衛は頭に叩きこんだ。

「その家は今どうしています」

信左衛門の表情が渋いものに変わった。

「取り潰しになりました。一族は散り散りに」

「取り潰しとは。事情をご存じですか」

信左衛門はしばらくまぶたを閉じていた。

「これももう二十年以上も前の話で、あまり詳《くわ》しいことは存ぜぬのですが。側室の父は、植田家の領地の代官をつとめていました。実直な人で、元隆さまも厚い信を置かれていたらしいのですが、公金のつかいこみを疑われ、無実を主張したものの、取り調べの最中、隙を見て腹を切ったようなのです」

「しかし、なにゆえ一族までもが散り散りになったのですか」

勘兵衛は疑問を口にした。

「父の無実を主張して、一族が結束して屋敷に立て籠もったのです」

「それは常陸でのできごとですか」

「さようです」

「大ごとになったのですか」

「いえ、結局、一族は説得に応じました」

信左衛門が事情を説明した。

「植田家としても公儀の目が怖く、もし公儀に知られて領内治まらずとの断をくだされた場合、取り潰しの怖れもあって強い態度は取り得ず、それで穏便な決着を願ったのがなんとか功を奏したようです」

植田家には前科がある。そのことが穏便にすまそうとした最大の理由だろう。

「しかし、一族は結局のところ散り散りになったのですね」

「さすがに主家に反旗をひるがえしたも同然で、居づらくなったというのが本当のところでしょう。暇をもらったようなのです」

「その人たちの消息をご存じですか」

「いえ。知る者もまずいないかと」

なんとなく予期できたことで、勘兵衛に落胆はなかった。

沈黙がおりてきた。ききたいことがまだあったことに勘兵衛は気づいた。

「ところで、この前、それがしを訪ねてきた際、本当はなにがおききになりたかったのです」

できるだけ軽い調子を心がけた。

信左衛門は戸惑ったように目を大きくしたが、すぐ平静に戻り、微笑を返してきた。

それきりなにもいわなかった。


藤井屋敷を出た。

道を歩きながら、勘兵衛は春隆の葬儀のとき感じた冷たい眼差しを思いだしていた。

あの視線は、元隆の落胤である自分を邪魔と考えた者の目なのではないか。

勘兵衛が植田家の跡におさまるのが邪魔と考える者。それはつまり……。

体が自然にこわばってゆく。しかし、追いかけるように疑問が浮かんできた。

だとしたら、松本達之進と坂崎掃部助の死は。二人が落胤の件に関係しているはずがない。それに、四年前の闇風と思える者の襲撃は。あのとき勘兵衛を落胤と知って、襲ってきたとは考えられない。もし知っていたなら、四年も待つとは考えられないし、それに命が目的なら別の手立てがいくらでもある。

どうにもわからない。勘兵衛は首を振り、苦い気持ちを嚙《か》み殺した。宙を踏むような足をなんとか地面におろす努力をして歩いた。

二十六

母の実家へ寄ってみることにした。時刻はもう七つ（午後四時）をまわり、晩秋の日は遠く彼方に落ちつつあるが、雨あがりで大気も澄んでいる分、ふだんより町は明るく感じられた。道に残る水たまりは梢が風で動かされるためか、それとも流される雲の加減か、あるいは大気がなにかの拍子で揺れるのか、不意に日の光を跳ね返すことがあった。

樋口家の前に着いた。

この屋敷には、十日ほど前、結婚が決まったことを兄とともに報告に来ている。

「ようこそいらっしゃいました」

勘兵衛を幼い頃からかわいがってくれている用人が笑みを満面に浮かべ、門内に招き入れてくれた。用人は六十を越えている。

しわでくしゃくしゃにした裏のない笑顔を見ると、噂はやはりただの流言でしかないのでは、と思えるが、しかし勘兵衛としては心の底から納得したかった。

母の両親、つまり勘兵衛の祖父母はこの世になく、家は母の弟である権太夫《ごんだゆう》が継いでいるが、この温和な叔父とは勘兵衛は幼い頃から気が合うものを感じていた。

権太夫はすでに帰宅していた。叔父は三十四歳、新番衆《しんばんしゅう》の一人だ。

新番は三代将軍家光《いえみつ》が非役の旗本につとめを与えることを狙いに創設した職で、創設当初は御近習番《ごきんじゅ》と呼ばれ、江戸城時計之間につめていたが、正徳《しょうとく》の頃、桐之間《きりのま》に移ったことで新番と呼称が変わった。兄がつとめる書院番や小姓組より歴史が浅い分、やや下に見られるきらいもあるが、将軍が他出する際、供をつとめることもあって、誰もが誇りを持って職に当たっている。

勘兵衛は、いつものごとく家族が集《つど》う居間に導かれた。どっこらしょ、と権太夫が座り、その前に勘兵衛も腰をおろした。

茶を持って妻の佳代《かよ》が姿を見せた。二十八という歳にふさわしい落ち着いた物腰の、どこか典雅ささえ感じさせる女性だが、陽気でなめらかな話しぶりをする。

あまり口が上手とはいえない勘兵衛は、佳代が話すのを耳にするたび、惚れ惚れするものを感じてしまう。佳代の実家は樋口家よりだいぶ落ちるが、どうやら権太夫がどこかで見そめて嫁にもらい受けたという話を勘兵衛はきいている。叔父の目は確かだった。

今日は勘兵衛の様子になにか感じたのか、佳代は茶を置いただけで、ではごゆっくり、といい置いて部屋を出ていった。

「今日はどうした」

権太夫は眉をひそめている。気分に波がない人で、こんな顔をすることはめったにない。勘兵衛の来訪の目的にすでに気づいている様子だ。

「噂のことか」

「ご存じでしたか」

あのような噂、と権太夫はいった。

「耳に届かぬほうがおかしい。まさか信じているのではあるまいな」

「叔父上」

勘兵衛は呼びかけた。

「私は母上が腹を痛めて産んだ子ですね」

「当たり前だ。俺は、大きな腹を抱えて何度かこの屋敷にやってきた姉上をよく覚えている。はじめてのお産で、さすがに不安だったのだろう。母上にいろいろときかれ、母上もていねいに不安を取り去る話をされていた」

安堵が胸を流れていったが、すぐに疑問が流れこんできた。

「それは弥九郎のお産ではないですか」

権太夫は渋い顔をした。

「弥九郎のときだって俺は覚えている。あれは夏のことでな、暑さにあたったわけでもないだろうが、姉上のお産は重くてな。ときがかなりかかった」

いわれてみれば、と勘兵衛は思った。弟の生まれた日は確かに暑かった。

「おまえの場合は初産《ういざん》のわりに楽で、まさに案ずるより産むが易《やす》しだったな。もっとも、あの日は雪がふぶくようだった、ことに寒い日で、火鉢のそばに座っていても背中から冷えてきて、手をこすり合わせても歯の根が合わぬほどだった。おまえが冬がきらいなのは、あの日に生まれたからだろう。どうだ、勘兵衛、俺はここまで覚えているのだぞ」

なにか文句があるか、といいたげな顔をした権太夫が湯呑みを持ちあげた。

あの絵を叔父上が見たら、と勘兵衛は思った。どんな顔をするだろうか。

「しかし、勘兵衛が来てくれてよかったよ」

しみじみとした口調でいって、権太夫は左眉のあたりをかいた。

「おまえはあいつの気に入りだからな、少しは機嫌を直してくれるだろう」

「なんのことです」

権太夫は声をひそめた。

「俺たちにはまだ子ができぬだろう。それで妾《めかけ》を勧めてくれる人がいてな、俺は入れるつもりなどないのに、それをどうも誤解されたようなのだ」

夫と口をききたくなかったから、佳代はさっさと部屋を出ていったのだ。

「勘兵衛、口を添えてくれぬか」

真摯な口調でいって権太夫が頭を下げた。

「夫婦のあいだを冷ややかな風が流れるのはたまらぬものだ。なんとかとりなしてくれ、な、勘兵衛、頼む」

「もちろんかまいませぬが」

勘兵衛は叔父を見据えた。

「でも叔父上、少しは入れたいという気持ちがあったのではないですか」

権太夫がぐっとつまった。

「あったのですね」

やはり、と勘兵衛は納得した。

「叔母上は話があったくらいで妬心《としん》をいだくお人じゃないですから。叔父上の気持ちを見抜かれたのでしょう」

「そんなことはわかっている」

権太夫が怒った口調でいった。

「だからこうして頼んでいるのだ」

この人がこんな顔をするとは、と勘兵衛は思った。よほどこたえている。もっとも、それはべた惚れの証でもあるのだが。

「わかりました」

部屋を出た勘兵衛は佳代を捜した。

庭で花を眺めていた。

「菊ですか」

うしろ姿に声をかけた。佳代は振り返った。

「きれいでしょう」

誇らしげな顔だ。愛情一杯に丹精こめて育てたことがよくわかる。

「見事ですね」

実際、勘兵衛は感嘆していた。

広さにして二坪ほどだろうか、白と黄の華やかな反物を広げたようだ。そのまばゆさが、徐々におりつつある夕闇とつり合っていた。

「菊は夕暮れが似合いますね」

勘兵衛がいうと、佳代はくすりと笑った。

「権太夫さまに頼まれたのでしょう」

「わかりますか」

「お顔に書いてありますよ」

勘兵衛は頬をつるりとなで、権太夫の気持ちを佳代に伝えた。

きき終えると、佳代はにっこり笑った。

「そのようなことで怒っているのではありませぬ。子を望まれて嫁に来たのにそのつとめを果たせぬでは、夫を責める資格などありませぬから。家のためにおなごを入れることに私は反対などいたしませぬ」

きっぱりといいきった。

「では」

佳代はじっと見つめてきた。

「勘兵衛さまを養子にと考えていたのに、結婚が決まってしまったからです」

「えっ、本当ですか」

ふふ、と佳代が笑った。

「冗談です」

肩から力が抜けた。

「私たちはまだ若いですから、いずれきっとということを信じてこれまでも養子を取らなかったのです」

ふっと言葉を切った。風が流れ、桃色の耳朶《みみたぶ》がふと揺れたように見えた。きれいな人だな、と勘兵衛はしばらく見とれた。

「では、結局なにが」

「私たちのあいだの隙間風ですか」

楽しそうに小首をかしげた。

「隙間風なんて吹いていませんよ」

「しかし叔父上は」

ちがうのです、と佳代はいった。

「私が照れているだけなのです」

「照れているとは」

「そう、いついだそうか、と思い」

「ああ、そういうことだったのですか」

勘兵衛はようやくさとった。

二十七

番町を歩いている。ぽつりと灯《あか》りが灯《とも》ったように胸がじんわりとあたたかくなっていた。叔父上は喜んだだろうな、と思った。

あのあと佳代は、これから話します、と頬を染めていったのだ。そこまで見届けるほど野暮《やぼ》ではなく、勘兵衛は樋口屋敷をあとにした。

成瀬小路にあと一町ほどまで来たところで、急ぎ足にこちらに向かってくる男がいるのに気づいた。向こうも勘兵衛を認め、足をはやめた。麟蔵だった。

「おう、捜していたんだ」

手をあげ、声をかけてきた。

「今、おぬしの屋敷に行ってきた」

一際険しい目をしている。

「ちとききたいことがあってな」

勘兵衛はわずかにひるみを覚えた。胸の灯《ひ》がしぼんでゆく。

「岡富左源太を存じているな」

「もちろんです」

まばたきのない瞳は、勘兵衛の表情のわずかな動きも見逃すまいとしている。

「立ちまわりそうな場所はわかるか」

「左源太がなにか」

「人を殺めた」

麟蔵は刀を抜き放つように口にした。

勘兵衛は耳を疑った。この感覚は最近では二度目だ。一度目は蔵之介の死である。

「馬鹿な。あいつは虫も殺せぬ男ですよ」

「おぬしがいうのなら、まちがいなくその通りだろうが」

麟蔵は冷静さを崩さない。

「どんなに心やさしい性格だろうと、人を殺してしまうことはある」

「誰が亡くなったのです」

勘兵衛がきくと、麟蔵が薄く笑った。

「亡くなったか、微妙なきき方だな」

勘兵衛は黙って待った。

「旗本の後家だ」

頭をめぐらせた。そういえば、大作が年上の後家のことで左源太をからかっていたが、あれがそうなのか。

「名はなんと?」

「早希《さき》どのだ。三田村《みたむら》家の」

「三田村家というと、納戸衆の」

「そうだ。早希どのは嫁ぎ先の中尾《なかお》家から三年半ほど前に戻ってきていた」

確かに、そんな話をきいた覚えはある。

当主の中尾一郎左衛門《いちろうざえもん》が二十八の若さで病死し、早希は中尾家から戻されたのだ。中尾家はすぐ下の弟が家督を継ぎ、つい最近嫁取りをしたとの話も伝わってきていた。

「早希どのは今いくつです」

「二十六だ」

勘兵衛には疑問があった。どうやって左源太が早希と知り合ったか、だ。岡富家は中尾家と一族というわけでもない。そのことを麟蔵にいった。

「詳しいことはわからぬが、去年の花見で知り合ったらしい」

「早希どのの亡骸が見つかったのはどこです」

「不忍池《しのばずのいけ》だ」

「いつのことです」

「今朝はやくだ」

「殺されたとなぜわかったのです」

麟蔵が人さし指で、勘兵衛の左胸を突いた。

「刃物で一突きだ。死んだこともわからず、あの世に旅立ったろう。近くに凶器らしい物は見つからなかった。下手人が持ち去ったと考えざるを得ぬ」

麟蔵は唇を一なめした。

「それに、早希どのが殺されていた場所近くで、いい争っていた武家らしい男女を見た者もいる。日は暮れていたから、顔はしかと見定められなかったようだが」

「その程度のことで、なぜ左源太が下手人と決められてしまうのです」

「不忍池周辺に出合茶屋が多くあるのは知っているだろう。昨日の昼すぎ、二人は馴染みの一軒に入ったのだが、夕刻近くに出てきたとき、激しい調子で口喧嘩をしているのを何人か見ている」

「でも、やはりそれだけでは」

「その通りだ」

麟蔵は逆らわなかった。

「だが、そのとき激昂した岡富は、殺すぞ、と叫んで脇差を抜きかけているのだ。人目を気にして、すぐにおさめたようだが」

苦いものが喉を滑り落ちていった。

「喧嘩のわけは」

「早希どのが、これっきりといったらしいのをきいた者がいるから、別れ話のもつれか」

勘兵衛は大きく息を吐いた。息の重さで、喉がつかえそうだった。

「殺されたのが何刻頃か見当はついているのですか」

気を取り直してたずねた。

「はっきりせぬが、六つ（午後六時）から四つ（午後十時）くらいのあいだでは、ということだ」

「口喧嘩をしていたのは夕刻近くといわれましたが、それから間がありますね」

「六つならすぐあとだろう」

勘兵衛は方向を転じた。

「それにしても、もう飯沼さまがお出ましですか。町方は手を引いたのですか」

「殺されたのが早希どのとわかり、下手人も旗本の部屋住みにしぼられた以上、町方の出る幕はないからな」

勘兵衛は少し考えた。

「早希どのがこれっきりといったのがまこととして、およそ一年半にわたった二人の関係をなぜ急にやめようとしたのでしょう」

「岡富がいやになったのだろう。いやになったのでないにしても、女心の急変などなんら珍しくはない」

勘兵衛はどうにもしっくりこないものを感じている。なぜいきなりそんなことをいいだしたのか。左源太も予期していなかったことだったから、激昂したのだろう。

いや、ちがうのか。左源太がなにか屈託を抱えていたのを勘兵衛は思いだした。

「早希どのに新たな結婚話が、といったことは」

「なかった」

「早希どのが、誰かほかの者にうらみを買っていることは」

「今のところ出てきていない」

ほかにきくべきことはないか、勘兵衛は思案した。その前に麟蔵が口をひらいた。

「今日の昼すぎから、俺たちは岡富の行方を追っている。やつはすでに追われていることを、耳にしているはずだ。無実であるなら、身の潔白を明らかにするためにも姿をあらわすはずだ。しかしやつは……。これが意味することは、一つだろう」

「気の小さな男です。疑われていると知って、それで怖くなって姿を隠しているのではと思うのですが」

「善右衛門もそういっていたな」

麟蔵が思慮深げな表情になった。勘兵衛を軽く見据える。

「まだ問いに答えてもらってないな」

「左源太の立ちまわり先でしたね」

ごまかすことなく真剣に考えた。

「道場しか思いつきませぬ」

正直に告げた。麟蔵が顔をしかめた。勘兵衛が嘘をついておらず、なにも引きだせないことをさとっている。

「まあいい。やつの居どころがわかったら、必ず連絡をくれ」

麟蔵と別れ、勘兵衛は屋敷に戻った。すぐに兄の部屋に向かった。

「勘兵衛か。入れ」

障子をひらき、兄の前に正座をした。

「先ほど麟蔵が来た」

「はい、道でお会いしました」

「そうか。では事情はきいたな」

「はい」

「正直に話したか」

「もちろんです。左源太は手をくだしておりませぬ。隠し立てすることなどありませぬ」

「俺もそう思う。あの男、口は悪いが人殺しのできる男ではない。しかも短刀で心の臓を一突きなど」

一拍置いて、きいてきた。

「で、どうだった」

噂のもとのことだ。勘兵衛は答えず、逆にたずねた。

「兄上は、高森将監《たかもりしょうげん》という人物に心当たりはありませぬか」

「知らぬな。一度も耳にしたことのない名だ」

冷静な光をたたえた瞳で勘兵衛を見た。

「その高森という人がどうかしたか」

「その答えはしばらくお待ちください。もう一つ質問をさせていただきます」

「よかろう」

「八重《やえ》という女性はいかがです」

目を閉じ、脳裏を探っている。八重という名は珍しくない。これまでの人生でその名を持つ女性に関わりがなかったか、律儀に当たってくれている。

「知らぬな」

まぶたをひらいて、いった。

「その二人はなんだ」

「八重どのは植田元隆さまの側室、高森どのは八重どのの父親です。八重という女性は私の母であるかもしれませぬ」

「なんだとっ」

兄は膝を立て、勘兵衛を見おろした。冷静さが消えた瞳には怒りがあふれていた。

「なにを考えちがいをしているっ。おまえの母は志津だ。おまえは元隆公の落胤などではない。ふざけたことをいうな」

人さし指をぐいと突きつけた。めったに見せることのない感情の高ぶりだ。

「いいか、勘兵衛、おまえは久岡家の婿となる男だぞ、わかっているのか」

有無をいわせぬ迫力があった。

「は。わかっております」

兄は座に戻った。怒りは失せてはいないが、もう顔から赤みは取れつつあった。

「ところで、八重どのはその後どうした」

怒鳴ったことなど忘れた平静な声だ。

勘兵衛は説明した。

「ふむ、行方知れずか」

兄は首を上下に振った。

「そんなことがあれば、俺がいくらいいきかせたところで、おまえが信じようとせぬのも無理はないかな」

わずかに嘆息した。

「高森どののほうは」

これも勘兵衛は語った。

「植田の領内でそんなことが。ふむ、確かに耳にしたことはないな」

勘兵衛は兄の表情を見ていた。とぼけているようには見えなかった。

「誰が噂を流したかわかったのか」

そのことも勘兵衛は話した。

「発端は雑談か。ということは、やはり信じるに足るものではないということだな」

勘兵衛は答えなかった。

「なんだ、不服そうだな」

「いえ、そんなことはありませぬ」

実際、勘兵衛にはわけがわからなくなっていた。混乱している。福蓮寺の絵が酷似しているのは、住職がいう通り、同じ血を引いているゆえなのか。兄のいう通り、気にすることなどない噂にすぎないのだろうか。

二十八

台所に行き、飯を食った。お多喜が心配そうな顔をしている。話しかけられるのもっとうしく、悪いなとは思ったがそそくさと箸を置いて、部屋に戻った。

障子をひらこうとして、手がとまった。

先に本能が気配を察し、意識がそれに続いた感じだった。手に提《さ》げていた刀の鯉口《こいぐち》を切った。腰を落とし、気配をあらためて嗅《か》いだ。なかに人がいるのはわかった。一人。

殺気は感じられない。むしろ、悄然としている感さえ受ける。まさか。

障子をあけた。部屋は暗い。隅に、うずくまっている人影。

「左源太」

勘兵衛は低めた声をかけた。人影は、馬のようにびくりとした。

勘兵衛は庭側の障子を見、左源太に目を戻した。

「塀を乗り越えたのか」

ぶっそうだな、と思った。闇風だってその気になれば楽に侵入できるということだ。

左源太は、がばっと畳に両手をついた。

「勘兵衛、助けてくれ、頼む」

親に見捨てられた子猫のように体を震わせている。両刀は腰に差したまま。

「よかろう」

一考もすることなく承諾した。

「なにがあったかきかぬのか」

いいながら左源太はさとった。

「もう知っているのだな」

「先ほど徒目付に会った」

左源太は顔をこわばらせた。

「この屋敷に来ていたのだ。兄上と話をしたらしい。俺は道で会った」

「なにをきかれた」

勘兵衛は左源太の前に腰をおろした。

「おまえの立ちまわり先だ」

「それで」

「道場しか知らぬ、といっておいた」

左源太の顔を安堵の色が流れた。

部屋が暗いままであるのに気づき、勘兵衛は行灯に灯を入れようとした。

「つけるのはやめてくれ」

左源太が懇願した。

「気持ちはわからぬでもないが、つけぬと逆に怪しむ者が出るかもしれぬ」

勘兵衛は灯を入れる前に左源太を障子から離れさせ、刀を貸すようにいった。左源太は素直に刀を渡した。勘兵衛は刀架にかけた。

左源太が膝を抱いて、座った。目が徹夜明けのように充血している。

「ちょっと待っててくれ。すぐ戻る」

勘兵衛は、不安げにうなずく左源太を置いて、部屋を出た。

戻ってきたときには、徳利と湯呑みを二つ手にしていた。

湯呑みの一つを左源太に渡した。

「まずは飲め」

徳利を傾けた。左源太は受け、水を流しこむように干した。

勘兵衛も少しだけ飲んだ。

「いいか、これからいくつか問う。包み隠さずに話せ」

わかった、と左源太がいった。

「まずは脇差を見せろ」

「脇差って、俺はやってない」

勘兵衛は人さし指を唇に当てた。

「声は低く」

「俺はやっておらぬぞ、勘兵衛」

「わかっている。だがまずは見せろ」

左源太は仕方なげに腰から抜き取った。

勘兵衛は抜き放った。きれいなものだった。脂も血のりも付着していない。勘兵衛は鞘におさめた。左源太には返さず、自らの腰に差した。

「預かっておく。俺が持っていれば、もし万が一おまえがとらえられたとしても、小細工したとは思われぬであろうし」

それよりも自害を勘兵衛は怖れている。

「ところで、左源太。どうして追われているのがわかった」

左源太は酒を口中に含んだ。

「道場に行こうとして大作に会った。早希が殺されたこと、俺が下手人として追われていることを教えてくれた。どうやらお目付は、大作のところへ真っ先にやってきたらしい」

いろいろいい合ってはいるが、道場仲間のなかで最も左源太と親しいのは大作だ。

「大作からきいたとき、お目付のもとへ行く気にはならなかったのか」

詰問口調にならぬよう気をつけた。

「大作にも勧められたが、疑われていることを知り、どうにも怖くなってしまってな」

やはり、と勘兵衛は思った。

「まあ、それはよかろう」

左源太を安心させるようにいった。

「早希どのと口喧嘩していたそうだな、不忍池そばの出合茶屋を出たとき」

左源太は言葉を失った。声をしぼりだすようにきいてきた。

「どうしてそんなことまで」

「飯沼さまだ。答えろ」

「別れ話だ」

「早希どのは、これっきりといったそうだな」

それもわかっているのか、といいたげだ。

「そうだ。でも俺は別れたくなかった。これっきりになどしたくなかった」

「だから脇差を抜いたのか」

「抜いてはおらぬ。手はかけたが」

「殺すぞ、ともいったそうではないか」

左源太はつまった。

「しかし殺してはおらぬ」

「別れ話のわけは」

「わからぬ。わからぬが、男かもしれぬ」

勘兵衛は目を細めた。

「早希どのにはほかに男がいたのか」

「はっきりとはわからぬ。そんな匂いがしていた」

「その男に心当たりは」

左源太はため息とともに首を振った。

「どうしてほかに男がいると考えた」

「前は俺しか見ていなかった。それが最近はちがった。ほかの誰かを考えているのでは、と思えることがしばしばあった。俺と一緒にいても、あまり楽しくなさそうだった」

わずかに躊躇した。

「俺に抱かれているときも、俺でない誰かを思っているのでは、とすら感じた」

「早希どのが名を口にしたことはないのだな」

「ああ」

「男以外で別れ話の心当たりは」

「ない」

「昨日、早希どのと別れたのはいつだ」

「出合茶屋を出てすぐだ」

「その後どうした」

「屋敷に帰った」

勘兵衛はほっとした。それなら家族だけでなく、家来も姿を見ているだろう。

「それなら大丈夫ではないか。こんなところに逃げこんでくることはあるまい」

「いや、駄目なのだ。そのあと屋敷を抜け出たのだ」

「なに」

勘兵衛は左源太の屋敷を思い浮かべた。左源太は敷地の北側に建てられた離れに、一人住んでいる。夜、抜けだしたところで屋敷の者に気づかれることはない。

勘兵衛は内心、舌打ちした。

「抜けだしてどこへ」

「飲み屋だ、不忍池近くの。飲みたくてならなかった」

「戻ったのか、わざわざ」

左源太はしょんぼりとした。

勘兵衛は左源太がなぜまた行ったのか、理解できた気がした。行けば、また早希に会えるかもしれぬと思ったのだろう。会って翻意をうながしたかったのか。そして、不忍池界隈をうろうろしていたのを人に見られてもいるのだろう。だから、麟蔵は左源太こそ下手人であると確信しているのだ。

「ずっとその飲み屋にいたのか」

「四半刻（三十分）もいなかった」

「ずいぶん短いな」

「隣にいた年老いた浪人と喧嘩になり、二人とも外にだされたのだ」

荒れる左源太が見えるようだった。

「店の名は」

「わからぬ」

「思いだせ」

左源太が手のひらを額に当て、考えこんだ。

「駄目だ」

迷い子のような悲しげな瞳で勘兵衛を見た。

「仕方あるまい。それからどうした」

「その浪人と一緒に飲んだ」

「喧嘩したのにか」

「意気投合したのだ。話をしてみると、なかなか苦労人であるのがわかってな」

のんきなやつだな、と勘兵衛は思った。こういうところが左源太らしくもあるのだが。

「その浪人とはどこで飲んだ」

「浪人の長屋だ」

「どこだ、その長屋は」

「わからぬ」

「浪人とはいつまで飲んでいた」

気を取り直して、たずねた。

「四つ半（午後十一時）くらいかな。よくわからぬ」

「浪人の長屋はどうして出た」

「また喧嘩になり、追いだされた」

勘兵衛はため息をついた。

「そのあとはなにを」

「酔いつぶれて、一晩、不忍池近くの神社の軒下で寝ていたらしい」

「らしいというのは」

「目が覚めたらそこにいたんだ」

左源太が震えているのは、それがもとで風邪でもひいたこともあるのか。

「もっと飲め」

勘兵衛は徳利を傾け、左源太の湯呑みを満たした。自らの湯呑みにも注ぎながら、その浪人を捜してみるか、と思った。

「早希どのと別れたときだが」

勘兵衛は話を前に戻した。

「早希どのはどこかへ行くようなことをいっていたか」

「なにもいっていなかったが……」

そこで言葉を途切れさせた。

「いなかったが、なんだ」

「人と会うのでは、と俺は思った」

「どうしてそう思った」

「どこかそわそわしていたというか、浮き浮きしているように感じられたのだ」

「男だな」

勘兵衛は腕を組んだ。

「その男に殺されたのかもしれぬな」

「あそこで喧嘩などしていなければ」

左源太はうなだれた。

「不忍池に戻ったとき、怪しい侍を見ておらぬか」

一応きいただけで、勘兵衛にさほどの期待はなかった。怪しいか怪しくないか、見わけられるはずもない。

「というと」

「夕暮れ後、早希どのらしき人が、侍といい争いをしているのを人が見ている」

「見ておらぬ」

そうか、と勘兵衛はいった。

「左源太、最後にもう一度問う。本当に殺《や》っておらぬな」

「殺ってない」

勘兵衛は安堵の息を吐いた。

「信じよう」

左源太はうれしそうにうなずいた。

「ところで、左源太。どうして早希どのと知り合った。一年半ほど前の花見で、というようなことを飯沼さまはいっていたが」

　左源太がぽつりぽつりと語った。

　きき終えて勘兵衛はいった。

「しかし、下手人がつかまるまでここを動けぬな。兄上に会うか」

「えっ、大丈夫か」

　左源太も、善右衛門がきまじめな男であるのを知っている。善右衛門と麟蔵が親しい間柄でもあることも。そういう兄に話して、引き渡されぬかと案じているのだ。

「いきなり突きだすような真似はされぬ」

「まことか」

　ああ、と勘兵衛は答えた。

「実は、もう来てもらっているのだ」

　立って、障子をひらいた。

　廊下に兄が立っていた。跳ねあがった左源太は畳をあとずさった。

「まるで化け物でも見たようだな」

　部屋に入ってきた兄は苦笑し、どっかりとあぐらをかいた。

「話はきいた。だが罪を犯した者をかくまったら、こちらが咎を負う。へたをすれば改易だ。いや、切腹かもしれぬ」

改易、切腹という言葉の重さに勘兵衛は腹に響くものを感じた。へそにぐっと力をこめて、その重みに耐えた。

「しかし左源太は無実です」

「俺もそう思う」

兄がいうと、左源太は顔を輝かせた。

兄はそんな左源太を一瞥してから、勘兵衛に鋭い目を向けた。

「しかし、麟蔵はやってもおらぬことに罪を着せる男ではないぞ。このまま引き渡してもかまわぬ気はする」

勘兵衛は納得しかねた。左源太がそわそわと尻をあげかけた。

「だが勘兵衛、ここは一つ望みをかなえてやろう。一日だけやる。明日の日暮れまでだ。それまでに下手人を見つけてこい」

二十九

早朝、明け六つ（午前六時）前に勘兵衛は屋敷を出た。

麟蔵に早希の男のことを話すのが最もはやいとは思ったが、出どころを突かれるのが怖い。自力で捜しだすしかなかった。左源太が酒を一緒に飲んでいたという浪人捜しはあきらめた。今日一日で捜しだせるとは思えない。それだったら早希の身辺を探り、男を見つけたほうがはやい。

それにしても、まったく世話を焼かせる男だ。だが、人を救うために働くという感覚は決して悪いものではなかった。

左源太は今にも泣きだしそうな顔で、部屋を出る勘兵衛を見送った。その顔は子供の頃とほとんど変わっていなかった。

勘兵衛が蔵之介と知り合って間もなく、蔵之介が左源太を紹介したのだ。生意気なところはその頃から多分にあったが、涙もろくてどこか憎めないのも今と同じだった。

子供の頃、勘兵衛の屋敷の門に燕《つばめ》が巣をつくったことがある。古谷屋敷にとって久しぶりのことで、縁起がいいときかされて子供心にもうれしく思ったことを勘兵衛は覚えているが、そのときたまたま遊びに来ていた左源太は巣に三羽のひながかえっているのを見て、すごく喜んだのだ。

それから、日に一度はひなの様子を見に来るのが左源太の日課となった。まるで自分が親であるかのような心持ちでいたらしいが、ある日、巣は烏《からす》に襲われたようでもぬけの殻になっていた。ひなのうちの一羽が下に落ちて死んでいたのだが、それを左源太は手のひらに包みこんで勘兵衛に見せに来たのだ。左源太は顔をくしゃくしゃにして泣いていた。兄の許しを得て、庭の隅にひなの墓をつくってもいる。

皆と一緒に遊びに出たときもそうだった。

勘兵衛たちはときに蛙をつかまえたりしたが、かなり残酷なことをした覚えがある。皮をはいだり、地面に叩きつけたり、飛んでゆけとばかりに空に高々と投げあげたり、百舌の速贄を真似て枝に串刺しにしたり。

今思えば、よくできたなということばかりだが、左源太だけは決してそういう輪に加わらなかった。そんなことをする理由がわからないといいたげな悲しそうな眼差しで、勘兵衛たちを黙って見守っていたものだ。

そんな男が人殺しなどできるわけがないのだ。人を殺せないというのは、いざとなれば命を張らねばならない侍として恥ずべきことかもしれないが、少なくとも左源太の心根のやさしさはわかる。

勘兵衛は霜柱が立ったあとの、湿り気を感じる道を早足で歩いた。

今日は冷えこみがきつかった。

振り仰ぐと、晴れて真っ青な空の下に、たっぷりと雪をかぶった富士山が見えた。

澄みきった大気を胸に吸いこんで吐きだすと、悪いものが外に出てゆく気がした。果たして左源太を救えるものか、との重い気持ちが、雲が一気に取れるようにぬぐわれて、大丈夫だ、と思えるようになった。

不忍池の方向を目指している。

早希の家族のもとへ行くのは一番最初に考えたが、おそらくそこには目付衆の目が光っているだろうし、早希の両親や家督を継いでいる兄が、下手人と目されている左源太の友人と話をしてくれるとは思えなかった。

一軒の料理茶屋の前に立った。料理茶屋というのはもちろん見せかけで、不忍池のほとりに建ち並ぶ出合茶屋の一つだ。

店の名は『帰山《きざん》』。左源太と早希はここをいつもつかっていたのだ。

男が店の前を掃除していた。三十前くらいか、きびきびとした身ごなしだ。

「ききたいことがあるのだが」

勘兵衛は声をかけた。男は箒を持つ手をとめ、胡散《うさん》臭げな目を向けてきた。

「はい、なんでございましょう」

そっと小腰をかがめた。声ははきはきしており、意外と整った顔立ちをしていた。

「昨日、このあたりで武家のおなごが殺されたことは存じているな」

「それはもう」

「ここの馴染みだったらしいな」

男は眉をひそめ気味にした。

「お侍はお目付さまで」

「いや、ちがう」

勘兵衛は厳しい顔で首を振った。

「殺されたおなごの縁者だ」

「えっ、そうなんですか」

男が驚いた。興味の色を押し隠しつつ、すぐさまきいてきた。

「どういうご関係でございますか」

「それは勘弁してもらいたい」

勘兵衛は丁重に断りを入れた。

「ああ、失敬なことを申しました」

男が恐縮して、頭を下げた。勘兵衛は男が口をひらくのを待った。

「ああ、そうでしたね、すみません」

男は唇を湿らせた。

「ええ、お二人はお馴染みさまでした」

どこかいいにくそうだった。

「よく来ていたのか」

「月に一度か二度ほどですか」

もっと来ていた感じもうかがえたが、殺された女の縁者ということで、控えめに答えたのかもしれない。

「おなごはいつも同じ連れだったか」

男は虚《きよ》を衝かれた顔をした。

「ほかに男が、とおっしゃるのでございますか」

「そうだ」

「いえ、いつも決まったお人でした」

「俺が縁者だからといって、気をつかうことはないぞ」

「いえ、そういうことを抜きにしても、いつも同じ方と」

嘘をついている様子はなかった。目の前の男に偽りを述べる理由もないはずだ。

「手をとめさせてすまなかった」

勘兵衛は礼をいった。

「いえ、そんなことはいいんですが」

勘兵衛を探る目つきだ。

「まだ下手人はつかまっていないとききましたが、ここにいらしたのはなにか手がかりでも得たいとお考えになられたんで」

「そうだ」

「手がかりを得られたとして」

男が思案顔をした。

「まさか先につかまえるおつもりでいらっしゃるんですか」

「よくわかるな。その通りだ」

男はおだてに乗らなかった。まじめな表情を崩すことなくたずねた。

「殺された女性《によしよう》の無念を晴らす気でいらっしゃるんですか」

「その気はない。下手人をとらえられたら、それでいい」

男がわずかに矛先《ほこさき》を変えた。

「しかし、妙なことをきかれましたね」

「ほかに男がいなかったか、か」

「はい」

「他意はない。捕物方がいま追っている男が下手人でないことも頭に入れているだけだ」

男は納得していない。

「あの、お名をうかがってもよろしいですか」

怪しい者を見かけたら、注進するようにきつくいわれているのだろう。

勘兵衛はそれには答えず、あらためて礼をいうと、さっさと背を向けた。

男はまた箒をつかいはじめたが、粘っこい目を送ってきているのははっきりと感じ取れた。勘兵衛は気にすることなく、帰山と軒を並べる出合茶屋を続けざまに訪ねた。

いずれもかんばしい答えは得られなかった。

他の茶屋はつかってなかったのか、と思ったが、いい争う姿を見られている以上、このあたりによく来ていたのはまずまちがいない。

勘兵衛は不忍池を見渡した。

すぐそばに、弁財天が祀《まつ》られている島が見える。琵琶湖《びわこ》の竹生島《ちくぶしま》に見立てられ、人の手によってつくられた島とは思えないほど、まわりの風景に溶けこんでいる。

その島の向こうにも軒を並べる建物があることに気づいた。あれらも出合茶屋だ。

勘兵衛は池のほとりを歩きはじめた。散策を楽しんでいる人や孫と手をつないでいる年寄りもいる。橋を渡って弁財天に参詣《さんけい》する者も目につく。

池に沿って足を進めながら勘兵衛は、左源太が早希と知り合ったくだりを思い起こした。

二人が知り合ったのも、ここ不忍池近くだった。実際、このあたりは桜の名所として知られている。早希のほうから声をかけてきたという。早希が知り合いとまちがえたらしい。そのときはそれきりだったが、十日ほどたったとき、屋敷近くで早希とばったりと会ったのだ。それから二人の仲は急速に深まったという。

「早希は多情な女だった」

勘兵衛の部屋に夜具を敷き並べて、灯りを消したとき、左源太はいった。

「それがため俺に飽きたのだろうな。俺は早希の多情さはいやではなかった」

声になつかしむ色が出ていた。

「まだ未練があるのか」

しばらく間があいた。

「ああ、かわいい女だったから」

それきりなにもいわなくなった。

泣いているのか、と思ったら、軽くいびきがきこえてきた。おそらく前日の野宿がこたえているのだろう。勘兵衛に経験はないが、いくら酒が入っていたとしても、決して熟睡できるものではないことをきいたことがある。

勘兵衛は一軒目の出合茶屋に訪《おとな》いを入れた。

そこではなにも得られなかった。二軒目、三軒目も同じだった。

手応《てごた》えがあったのは、四軒目だった。その出合茶屋は不忍池のほとりではなく、ややひっこんだ林の手前にひっそりとあった。

店先に出てきた女将《おかみ》らしい四十女に、殺された女の縁者であることを告げた。

「さようですか、それはお気の毒です」

女将は世馴《よな》れた様子で頭を下げた。

「まだお若い方だったのに、さぞご無念だったでしょうねえ」

おや、と勘兵衛は思った。

「女将、顔を見たことがあるのか」

「亡骸が見つかって大騒ぎになりましたから、私も見に行ったんです」

「そういうことか」

女将がすぐに語を継いだ。

「でもあの女性、こちらにも何度か見えましたよ」

勘兵衛は首を伸ばした。はやる気持ちを抑えつけ、深く息を吸いこんだ。胸がふくらんだのは息のためだけではない。

「最近のことか」

女将は手を大きく振った。

「あれはもう三年も前のことです」

もちろん早希は一人ではなかっただろう。

「よく覚えているな」

「商売ですから」

勘兵衛は考えた。早希が婚家から戻ってきたのが三年半前。左源太が早希とそういう仲になったのはせいぜい一年半前。

ということは左源太ではない。この男が左源太が存在を感じた相手なのか。

「相手の男を覚えているか」

女将は額に手を当てた。

「お武家さまで、まだ若いお方でしたね」

侍か。勘兵衛は勢いこんだ。

「若いというとどのくらいだろう」

「そうですね、あのとき二十一か二くらいだったでしょうか。今は、ですから二十四、五くらいですか。お侍と同じ歳の頃でしょう」

「顔や身なりになにか目印になるようなものはなかったか」

「そういうのは覚えてないですねえ。いつも頭巾《ずきん》をかぶっておられていましたし、それに三年も前のことですし」

だが、なにかひっかかりがあるのか目を細め、頭を傾けるようにした。

結局、なにも出てこなかった。

「名はどうだ、覚えておらぬか」

「お名ですか」

困ったようにいったが、ふとなにか思いだしかけた表情になった。

「あれは確か……」

じりじりするようなときがすぎてゆく。

やがて女将はぱちんと手のひらを合わせた。

「『だいさま』と呼ばれていましたね」

だいさまか、と勘兵衛は思った。

「確かか」

気分を害さぬ口調で念を押した。

「もちろんです」

自信たっぷりに請け合った。

「ああ、そうです、そうです」

女将が甲高い声をあげた。

「だいさま、で思いだしました。頭巾を取られた後ろ姿を見たときです。ずいぶんお耳が大きかったのです。名は体をあらわすというか、そんなことをちらりと覚えたのをいま思いだしました」

この瞬間、勘兵衛の心には疑惑がどっかりと居座った。

三十

急ぎ足で番町に戻ってきた。日はまだ東の空にあるとはいえ、のんびりとしてはいられない。気がせいている際のときのはやさはよくわかっている。

矢原屋敷は表三番町にある。八百石取り。

そういえば、と勘兵衛は今さらながら気がついた。矢原家も早希の嫁ぎ先の中尾家と同様、納戸衆だ。そのあたりの関係できっと知り合うことになったのだろう。

勘兵衛は訪《おとな》いを入れた。屋敷にいた大作は、勘兵衛の来訪に驚いた。

そういえば、と大作の大きな耳たぶに目を当てながら勘兵衛は思った。新八を訪ねたときも驚かれたが、そんなに皆を訪ねていなかっただろうか。少し悔いる気分になった。

大作の部屋に招き入られた。

この部屋も、いかにも部屋住みの、といった風情だ。日当たりは極端に悪く、歩いてきたから体は十分にあたたまっているとはいえ、少し足先が冷たく感じられる。

大作は、勘兵衛が厳しい顔をしていることに気づいたようで、眉をひそめ気味に腰をおろした。

勘兵衛は大作の前に座った。

「どうした、今日は」

いいながら、はっとした顔つきになった。

「左源太のことでなにかまずいことでもあったのか」

「むしろ大作にまずいことだな」

勘兵衛は遠慮なく言葉をぶつけた。

「どういう意味だ」

「大作、あいつが早希どのを殺《や》っていないのは知っているな」

「知っているというか、信じてはいる」

「うまいいい方だ」

勘兵衛は麟蔵を真似て、薄く笑った。

「ときがないので本題に入らせてもらう」

「ああ」

「早希どのを殺したのは、おまえか」

大作はぽかんと口をあけた。

「いったいなにをいっている」

勘兵衛は平静な思いで、大作を眺めている。面抜きでこうして正面からしげしげ見たことはあまりなかったが、目鼻立ちのすっきりしたけっこう男前といえる顔をしていた。

「とぼけるのか」

大作は右手をあげた。

「ちょっと待て。なぜそんなことをいう」

勘兵衛は手ばやく説明した。屋敷で左源太をかくまっていること以外、すべて口にした。

「なるほど、調べはついているというわけか」

大作は自嘲《じちょう》気味に笑った。

「確かに、俺は早希どのと深い仲だった」

すんなりと白状した。

「ただし、殺してなどおらぬ。どうして俺が殺さねばならぬ」

「それをきかせてもらいたい」

「わけなどない」

声を張りあげた。屋敷うちであるのに気づき、すぐに低くした。

勘兵衛は顔を厳しくした。

「では、最初からきいてゆこう」

大作も表情を引き締めた。

「早希どのと知り合ったきっかけは」

大作は少し考えに沈んだだけだった。

「五年ほど前の納戸衆の花見だ。まだ中尾どのは健在で、早希どのを紹介してくれたのだ。そのときは、ああきれいな人だな、と思ったくらいで、一目惚れをしたとか、恋慕の思いをいだいたとかはなかった。その後二年ほどで中尾どのが亡くなって、早希どのが実家に戻ったことはきいたが、だからといって俺は気にかけていたわけではない。そんなある日、道場帰りにばったり会ったのだ。向こうもどこかからの帰りのようだった」

道でばったりか、と勘兵衛は思った。

「早希どののことは、頭の片隅では想っていたのだと思う。最初に会ったときの、匂い立つような色香が忘れられなかったのだろう。だからこそ、そのとき俺の口からは、今度二人でお会いしませぬか、との言葉がとっさに出たのだ」

「つき合いはどのぐらい続いた」

「一年ほどか」

「別れたあと会ったことは」

「ない」

「別れたわけは」

大作は疲れたような吐息をついた。

「早希どのの強さのせいだ」

意味はわかるだろう、という目で勘兵衛を見た。

「俺はあの強さに辟易《へきえき》していた。恐怖すら感じていた。このまま続けていたら殺されてしまうのでは、と。中尾どのが二十八の若さで亡くなったのも、早希どのに命を縮められたも同然ではなかったかと思う」

そんな女の話を耳にしたことはあるが、まさかこんな身近の者からきかされるとは思わなかった。

「別れを早希どのは承諾したのか」

「いや、それは……」

口をひらきかけて、とめた。

「一つ条件をつけられた」

「条件だと。なんだ」

「それは……」

即座に勘兵衛はさとった。

「おまえのあとがまを見つけることか」

身を乗りだして大作をにらみつけた。

「それで左源太にまわしたのか」

大作は情けなさそうに下を向いた。

「早希どのが花見で左源太に声をかけてきたのも、屋敷近くでばったり会ったのも、すべて仕組んでのことだったのだな」

「左源太にとってもいい話だと思ったのだ。あいつは精の強さを持て余しているところがあるから」

勘兵衛はいい草にあきれた。

「幼馴染みとはとても思えぬ言葉だな」

「まさかこんなことになるなんて、露ほども思わなかったのだ。勘兵衛、信じてくれ」

「大作」

さえぎって呼びかけた。

「おまえ、本当に殺っておらぬだろうな」

凄《すご》みのある声をだした。

「殺っておらぬ、本当だ」

面《おもて》をあげ、必死にいい募《つの》った。

「おとといの夜はどこにいた」

「道場からまっすぐ楽松だ」

あらかじめ用意していたように答えた。

「誰かと一緒か」

「新八とあとは後輩が三人だ」

「いつまで楽松に」

「四つ（午後十時）近くまでいたと思う」

それが本当なら、早希殺しに関係ない。

「あるじも、俺が店にずっといたことはきっといい添えてくれるはずだ」

あの主人なら信用できる。金で買われる男ではない。だとすると、と勘兵衛は思った。

まだほかに男がいる。

「よし、信じよう」

勘兵衛はちがう質問を発した。

「早希どのには左源太以外に男がいたらしいのだが、心当たりはないか」

「ほかに男が。まちがいないのか」

驚いてはいたが、大作の顔には、十分あり得ることだな、と書いてあった。

「その男のせいで、左源太は早希どのから別れを告げられたようだ」

そうか、といって大作が考える。

ずいぶん長いこと思案していたが、やがてひらめきを貼りつけたような顔をあげた。

「しかと確かめたわけではないが」

力のある瞳で勘兵衛を見つめた。

「一人もしやという男がいる」

三十一

大作の屋敷を辞し、道を歩きはじめた。

背後から気配が近づいてきた。濡れ布巾《ぶきん》でも当てられたように、背筋がぞくりとした。

腰を落とし、鯉口を切りかけた。

「勘兵衛」

声にきき覚えがある。ちがうと判断した。背を伸ばし、なにげない顔で振り返った。

道に立っていたのは麟蔵だった。

「なんだ、剣呑《けんのん》なやつだな」

麟蔵が瞳を光らせた。

「命でも狙われているみたいだが、そのような覚えがあるのか」

勘兵衛は笑ってみせた。

「滅相もありませぬ」

麟蔵は笑わなかった。表情はむしろ厳しさを増したし、体にも緊張がみなぎった。勘兵衛が見直すと、麟蔵はふっと体から力を抜いた。

「おぬしは久岡家の婿になる身だからな、身辺には十分気をつけたほうがいいぞ」

闇風についてなにか知っているのか、と勘兵衛は思った。きこうとしたが、藪蛇《やぶへび》になりそうな気もして、やめた。

それにしても、こんなところで会うとは。つけられていたのでは、という気がした。

「なにか」

勘兵衛は道先を気にするそぶりをし、急いでいることを伝えた。

「ああ、ききたいことがあってな」

麟蔵がのんびりと答えた。

「なんでしょう」

麟蔵が不意に目を怒らした。

「どうして岡富がつかっていた出合茶屋が帰山であるのを知ったのだ。まさか岡富からきいたことがある、とでもいうんじゃないだろうな。岡富に女がいるのものろくに知らなかったのに」

勘兵衛はつまった。あの掃除をしていた男だ。くそ。心うちで毒づいた。

「ええ、その通りです」

心中とは逆に冷静にいった。

「なにがその通りだ」

「左源太からきいたことがあったのを思いだしたのです。あいつは女ができるといつも帰山をつかっている、といっていたのです」

麟蔵はいまいましげに舌打ちした。

「まあよかろう」

うしろを振り返った。

「矢原のところにはなにゆえ足を運んだ。なにか用事か」

道場のことで、といおうとして勘兵衛はとどまった。そんなことをいったら、岡富が逃げまわっているときに道場の用か、と突っこまれるのは見えていた。それに大作では、勘兵衛となにを話したか麟蔵がただせば、洗いざらいしゃべってしまうだろう。

仕方あるまい。勘兵衛は腹を決めた。

「少し歩きませぬか」

勘兵衛の決意を知ったか麟蔵はうなずいて、肩を並べてきた。

歩きながら勘兵衛は、これまでのことすべてを話した。もちろん、屋敷に左源太をかくまっていることを除いてだが。

麟蔵は目をみはった。

「矢原も早希どのの男だったのか」

「はい」

「それで、矢原がいった男の屋敷に向かっているのか」

「さようです」

「名をきいていいか」

「ずいぶん控えめないい方ですね」

勘兵衛は皮肉でなくいった。

「俺より上ではないかと思ってな、敬意を表しているのだ」

「上というのは」

「おまえさんのことだ。探索方としての力は俺よりはるかに上では、と申しているのだ」

考えられることをしたにすぎない。それで運よくぶち当たったとしか思えない。

「まあいい。その話はあとだ」

真摯な瞳で勘兵衛を見た。

「男の名を教えてくれ」

二人は一軒の屋敷前に立った。

「ここだな」

麟蔵が確かめるようにいう。

「七百三十石、佐野半之助《さのはんのすけ》。今は無役だな。屋敷にはあと、隠居の父親がいる」

さすがだ。よく知っている。

勘兵衛はあたりを見渡した。

町としては、小石川久保町《こいしかわくぼちよう》になる。東側に高々とした木々の茂みを見せているのは、傳通院《でんづういん》の森だ。傳通院は、神君《しんくん》の生母於大《おだい》の方《かた》が葬られていることで知られている。

「勘兵衛、もう一度きくが、半之助の弟主税《ちから》でまちがいないのだな」

麟蔵は怖い顔をしていた。悪相といっていい。完全に仕事の態勢に入ったのだ。

勘兵衛はやや押される感じでうなずいた。

「大作は、早希どのが昔を語ったときを思いだしました。佐野主税は早希どのと同い年、幼い頃からの知り合いで、早希どのと思いを通わしていたそうです」

「二十年近く前に三田村家は、この町から屋敷を番町に移している」

麟蔵が腰を一つ叩き、弾みをつけた。

「行くか、勘兵衛」

二人は奥の座敷に通された。

待つほどもなく座敷に一人の男が姿を見せ、二人の前に腰をおろした。

男は頭を下げ、名乗った。麟蔵が名乗りはすんでいるとばかりに軽く会釈しただけだったので、勘兵衛もそれにならった。

「で、お目付がどんなご用でしょうか」

悪びれることもなく、堂々としている。

男前というわけではなかった。ただ、男としてのかわいげのようなものが垣間見え、おそらくこの男に惹かれる女は少なくない。しかし、今はどこかやつれているように見えた。

強さに辟易していた、このまま続けていると殺されてしまうのでは、という大作の言葉が頭に浮かんだ。

この男だ、と勘兵衛は直感し、目配せしようとしたとき、麟蔵がいった。

「ご結婚が決まったそうですな」

えっ、そうなのか、と勘兵衛は驚いたが、そんな顔をするわけにもいかず、黙ってなりゆきを見守ることにした。それにしても結婚とは。次男だから、どこぞに婿入りということか。つまり、そのことが早希を殺した理由なのだろうか。

「おかげさまにて」

主税は微笑で返した。

「腰物方六百五十石児玉長蔵どののところでしたな、確か」

「さすが、よくご存じですね」

軽く受け流すようにいう。

「ご結婚はいつ決まったのでしたかな」

主税は、それもご存じでしょうといわんばかりに麟蔵を斜《はす》に見た。

「一月《ひとつき》前でしたかな」

主税がにやりと笑った。急に下卑《げび》た顔になったように感じられた。

「一月半ほど前です」

「児玉どのは、半年ばかり前に嫡男《ちゃくなん》を病気で失ったばかりでしたな。確かまだ二十二」

そうだったのか、と勘兵衛は思った。ほかにも知らない家で跡取りが死んでいたのだ。

「その通りです。お気の毒でした」

「ご婚約のきっかけはなんでしたかな」

「ちょっと待ってください」

主税は片手をあげた。

「そのようなことでまいられたのですか」

「なにか答えにくいことでもおありか」

「いや、別にそのようなことはないのですが」

主税はあからさまに不満の眼差しをぶつけている。麟蔵はどこ吹く風といった顔だ。

「でも、お目付がわざわざ見えることではないと思うのですが。それとも」

まばたきのない目で麟蔵を見た。

「縁組になにかご不審でも」

「まずは質問に答えていただけますかな」

主税が目を宙に走らせた。きっかけでしたね、と確かめてから話した。

「簡単なことです。父親同士が幼馴染みなのです。それに遠縁ですが、一族でもあります」

「話はとんとん拍子に進んだのですか」

「そうきいています」

麟蔵が小さく身じろぎした。

「主税どのは亡くなった児玉家の嫡男、栄蔵《えいぞう》どのといわれましたか、と面識はおありか」

「一度か二度ですが」

「では、あまりご存じない」

「そういうことです」

「お父上はいかがです」

どうなのかな、と主税はつぶやいた。

「特に親しかったとは思えませぬが」

「祝言はいつです」

「栄蔵どのの喪が明けるのを待って、ということになっています」

「来年の初夏くらいですか」

「そのあたりだろうと思います」

「待ち遠しいですね」

「はあ、まあ」

主税は要領を得ない顔で答えた。

主税だけでなく勘兵衛も、麟蔵がなにを知りたいのかさっぱりわからない。ただ、似たようなことを別の者にきかれた場面が脳裏に戻ってきている。あれは藤井信左衛門だった。

「おとといの夕刻、出かけましたか」

麟蔵はいきなり話題を変えた。ようやく本題に入ったことがわかり、勘兵衛はあらためて主税に注目した。

主税はいぶかしげにしている。

「なぜそのようなことを。いえ、答えられぬことではありませぬが、わけをおききしたいですね」

もっともだというように麟蔵が首を揺り動かした。

「三田村家の早希どのをご存じですか」

「もちろんです」

「なぜ、もちろんなのです」

「幼い頃、近所でしたから」

なるほど、と麟蔵がいった。

「おとといの夜、早希どのが殺されたことはご存じですね」

「ええ」

「それで、早希どのをご存じの方を洩れなく当たっているのですよ」

「そういうことですか」

こわばっていた主税の頬をほっとした色が流れた。

「しかしそれがしと早希どのは、幼い頃に顔を見知っていた程度でしかないですよ。三田村家は十八年前に番町に越してゆきましたから」

何年前かちゃんと覚えているのか、と勘兵衛は思った。

「それに、もう下手人の目星はついているとの話を耳にしましたが」

しらっという主税を勘兵衛はにらみつけたかったが、麟蔵がそっと膝をさわって押さえたので、その衝動に耐えた。

「残念ながら、まだつかまっていないのですよ。捜しまわっているのですが。まったくどこに逃げこんだものやら」

「たいへんですね」

同情してみせてから主税がさらりといった。

「ええ、出かけましたよ」

「失礼ですがどちらまで」

「散策です」

「そんな刻限に」

主税は昂然と胸を張った。

「黄昏《たそがれ》どきの散策が珍しいとも思えませぬが」

「近所ですか」

「ええ、まあそうです」

「すぐに戻ってきたのですか」

「そうですね、四半刻（三十分）ほどでしょうか」

「四半刻ですか。まちがいないですか」

「まちがえようがないです」

「一刻（二時間）以上ということは」

「ありませぬ」

鉈《なた》を振りおろすように断言した。

「そうですか。わかりました」

麟蔵は席を立ち、勘兵衛をうながした。こんなのでいいのか、と勘兵衛は思ったが、なにか考えがあるのだろうと思い、したがうことにした。

ああそうだ、と麟蔵がいった。

「早希どのは匂い袋を持っていたんです。ご存じですか」

自然、主税を見おろす形になった。

「匂い袋ですか。いえ」

「そうですか……」

麟蔵がいかにも落胆したそぶりを見せた。

「その匂い袋がなにか」

主税の瞳には、怖いもの見たさがある。興味の色を強くだしすぎてはいけないが、しかし目にしてみたいというような。

「三田村家によれば、その匂い袋には男の名が書かれた紙がしまわれているのでは、ということなのです。早希どのは、それは大事にしていたそうですから。むろん、今追っている男の名が書かれているとは思いますが、こちらとしてはその紙片をぜひ見てみたく」

来たときと同じように肩を並べて歩いた。

三十二

蔬菜《そさい》売りの百姓とすれちがった。百姓は二人に会釈して通りすぎていった。

「匂い袋の話は本当ですか」

勘兵衛はたずねた。

「岡富はいってなかったか」

いっておりませぬ、と答えそうになった。

「いえ、左源太には会っておりませんから」

麟蔵はふふ、と楽しそうに笑った。

「岡富は解放してやったほうがいいな」

居酒屋ではやくも一杯ひっかけたようなくつろいだ顔だ。俺もひっかけるつもりなのか、と勘兵衛はきこえなかったふりをした。

「芝居はやめろ。屋敷にいるのだろう。おそらくおぬしの部屋だな」

勘兵衛は麟蔵の顔を盗み見た。自信たっぷりに見返された。

「無実の者を置いておいたところで、別に罪にはならぬ。安心しろ」

勘兵衛はそっと息を吐いた。

「下手人はやはり主税だと」

「嘘をついたからな」

勘兵衛は二人のやりとりを思い起こした。

「なにが嘘だったのです。主税が下手人かもしれぬことは先ほど知ったばかりでしょう」

「そのあたりはきくな」

ぴしりといわれた。それだけでは気がとがめたか、麟蔵がいい足した。

「事件が解決したら屋敷に来い。話そう。下手人を見つけてくれた礼だ」

はっきり下手人といった。麟蔵はよほどの確信をいだいているのだ。

「わかりました、必ず」

ふと麟蔵が人さし指を動かした。

それを合図に一人の侍が麟蔵に近寄ってきた。目つきは麟蔵に劣らず悪い。配下だろう。

このあたりを張っているのか、と勘兵衛は思った。主税に張りついているのだろうか。そう考えれば、主税が嘘をついたこともわかる。四半刻で戻った、というくだりか。しかし、どうして張りついているのか。

麟蔵が配下に耳打ちした。

配下は一礼し、足早に遠ざかっていった。

「すまなかったな」

「いえ。ところで、左源太のことですが」

勘兵衛はうかがいを立てた。麟蔵は付近を見渡した。

「ふむ、ちょっと茶店でも寄っていかぬか」

傳通院に参詣に来る者を相手にしているらしい一軒の茶店に二人は入った。

茶と団子をさっさと二人前注文した麟蔵はすべてを了解した顔をしている。

「岡富には話をきかせてもらわなければならぬが、かくまったことを罪に問うことはせぬ」

「武士に二言はありませぬな」

麟蔵が運ばれてきた茶を飲んだ。

「二本差といっても二枚の舌を持つ輩《やから》は多いが、まあ信じろ」

それにしても、と勘兵衛はいった。

「どうして我が屋敷に左源太がいると考えたのです」

慎重なきき方をした。

「用心深いな。それとも、よほど疑り深いたちなのか。あるいは徒目付が信用がないか」

まあ仕方ないな、という顔をした。

「簡単なことだ。善右衛門からつなぎがあったのだ。あいつはなにしろお家大事だからな」

これには勘兵衛も驚いた。あえぐように、本当ですか、といった。

麟蔵が会心の笑みを浮かべた。

「なるほど、善右衛門も承知の上か」

やられた。勘兵衛は蔵之介の猛烈な突きを思いだした。あれと同じくらいの衝撃だ。

麟蔵は憐れみと冷ややかさが混じる目をしている。

「勘兵衛、簡単にひっかかりすぎだ。もう少し兄を信用してやらねばな」

力が抜ける思いだった。勘兵衛は咳を一つした。

「主税をこのままにしておいていいのですか」

「それについては考えがある。まかせておけ。よもや逃げだすことはあるまい」

本職がそういうのなら、もはや口をはさむことはできない。

「もう一つよろしいですか」

「ああ」

「主税の婚姻について、長々ときいていたのはなんなのです」

鱗蔵は眉をひそめた。

「それについては話せぬ。いずれ話せるときも来るとは思うが」

それきり口を閉じた。城門が閉められたように感じた。どうすることもできなかった。

鱗蔵と別れ、屋敷に戻った。

兄は出仕しており、左源太の面倒と見張りをかねていたのは用人の惣七だった。

左源太は勘兵衛の帰りを待ちわびてはいたが、これだけはやい帰りには驚きを隠せなかった。

「喜べ、左源太」

勘兵衛はどかりと腰をおろした。

「わかったぞ、下手人が」

「本当か」

左源太は飼い主にめぐり会えた犬のように小躍りした。

「誰だ」

「まだいえぬ」

勘兵衛はかぶりを振った。

左源太はむっとした。

「なぜだ」

「告げたら、おまえ、乗りこむだろうが」

ぐっとつまった顔をした。

「侍なのか、早希を殺したのは。それぐらい教えてくれてもいいだろう」

この懇願には逆らえなかった。

「旗本だ。俺たちと同じ部屋住みだ」

左源太がため息をついた。

「つかまったのか、そいつは」

「まだだ」

「なぜだ」

「よくわからぬ。飯沼さまにはなにか考えがあるらしいが」

そうだ、と勘兵衛は思いだした。

「早希どのは匂い袋を持っていたか」

左源太はきょとんとした。

「匂い袋だと。なんだそれは」

「やはり知らぬか」

勘兵衛は腕組みをし、首をひねった。

「そのようなことを飯沼さまがおっしゃったのだ。そうか、知らぬか」

左源太がごろりと畳の上に転がった。気持ちよさそうに腕枕をする。

「俺はもう外に出ても大丈夫なのか」

「大丈夫だ。飯沼さまが解き放ってやるようにいったくらいだから」

左源太は起きあがった。

「そうか。では、そろそろお暇《いとま》するかな。家族に無事な姿を見せてやりたい」

「そうだな。きっと案じているだろう。はやく帰ってやれ」

勘兵衛は両刀を返し、左源太を送りだした。

空には雲一つなく、明るい日が燦々《さんさん》と降り注いでいる。疑いが晴れた男が堂々と歩を進めるにふさわしい日和《ひより》だ。

左源太は小さな子供が別れを惜しむように、何度も振り返っては手を振っている。

左源太が成瀬小路を曲がろうとしたときだった。不意に小路になだれこんできた一団があった。一団は十人ほどで、先頭にいるのは麟蔵だった。なにが起きたのかわからない風情の左源太はあっけなく両腕を取られた。

勘兵衛は地面を蹴った。半町近くを鳥が飛ぶように駆け抜けた。

「どういうことです」

勘兵衛は麟蔵を怒鳴りつけた。

「だまし討ちですか」

麟蔵は氷のように冷たい目を向けてきた。

「徒目付を信ずるほうがどうかしている」

吐き捨てて、配下に顎をしゃくった。

「行くぞ」

すでに左源太はうしろ手に縛りあげられている。

「勘兵衛、なんなんだこれは」

左源太は泣き叫んでいる。

「話がちがうではないか」

「うるさい、黙れ」

麟蔵が一喝した。左源太は蟬が鳴きやむようにぴたりと口を閉じた。

麟蔵がじろりと勘兵衛を一瞥する。なんの感情もこもっていない、蛇の目だ。

成瀬小路は静かなままだった。騒ぎをききつけて顔をだす者もいない。

両側を無表情な塀が続く静寂のなか、左源太は荒々しく引っ立てられていった。

勘兵衛はただ呆然としていた。

三十三

ほとんど一睡もできぬまま、朝を迎えた。はらわたが煮えくり返っていた。

あのあと、帰ってきた兄に顚末《てんまつ》を伝えたが、兄はわずかに眉をひそめただけだった。

「そのような仕打ちを受けて信用しろというのが無理だろうが、麟蔵はわけもなく理不尽な行いをする男ではないぞ。それだけは信じてやれ、な、勘兵衛」

諭《さと》すようにいわれたが、勘兵衛は納得できなかった。ときがたつにつれ、怒りは潮が満ちるように増してきていた。

日がのぼり、明るくなってきた。

詰所か屋敷に乗りこんでやろうか、と本気で考えたとき、惣七が来客を告げた。

玄関に出ようとしたが、すでに客は部屋の近くまで来ていた。

廊下を渡ってくる男を見て、勘兵衛はぽかんと口をあけた。

「なんだ、打ちあげられた魚みたいな顔して」

歩いてきて、勘兵衛の肩をぽんと叩いた。

「おまえ、いったいどうして」

勘兵衛は言葉をしぼりだした。

「解き放たれたのか」

左源太は首を振った。

「解き放たれたというのとはちがうな。もともととらえられてなどいなかったのだ」

勘兵衛は顔を険しくした。

「どういうことだ」

「話せば長くなるが、とにかくおまえは飯沼さまに一杯食わされたということだ」

「あの捕物も芝居だったというのか」

そういうことだ、とうなずいた。

「もっとも、そのことを俺が知らされたのは、勘兵衛が戻る直前だった。飯沼さまからの使いがここに来たのだ」

疑いはすでに晴れており、その上で力を貸してくれるよう使いはいったという。

あのとき、と勘兵衛は思い起こした。麟蔵が茶店に誘ったのは、この根まわしのときを稼ぐためだったのだろう。

いつの間にかそばに兄もやってきていた。柔和《にゅうわ》な笑みを浮かべている。

ということは、と勘兵衛は思った。なにがどうなったかまるでわからないが、兄もこの企てに一枚嚙んでいたということだ。つまりなにも知らなかったのは自分だけだ。

兄をにらみつけたかったが我慢し、代わりに兄が気に入りの庭石に目をぶつけた。

兄は左源太に、あとは頼むとでもいうように片手をあげて去った。これから出仕だ。勘兵衛は左源太を部屋にひっぱりこんだ。説明しろ、と語気荒くいった。

「わかっている、そんなにせかすな」

左源太は自ら座布団をだした。

「まったく食いつきたそうな顔だな。子供の頃、界隈にいた犬より凶暴そうだ」

「軽口はいい。はやくいえ」

わかったわかった、と左源太がいった。

「佐野主税はつかまったぞ、昨夜のことだ」

話がわずかにずれた気はしたが、どうやらそこがはじまりであることに勘兵衛は気づき、仏頂面《ぶっちょうづら》のまま左源太を顎でうながした。

「その小路で俺をとらえる芝居をしたあと」

左源太は話しはじめた。

「飯沼さまは、下手人をとらえるため力を貸してほしいとあらためていわれた。むろん、俺に否応《いやおう》はなかった」

左源太は麟蔵のいう通りに文を書き、それを自ら佐野屋敷に届けたという。

「文は、主税に二百両を要求するものだった。匂い袋の中身をぜひとも買い取ってもらいたい、というな」

指定した待ち合わせ場所は傳通院の森で、刻限は深夜九つ（十二時）だった。よく晴れた空は星が一杯で、ふくらみかけた月も明るく輝いて、夜道を行くのに提灯は必要なかった。

「主税はあらわれたのか」

ふん、と左源太は鼻を鳴らした。

「あの野郎、約束の刻限より一刻（二時間）もはやく来ていやがったのだ。いきなり背後から斬りかかってきやがってな」

いかにも危うかった話し方をしたが、すぐに得意そうに続けた。

「むろん大事には至らなかった。ひそんでいることもたいした腕でないことも、事前に伝えられていたから」

左源太は一撃をあっさりとかわし、抜刀した。正眼にかまえるや、もう一撃を加えようとした主税を言葉で抑えこんだ。

「俺を殺して匂い袋を奪うつもりなのだろうが、俺が持ってきていると思っているのか。見損なってもらっては困る」

主税はひるんだ。唇を噛んで左源太を見つめていたが、やがてうつむいた。

わかった、と力なくいって刀をおさめた。背後からの一撃に賭けていたようで、それをかわされたときすべては終わった、ということらしい。気弱げな目で左源太を見た。

「文というのは本当にあるのか」

「むろんだ」

「文には俺の名が」

「名ではない。『もし私に万が一があったとき、それは佐野主税の仕業です』だ」

主税は口のなかでなにやらつぶやいた。それからかすれた声をだした。

「本当に持ってきておらぬのか」

左源太はにやりと笑った。

「実は持ってきている」

「見せてもらえぬか」

「先に金だ」

「金はない」

「なら目付のもとに持ってゆく」

「そんなことをしたら、つかまるのはあんたではないのか」

「つかまるわけがない。下手人が名指しされた文を持っているのだから」

「つくり物と考えるぞ」

「かまわぬ。早希どのを殺すわけを持つ者がほかにもいることを知り、探索の目はまちがいなくあんたに向かうだろうから。俺は早希どのを殺しておらぬ。いずれ罪は晴れよう。となれば……」

「俺は殺《や》っておらぬ」

「なら、なぜ斬りかかってきた」

「早希の仇討《あだうち》のつもりだった」

左源太は鼻で笑った。

「今さらとぼけることはなかろう」

なにもいわず長いこと主税は黙っていた。

「二百両でなければならぬのか」

「いくらならだせる」

「五十両」

「話にならぬ」

「目付に持っていっても一文にもならぬぞ。俺に売れば、少なくとも五十両だ」

「そうさな」

左源太は考えてみせた。

「切りよく百両でどうだ」

主税は顔をしかめた。

「よかろう。だがすぐには用意できぬぞ」

「いつならいい」

「三日後だ」

「二日」

「無理だ」

「やってもみずに無理かはわかるまい」

主税はため息をついた。

「わかった。二日後に百両で手を打とう。どこで渡す」

「ここでいい」

「刻限も同じでいいか」

「うむ。しかし今度待ち伏せたら、叩き斬る」

わかった、と主税はいった。

「文を見せてくれ」

左源太は懐から紙片を取りだした。

「これだ」

高く掲げ、ひらひらさせた。主税は足を踏みだそうとした。

「おっと近寄るな」

左源太は鋭く制した。

「ここからでは見えぬ、本物か確かめたい」

「駄目だ」

「つくり物かもしれぬではないか」

「仮につくり物としても、本物と同等の力があることはさっきいった」

くっと主税は唇を噛んだ。

「なぜ早希どのを殺した」

主税は暗い目で左源太を見つめた。吐息とともに言葉をしぼりだした。

「別れるならこれまでのことを洗いざらいぶちまける、といわれたからだ。しかも子まで孕んでいるといった。そんなことになったら、縁談は破談だ。せっかく部屋住みを脱することができるのに。だから……」

「子ができていたのか」

左源太がつぶやくと、主税は口許をゆがめた。

「そうか、あんたの子かもしれなかったか」

「その脇差で殺したのか」

左源太は主税の腰を指した。

「どうでもよかろう、そんなことは」

「いや、包丁だったな。目白不動《めじろふどう》近くで買い求めたものだ。おそらく不忍池に投げ捨てたのだろう」

主税はむっと左源太を見直した。

「さらえば出てくるかな」

気配に気づき、主税は横の木立に目を向けた。麟蔵をはじめとした目付衆がばらばらと姿をあらわした。

「はかったな」

主税は刀を抜くや、落ち着きのない鳩のようにきょときょとと首を動かした。

「ひっかかるほうが愚かだ」

左源太は吠《ほ》えた。

「人を殺めたはいいが、結局はその程度の知恵だったということだ。似合いの末路だな」

主税は脇差に手をかけた。自害だ、と直感して左源太は躍りかかった。間一髪で間に合い、主税から脇差を奪い取った。主税は必死の形相《ぎょうそう》で脇差を取り戻そうとした。もみ合う形になったが、左源太が勝り、主税はどんと突き放されて力なく地面に倒れこんだ。両手で体を支え、呆然とした表情で月の光を浴びている。

「岡富、脇差を返してやれ」

冷静な声で命じたのは麟蔵だった。

「こいつには死しか残されておらぬのだ」

「しかし」

「いいから」

左源太はしぶしぶしたがった。

主税はうつろな目で脇差を受け取った。そのままかたまったように動かない。

いきなり手にしている物がなんであるか気づき、わあと叫んで投げ捨てた。

「こんなものだ」

麟蔵は脇差を拾いあげた。

配下に主税を縛りあげさせると、ではな、といって傳通院の森を去っていった。


「顚末はこんなところだ」

語り終えると、左源太は満足そうに鼻から太い息を吐いた。

「一世一代の芝居だったな、左源太としては」

勘兵衛は手柄をたたえた。怒りはすでにおさまっていた。

「足は震えなかったたか」

「仇討のつもりだった。必死に心を奮い立たせた」

「よくやった」

勘兵衛は左源太の肩を叩いた。

「しかし、一つ腑《ふ》に落ちぬことがある」

「なんだ」

「どうして、とらえられる芝居までする必要があった。あのままっすぐ屋敷に戻り、飯沼さまに合力すればよかったではないか」

その疑問はもっともだというように左源太はうなずいた。にんまり笑っていた。

「『勘兵衛はおまえたちのなかで一番最初に婿入りが決まった幸せな男だから、からかってやるのも楽しいではないか』といわれて、つい乗ってしまったのだ。俺にしても、少しは気が癒《い》えるのでは、との思いがあった」

「殴るぞ。こっちがどれだけ心配したかわかっているのか」

「ありがたく思っている。その充血した目がなによりの証だよな」

左源太がしんみりとする。

「でも勘兵衛、懲《こ》りたよ」

情けなさそうにいった。

「女は怖いな」

人による、との言葉を勘兵衛はのみこんだ。

三十四

左源太が帰ったあと、勘兵衛は一眠りした。

まどろみ程度のつもりだったが、起きたときは日が傾いていた。さすがに疲れきっていたことを思い知らされた。台所に行ってお多喜に茶漬けをつくってもらって腹ごしらえをし、それから屋敷を出て、道を東に向かった。

半刻（一時間）ほどで着いた。

すでに日は暮れかかっていた。そこは麟蔵の屋敷だった。徒目付衆の組屋敷である。

訪《おとな》いを入れると、出てきたのは驚くほどきれいな女性だった。勘兵衛が名乗ると、少々お待ちください、と奥にひっこんでいった。

麟蔵はすでにつとめから帰ってきていた。

「客など珍しい」

軽口をいいながら、玄関先に出てきた。

「お言葉に甘えさせていただきました」

勘兵衛はぺこりと頭を下げた。

「ふむ、まあよく来た」

勘兵衛を見て、小首をかしげた。

「岡富から話はきいたようだな。立ち話もなんだ、入ってくれ」

奥の座敷に落ち着いた。先ほどの女性が茶を持って姿を見せた。

「妻のおきぬだ」

「きぬでございます。どうぞお見知り置きを」

二人の前に茶を置くと、部屋を出ていった。

勘兵衛は信じられぬ、という表情で麟蔵を見た。麟蔵は見返してきた。

「なんだ、俺には不釣り合いか」

相好《そうごう》を崩した。

「まあいい。俺にはすぎた女と実のところ思っているのだ」

いっておくが、と麟蔵はいった。

「勧められてめとった女がたまたま美しかっただけで、俺が見初《みそ》め、強引に手に入れたのではないぞ」

そのようなことをする男でないのは確かだ。

「それに、俺が惚れているのは美しさではない」

麟蔵がにたりと笑った。およそこの男らしくない、溶ける寸前の餅のようなふにゃふにゃした顔だ。勘兵衛は異人でも見る気分で腕利きの徒目付頭を眺めた。

「気性も実にいいのだ」

「飯沼さまがのろけを申されるとは夢にも思いませんでした」

「いずれおぬしもそうなる」

「そうでしょうか」

「なるさ。なにしろ妻になる女性はすばらしく美しいではないか」

「まあ、そうかもしれませぬ」

麟蔵が楽しそうに笑った。すぐにおさめた。

「ききたいのは、あの夜、散策に出た主税が四半刻（三十分）で戻ったといったことだな」

「その通りです。なぜあれが嘘だと。人を張りつけていたのですか」

「そうだ」

「茶店に寄る前、話をした方ですか」

「ちがう。よく思いだせ」

ああ、と勘兵衛は思った。

「蔬菜売りですか」

「そうだ」

「なぜ佐野家に人を」

「別の件で調べていた。早希どのが殺された晩、次男が夕方になって出かけたという報告を俺は受けていた。いかにも人目をはばかる態度が気になって、その一件とは無関係とは思いつつ配下は尾行したのだ。四半刻ほど尾行したところで、残念ながら夕闇に紛れて見失ってしまったのだが」

「だから、四半刻で戻ったというのが嘘であるのがわかったのですね」

「そうだ」

「主税に婚姻についていろいろときいていたのはその件に関することですね」

「まあ、そうだ」

「どんな一件です」

麟蔵は湯呑みを持ちあげ、茶をすすった。

「いえぬ」

はなから期待していなかった。

「もう一つききたいのですが。この前、兄を訪ねてきたわけです」

「噂のことだ。それは話しただろう。おまえが調べまわった話もきいたぞ」

「なにゆえあのような噂を気にしたのです。根も葉もない噂のなにが気に障ったのですか」

これにも答えてもらえなかった。勘兵衛は屋敷を辞することにした。

門脇まで麟蔵が出てきた。

「身辺に注意するほうがいい」

勘兵衛は振り返った。この前も同じことをいわれたのを思いだした。

「どういう意味です」

「とにかく注意しろ」

三十五

二日後、勘兵衛は七十郎と飲んでいた。七十郎のほうから誘ってきたのだ。

店は元飯田町《もといいだまち》にある『笹島《ささじま》』という居酒屋だ。

裏路地にある店で、勘兵衛ははじめてだが、七十郎はよく顔をだしている様子だった。

安くてうまいが売りらしく、薄暗くてせまい店内はごった返していたが、客たちの表情は明るさが一杯で、店はどこか気分を浮き立たせる雰囲気に満ちていた。

二人は、七十郎になついているらしい十五、六の小女《こおんな》が職人ふうの四人をどけてしつらえてくれた奥の席に落ち着いた。

男たちは、こんなことはいつものこととばかりに笑顔で体を動かしてくれた。

七十郎は馴れた様子で何品か注文した。

「いい店だな」

ほめると、七十郎は顔をほころばせた。

「気に入ってもらえましたか」

「ああ」

勘兵衛は、七十郎の風体《ふうてい》をあらためて見た。

「黒羽織を着ていないと別人だな」

今日は浪人のような着流し姿だった。

「声は低く頼みます」

七十郎が軽く頭を下げた。

「ここでは一応、内密にしてあるので」

それからしばらく闇風の話をした。

勘兵衛が襲われていないことを知って、七十郎は安心したようだ。

「ところで、和田勇次郎のことなんですが」

「いんちき占い師か。なにをやっていた」

「八ヶ月ほど前、木挽町《こびきちょう》で医師が追いはぎに遭い、口を切られるという事件があったのをご存じですか」

勘兵衛は記憶を探った。

「ああ、きいた」

「その二月後《ふたつき》、麹町貝坂《かいさか》で坊さんが追いはぎに遭い、身ぐるみはがれる寸前に勤番に助けられたことは」

記憶が明瞭になった。

「そんなこともあったな」

「その勤番は刀をふるって賊を追い払ったんですが、そのとき賊の左腕に傷をつけたのです」

「和田勇次郎には傷があったな」

笠竹をばらけさせたとき、腕の具合がどうこういっていたのを勘兵衛は思いだした。

「そういうことです。白状しました」

勘兵衛は勇次郎の顔を思い浮かべた。

「追いはぎはまちがいないだろうが、松本や坂崎を殺ったのはやはり和田ではあるまい」

「その通りです」

注文の品がいくつかやってきた。小女が酒をそれぞれの杯《さかずき》に注《つ》いでくれた。

二人は杯を傾け合った。

小女が去るのを待って、勘兵衛はきいた。

「お坊さんを助けてくれたのは？」

「伊予宇和島《いようわじま》の家中です。手練という評判の侍だったようです」

「だったようです、というのはどういう意味だ」

「この四月に参勤交代で国許へ帰ったのです」

勘兵衛はふと思いついた。

「その侍が、なにかの用事で江戸に出てきているといったことはないのだな」

「ええ」

七十郎が気づかうように見た。

「気になるのですか」

「いや、もし江戸にいたとしたら闇風の牙にかかっていたのでは、と思えてな」

三十六

翌早朝、驚くべき知らせを勘兵衛は受け取った。

信じられなかった。ふつか酔い気味のだれた気分など、どこかに弾け飛んでいった。

膝から下が溶けだしたように感覚がなくなっている。勘兵衛は立っていられず、廊下に座りこんでしまった。

腕を強く引かれたのに気づいた。兄が立ちあがらせようとしていた。

「醜態を見せるな、勘兵衛」

厳しい顔で叱責した。善右衛門は玄関先でうつむいている使いに向き直り、ただした。

「本当にまちがいないのですか」

喉の奥から声を押しだした。

「まちがいございませぬ」

三十をすぎたと思えるいかにも実直そうな使いは充血した顔をあげ、答えた。

「わかりました、すぐにうかがいます」

「よろしくお願いいたします」

使いは深々と一礼すると去っていった。

使いが知らせてきたのは、弥九郎の死だった。弟が夜具のなかで冷たくなっていたというのだ。おそらく心の臓の病とのこと。

身支度を整えた勘兵衛は、兄とともに道を急いだ。松永家の使いは断言したが、なにかのまちがいであってくれ、と祈りながら。しかし、その祈りは結局、無駄でしかなかった。

弥九郎の部屋に足を踏み入れた途端、勘兵衛はぞくりとした。

部屋には明るい日が射しこんでいたが、それとは逆の冷たいなにかが居座って、中央に敷かれた夜具に冷ややかな目を注いでいた。

弟は穏やかな顔をしていた。まだ寝ているみたいだった。起きろ、と揺り動かせば、目をあけ、いつもの明るい声で、兄上いらっしゃったのですか、といいそうだった。

枕頭に義父の太郎兵衛が座っている。涙をおびただしく流していた。

勘兵衛と善右衛門を認めると、がばっと正座をし、畳に打ちつける勢いで頭を下げた。

「申しわけござらぬ。お預かりした大事な弟御を死なせてしもうた。申しわけござらぬ」

善右衛門が太郎兵衛の前に腰をおろした。勘兵衛も兄にならった。

善右衛門が太郎兵衛に静かに語りかけた。

「どうぞ、顔をあげてくだされ」

だが、太郎兵衛は大名を前にした百姓のようにじっとしたままだ。

善右衛門は太郎兵衛を抱き起こした。

「これも弥九郎の生まれ持った定めということなのでしょう。寿命だったのです」

「しかし、昨夜はあれだけ元気だったのに。ともに酒を酌《く》んで語り合ったのに……」

太郎兵衛はさらになにかいおうとしたが、こみあげるものに声にならなかった。

「これだけ悲しんでいただけたら、弥九郎もきっと喜んでおりましょう」

勘兵衛は枕頭ににじり寄った。穏やかな顔をしているとの感じに変わりはない。

蔵之介を思いだした。蔵之介もこんな顔をしていた。同じ心の臓の病だった。

この前この屋敷を訪ねたとき、太郎兵衛がじき戻るから会っていけば、といったのを思いだした。せめてそうしておけばよかった。結局、蔵之介の葬儀が顔を見た最後になった。

猛烈な後悔が襲ってきた。

葬儀は松永家でしめやかに行われた。

ここ最近で三度目の葬儀だ。しかもそのうちの二度は、親友と弟だ。信じられない。こんなことがあっていいのか、と正直、天をうらみたくなった。もちろん、親友や弟を同時に失った人は広い江戸にはいくらでもいるだろうし、家族全員を火事などで亡くした者だって決して珍しくはないだろう。そんなことを考えてみたが、なんの慰めにもならなかった。

お多喜も惣七も目をはらしている。

兄嫁のお久仁は、ようやく首がすわってきた彦太郎を抱いている。彦太郎は屋敷を出る前からぐずっていた。自分をいとおしんでくれる誰もが悲しみに暮れているのがわかり、それで泣いているのだろうと思えた。

小糠雨《こぬかあめ》だった泣き声は、やがて夏の夕立に変わった。お久仁は、いい子だから泣くんじゃありませんよ、と一所懸命になだめたが、彦太郎は襖を突き破りかねない泣き声をあげ続けた。お久仁は申しわけなさ一杯の顔で、彦太郎をあやしつつ外へ出ていった。

もっと泣いてもいいぞ、いやもっと泣いてくれ、と勘兵衛は思った。侍として涙を必死にこらえている自分がなにか馬鹿げたことをしている気分でいる。ああやって、まっすぐに悲しみをあらわす者が一人でもいれば、弥九郎も喜ぶのでは、と思えた。

美音も、父母と一緒に来てくれた。

美音の悲しみにやつれた顔を目にしたとき、勘兵衛は美音を思いきり抱き締めて、めちゃめちゃにしたい衝動に駆られた。凶暴な血が猛《たけ》り狂おうとしている。歯をぎりとかみしめて、その衝動を踏みつぶした。

怖い顔をしていたかもしれない。

「大丈夫ですか」

美音が声をかけてきた。

勘兵衛は笑顔をつくろうと試みた。頰がひきつったのが自分でもわかった。

美音はすべてわかっていますという、あたたかな目をしていた。幼い子供を見守る母親の瞳だ。

七十郎も市兵衛とともにやってきた。道場仲間もそろって顔を見せてくれた。

誰もが、なんと声をかければいいかわからない顔をしていた。声などかけてもらわないほうが勘兵衛にはありがたかった。なにをいわれても、言葉に窮するのはわかっていた。

左源太だけは、わあわあと人目をはばかることなく泣いた。左源太は子供の頃、弟とよく遊んでくれ、弥九郎もなついていた。

植田家の者もやってきた。信左衛門もそのなかにいた。信左衛門は勘兵衛の間近に来て、うなずきかけ、肩を軽く叩いた。そして焼香し、去っていった。

植田隆憲も来てくれた。面《おもて》には、春隆を失ったときと同じ悲しみの色が濃く出ていた。

出棺間際、勘兵衛は弟に最後の別れを告げた。思いだすのは、幼い頃喧嘩ばかりしていたことだ。いや、喧嘩といえるほどのものではなかった。勘兵衛がはたいたり、蹴ったり、怒ってむしゃぶりついてくる弟を押しのけたり、押し倒したりしただけだ。

自分にだけくっついてくる弟がうっとうしく思えたのも事実だった。

いま思えば、なぜあんなに冷たくしてしまったのだろう、と後悔することばかりだった。

弥九郎はそんな兄をきらうことなく、なついてくれていたが、なぜもっとやさしくできなかったのか。自分の心の臓もおかしくなったのかと感じるほど、胸が締めつけられている。弥九郎はもっと苦しかったはずだ。

はっと勘兵衛は気づいた。

弥九郎の死顔が安らかだったのは、最後の気づかいではなかったのか。死んでしまうことをさとった弥九郎は、苦しさのなか必死に笑みを浮かべようとしたのではないか。死顔を見る人に、自分が決して苦しんで死んだのではないことを教えるために。

今なら、闇風に出てきてほしかった。この狂おしいまでの気持ちをぶつけられる相手は、闇風しかいなかった。

三十七

五日たった。部屋を抜けだし、夜を彷徨《ほうこう》することを四晩続けた。

闇風と出会うことはなかった。

もっとも、今は出てきてくれなくてよかった、と思っている。あんなうわずった気持ちでは、剣も上滑りしたものになっただろう。もし襲われていたら、あっけなく首を奪われていたはずだ。弥九郎に続き、またも皆を悲しませるところだった。

弥九郎の死という重い事実に、薄い霧がかかりはじめているのを勘兵衛は感じている。たった五日しかたっていないのに、すでに弟の死と距離ができはじめているのだ。

いつまでも悲しんでいても仕方がないですよ、と弥九郎がいってくれているのかもしれず、心がようやくもとの場所に帰りつつある証拠であろうことは理解できたが、蔵之介の死のときもそうだっただけに、おさまりがつかないものを覚えた。

それに気になることもあった。

なんとも馬鹿らしいことに、またも元隆の落胤の噂がぶり返してきているのだ。中村祥之介ではなく、古谷勘兵衛が植田家の養子におさまるのでは、とどこから出たのか知れぬ噂はもっともらしく告げていた。

夜は更《ふ》けてきていた。この四日のあいだ、いつも外に出ていた刻限だ。

今日は風が強く、庭の木々も激しくざわついて、ときおり折れた枝が窓の雨戸にぶつかる。こんな日に火事が起きたら、江戸は炎になめ尽くされてしまうだろう。

さすがに疲れを覚えていた。行灯を消し、早々に夜具に横たわった。目を閉じる。

浮かんできたのは、弥九郎の満面の笑みだった。はしゃいでいる。うれしさを隠しきれず、勘兵衛のまわりを飛び跳ねている。弥九郎は汗を一杯にかいており、その汗が飛び散るたび真っ白な日差しにきらきらと跳ね返る。ここはどこなのだろう。

右手に、太陽を細かくちぎり捨てたようにまぶしく輝いているのは海だ。

どうやら海岸の近くだ。弥九郎と一緒に海へ行ったことがあっただろうか。

あれはどのくらい前だろう。もう十五年はたつのではないか。

夏の盛りで、あのときは兄弟二人で出かけたのだ。弥九郎がどうしても海を見たいといい張って、それで二人で芝の増上寺《ぞうじょうじ》のほうまで行ったのだ。増上寺の南側には島津《しまづ》家の宏壮な中屋敷があり、そのさらに南には本芝《しば》と呼ばれる町が海岸沿いに広がっている。

芝浜と呼ばれる海岸には網がたくさん干され、あたりには潮の香りと魚臭さが一杯に立ちこめていた。

往《い》きははしゃいでいたから道のりも気にならなかったが、帰りは二人ともくたくたになった。途中で弥九郎がぐずり、仕方なくおぶって勘兵衛は帰ってきた。背中で、弥九郎は安心しきった寝息を立てていた。頰をつついても目を覚まそうとしなかった。

弥九郎の無邪気な寝顔に誘われたように、いつしか勘兵衛は寝入っていた。

どれぐらいたったか、ふと妙な気配を覚え、目を覚ました。身辺に注意しろ、との麟蔵の言が微妙にきいている。あれから、天井裏を虫が這うような気配にも敏感になっていた。

風は、この世のすべてが気に食わぬといいたげに相変わらず吹きすさんでいる。風だったか、と思い、再び眠りに入ろうとした。

ぎくりとした。背筋に、隙間風が入りこんだようにひやりとしたものを感じた。闇のなかに誰かいる。部屋の隅だ。壁に貼りついて、こちらをうかがっている。闇風か。こちらが捜し求めていることを知り、向こうから姿をあらわしたのか。

目を覚ましたことを知られぬよう、勘兵衛は規則正しい息を心がけた。

ちがうな、と思った。闇風ではない。部屋にいるのは一人ではなかった。両刀は刀架。駆け寄りたい気持ちを抑え、目を閉じたまま何人いるのか、どこに位置しているのか、つかもうとした。五人か。わからない。もっといる気もする。

部屋の隅で、じっと息を殺しているのはまちがいない。盗人《ぬすっと》か。しかし、金目の物とは無縁なのがはっきりしているこの部屋をわざわざ選んで忍んでくるものか。

中村家の刺客だろうか。落胤の噂がまたもめぐった直後だから、十分にあり得る気がした。麟蔵の言葉はこれを意味していたのか。

さざ波のように風が揺れたのを勘兵衛は肌で感じた。

夜具をがばとはねのけ、跳びあがるように立ちあがった。部屋は暗かったが、闇に目が馴れており、考えていた以上に男たちが間近に迫っていたことを知った。

自分を取り囲もうとしていた男が六人であるのを、すばやく見て取った。

いずれも覆面をしており、黒ずくめで身をかためていた。ぎょっとしたように立ちすくみ、顔を見合わせたが、一人がひけというように顎をしゃくると、いっせいに男たちは動き、一人が庭側の障子へ突っこんだ。

障子が吹き飛び、男たちはそこが火から逃れられる唯一の脱け口であるかの勢いで庭へ飛びだしていった。六人は、これまで見たことのない身ごなしであっという間に闇へと消えていった。

勘兵衛は刀を刀架から取った。

六人が西へ向かったことはわかっていた。成瀬小路に出ようとしているのだろう。

勘兵衛は駆けた。

六人が力を合わせて塀を乗り越えようとしているのが薄ぼんやりと見えた。鉄砲があれば一人は撃ち殺すことができる距離だが、勘兵衛がたどりつく前に六人は向こう側に飛びおりていた。

塀際まで走って、勘兵衛はあきらめた。乗り越えられない塀ではないが、今からよじのぼったところで追いつけはしない。耳をすましてみたが、足音は夜に吸いこまれたようにきこえない。六人の男がしなやかな足の運びで闇を疾走する姿が目に浮かんだ。瞳のなかの男たちは、やがてどこへともなく消えていった。

何者だ、と思った。やはり中村家の刺客なのか。

やつらの身動きには侍ではないものがあった。話にきく忍びのように思えた。

六人か、と勘兵衛は思い、ひっかかるものを感じた。下総を荒らしまわっていた賊どもも六人だ。つかまったとの話はきいていない。単なる偶然だろうか。

長脇差らしいものを、一人が抜き放っていたのは見えた。あとの五人は腰に差したままだった。命を取りに来たのなら、全員が抜いていてもおかしくはない。逆に、勘兵衛一人の命を取る気なら六人はあまりに多い。

闇風というのは、と思った。実は六人なのか。だから、松本達之進や坂崎掃部助ほどの腕利きもやられてしまったのか。

だが、と勘兵衛は思い返した。長脇差の男にそれだけの腕はなかった。あとの五人も似たようなものだろう。もし闇風ほどの腕があれば、逃げてゆく必要はなかった。

部屋に戻った。誰か起きだしてきたかと思ったが、屋敷うちは静かなままだった。

このことにはほっとした。

天井板がわずかにずれているのに気づいた。やつらはそこから入りこんだのだ。

障子はばらばらだった。兄の苦い顔が見えるようだ。

なんといいわけしようか。

勘兵衛は暗澹《あんたん》として思ったが、すぐにそんなことは問題にならない深い闇がぽっかりと口をあけていることに気づき、焦燥が心を包むのを感じた。

三十八

翌日はやく、再び麟蔵の屋敷を訪ねた。

麟蔵は出仕《しゅっし》前だった。馴れているのかはやい訪問に驚きを見せることなく、勘兵衛を座敷に招き入れ、なにかあったのかただしてきた。

「これから話すことは、決して他言せぬように願います」

勘兵衛は麟蔵に念を押した。

「目付に他言無用を求める者も珍しい」

「兄上にもです」

「まさかよそに女がいるといったことではあるまいな」

麟蔵は勘兵衛の気持ちをほぐすようにいってから、真摯な光を瞳に宿した。

「話せ」

勘兵衛は、昨夜の顚末を語った。

「六人の男がおぬしを」

さすがに驚いた麟蔵は鼻にしわを寄せ、下を向いて考えこんだ。熟考しているのは、うなり声が口から洩れていることでわかった。

顔をあげた。決意が見えている。

「俺からなにもいうことはできぬ。藤井信左衛門のもとへ行くがいい」

麟蔵が信左衛門を知っているとは意外だった。勘兵衛は即座に確かめた。

「植田家の藤井どのですか」

「そうだ。剣術指南役のな。とにかく行ってみろ。俺の名をだせば話してくれよう」

信左衛門がなにか知っているというのは、不思議ではなかった。この前、屋敷を訪ねてきたのもこの件に関することだったのではないか。

信左衛門は出仕するところだった。

こころよく会ってくれた。富士山の掛軸が飾られている座敷に導かれた。

「顔色はだいぶよろしいようですね」

勘兵衛が弟の死から立ち直ってきつつあるのを認めたか、信左衛門は葬儀のときとは一転、親しげに声を発した。

「しかし、こんなにはやくどうされたのです」

「実は」

勘兵衛は昨夜襲われかけたこと、徒目付に信左衛門に会いに行くようにいわれたことを語った。

「飯沼さまがそのように」

信左衛門がしげしげと見つめてきた。

「古谷どのはよほど信を置かれているようだ」

口調には納得という感情がこもっていた。

「どうか、ご存じのことを話していただけませぬか」

勘兵衛の懇願に信左衛門が深くうなずいた。

「これはすべて推測にすぎぬのですが」

そう断ってから話しだした。


「まことですか、それは」

きき終えた勘兵衛は思わずうなっていた。信左衛門がやわらかく首を振った。

「いえ、最初にお断りしたように、すべては推測にすぎぬのです」

それにしても驚くべき話だった。

跡継が一人しかいない家を狙ってその跡継を亡き者にし、他家の部屋住みを養子に入れようとする闇の組があるかもしれない、というのだ。

殺したのがわかるあからさまなやり方ではなく、病死したように見せかける。

つまり昨夜の賊はその組の者で、自分も元隆の落胤として、殺されそうになったのか。

病死に見せかけるためにあれだけの人数を必要とし、勘兵衛に気がつかれたことでなにもすることなく引きあげていったのか。となると、下総の賊ではないのか。

ひらめくものがあった。

「では、春隆どのもまさか」

「十分に考えられます。というより、まちがいなくそうではないか、と思い、それがしは調べはじめました。しかしそれがし一人の力では限りがあるゆえ、お目付に相談したのです」

そういうことだったか。もしや、と勘兵衛は気づいた。蔵之介もそうなのか。だから、この男は自分のところにやってきたのか。

少なくとも、蔵之介が組に殺害されたのでは、という疑いは持ったのだろう。蔵之介殺しの依頼者が誰か探ろうとしていたのだ。

屋敷を訪ねてきたときには、自分と蔵之介の仲も調べてあったにちがいない。それで依頼者が古谷勘兵衛でないことをさとり、兄と蔵之介の関係をただしたのだろう。

まさか兄が闇の組に依頼を。勘兵衛は慄然《りつぜん》とした。息を静かに吐いて、頭を冷やした。考えられることではなかった。兄も蔵之介の人物を愛していたし、なにより、そんな卑劣な手段をもって弟を家督の座につけようなどと目論《もくろ》む人ではなかった。

勘兵衛はさらに気づいた。

(まさか弥九郎もか)

松永家も弥九郎一人しかいなかったという点で、その闇の組が狙ってもおかしくはない。

次に松永家の養子に入る家の者が、弥九郎を殺させたのだろうか。闇の組の存在さえつかむことができれば、はっきりすることだ。

「しかし、どうして闇の組の存在に気づかれた」

勘兵衛にきかれ、信左衛門が天井をにらみつけた。

「それまで病気一つしなかった若殿と呼ばれる人たちが次々に病死し、妙に思っていたところに今度は春隆さままでしたから。若くしての死など珍しくはないですが、こうも続くとさすがに不審に思わざるを得ませんでした」

そのことは蔵之介もいっていた。

「だが、それだけでは……」

「その通りです。勘がいい人なら、同じような不審をいだいたことでしょう」

蔵之介のことを知っている口ぶりだ。

「こういうことがあったのです」

春隆が死ぬ五日前のこと。

剣の稽古をつけたあと、信左衛門は春隆の将棋の相手をした。剣と同様、信左衛門はまったく手加減せず、立て続けに春隆を負かした。熱くなった春隆は、何度も何度も対戦を望んだ。結局、春隆が勝ちを得たのは九つ（十二時）をだいぶすぎた深夜だった。これから屋敷に帰るのも億劫《おっくう》だろうということで、春隆が今宵は屋敷に泊まってゆくよう勧めたのだ。

信左衛門はその言葉に甘えた。与えられた部屋は春隆の寝所からさほど離れてはいなかった。さすがに頭をしぼりきったことがこたえたか、夜具に横たわるや信左衛門は寝入った。

どのくらい眠っていたか妙な気配を嗅いだ気がし、目が覚めた。気配は消えており、気のせいだったかとまぶたを閉じかけたが、どうにも胸騒ぎがして落ち着かなかった。

刀を手に部屋の外に出ると、再び気配を感じた。今度は消えなかった。気配が漂ってくる春隆の寝所のほうへ足を向けた。

庭の茂みから春隆の寝所へ鋭い目を向けている者がいることに、信左衛門は気づいた。鯉口を切って廊下を滑るように渡り、庭におりかけたが、そのときには何者とも知れぬ者は闇のなかへ姿を消していた。

「はっきり姿を見たわけではないので断言はできませぬが、その五日後にあのようなことになり、あの者たちは若殿を手にかけようとしていたのでは、と気づいたのです」

「あの者たちですか」

「五、六名といったところでしょう。古谷どののもとに忍びこんだ者とおそらく同じでしょう」

そんなことがあったのか、と勘兵衛は驚きをもって思った。

「春隆さま殺しを頼んだ者は誰だとお考えです」

「考えるまでもないでしょう」

「そこまでわかっていて動こうとされぬのは、しかとした証がつかめぬからですか」

「そういうことです」

「もしその闇の組を突きとめ、春隆どの殺しを頼んだ者がはっきりしたらどうされます」

「考えるまでもないでしょう」

信左衛門は同じ言葉を繰り返し、凄みを感じさせる声でつけ加えた。

「若殿の仇を討ちます」

三十九

屋敷への道をたどりながら、昨夜の賊は闇の組の者で、依頼したのは中村家と断定していいのだろうか、と思った。

仮にそうだとして、では蔵之介殺しを依頼したのは誰なのか。兄ではない。しかし兄以外、依頼者がいるとは思えない。だが、兄はそんなことをする人ではない。

となると、蔵之介は病死だったのか。

そう考えないと、やりきれない面もあった。そんな闇の組に、蔵之介ほどの者があっさりやられてしまったなど。

もっとも、あの夜は楽松でだいぶ飲んだし、賊退治に力を貸してもいる。眠りの沼に深く沈みこんでいた蔵之介が、なにも気づかなかったとしても無理はない。

思いは弥九郎へ移った。

勘兵衛は、先ほど藤井屋敷を辞去する前に信左衛門に問うている。弥九郎の跡を望む者に心当たりはないか、と。

信左衛門は熟考の末、答えている。そういう者に心当たりはありませぬ、と。

信左衛門に思い当たる者がいないだけで、ひそかに松永家の家督を狙っていた者がいないとは断言はできない。

あるいは、弥九郎の死は自分が元隆の落胤と噂されたことと関係ないのだろうか。

しばらく考えたが、もし自分に植田家の跡取りの資格があるとして、そのために弟が死なねばならない理由には思い当たらなかった。ただ、松永家に養子に入らなければ、弥九郎は死なずにすんだのでは、という思いをぬぐい去ることはできない。

どういう経緯で弥九郎が松永家に入ることになったか、勘兵衛は思いだした。

松永家から求めてきた縁組だった。

松永家は植田家の重臣だが、一門でもある。つまり古谷家とも一族になるのだ。植田家が大名だったとき三千石もの知行をいただく大身だったことを兄はむろん承知しており、また、植田隆憲が強く勧めてくれたこともあって、ありがたく縁組を受けたらしかった。

勘兵衛は松永屋敷に足を向けた。

太郎兵衛は出仕してはいなかった。隆憲から十日の休みをもらったという。

弥九郎の死から、まだ立ち直っていない。憔悴しきった頬はこけたままだ。

「弥九郎が死ぬ直前、なにかおかしな気配を感じなかったですか」

座敷で向き合うや勘兵衛はきいた。

「あるいは、変な連中がうろついていたりといったことは」

太郎兵衛が眉をひそめた。

「というと」

勘兵衛は太郎兵衛を見返しつつ、どういえばいいか考えた。この人は植田家の重臣で、信頼できる人でもあるが、今はまだすべてを話していいとは思えなかった。

「私が元隆公の落胤であるという噂がまたぶり返したのをご存じですか」

「まったく、なぜあのくだらぬ噂がまたも人の口にのぼるようになったのか」

吐き捨てるようにいい、勘兵衛を見た。

「それが弥九郎の死となにか」

「実は、最近身辺に妙な気配を感じてならぬのです」

実際に襲われたことは口にせず、遠まわしないい方になった。

「妙な気配だと」

「常に誰かの目にさらされている心持ちなのです」

「おぬしがいうのなら、相応の覚えがあるのだろうが」

太郎兵衛は少し厳しい目で勘兵衛を見た。

「それが何者とはわかっておらぬのだな」

「はい」

太郎兵衛がうつむき、考えこんだ。

「その何者と知れぬ者に弥九郎も見られており、その何者かが弥九郎に危害を加えたかも、というのか」

「その通りです」

太郎兵衛が腕を組んだ。

「あの夜、我らは酒を飲み、いろいろと語り合った。話は弾み、かなりの量をすごした。あのときもし弥九郎がそのような屈託を抱えていたら、わしに必ず話してくれていたと思うし、あれだけ盛りあがることはなかったと思えるのだが」

「弥九郎は元気だったのですね」

「元気も元気だ。だから、まさかあのようなことになるとは思わず……」

言葉を途切れさせた。

「酒がいけなかったのかと思い、わしはあんなに飲ませるのではなかったと後悔した」

弥九郎が酒に弱かったということはない。酒が、襲撃者の気配を気づかせなかったということは十分にあり得るが。

「どのようなことを話したのです」

人生最後の夜と知らず、弥九郎はいったいどんなことを語ったのか。

「嫁取りのことやつとめのこと、家中の噂、それにおぬしの話も出たな」

「それがしのですか」

「幼い頃、海へ連れていってもらったはいいが、帰り道、歩くのがいやになってぐずってみせたら、やさしくおぶってくれたというような話だったな」

涙が落ちそうになった。

「前からおききしたかったのですが」

「ふむ、なにかな」

「なぜ弥九郎を養子に望まれたのです」

「ああ、それか。きいておらぬか」

「兄上は口が重いものですから」

なるほど、というように微笑した。

「今は亡き若殿が勧めてくださったのだ」

勘兵衛は意外な心持ちがした。

「春隆さまが」

「一年半ほど前、若殿が町に出られたとき、鞘が当たったとかで浪人といさかいになり、その浪人はどうやら金目当てだったらしいが、通りかかって取りなしてくれたのが弥九郎だったらしい。若殿が名をきかれ、弥九郎が一族であるのが知れ、というようなことがあったときいたぞ」

むろん、弥九郎は春隆とわかって助けたのだろうが、そんな話を弟からきいたことはなかった。

「そのときの弥九郎の手並みを若殿は忘れられずにおられたようで、話はとんとん拍子に進み、弥九郎は我が家の養子となり、若殿の小姓に、というわけだ」

「そのとき先約は」

いわれた意味がわからなかったようで、太郎兵衛は一つ二つまばたきをした。

「我が家の養子の、という意味か。いや、なかった。もしあったとしたら、若殿のお勧めとは申せ、わしはお断りしたであろう」

太郎兵衛なら、おそらくその通りだろう。

「今、弥九郎の跡を望まれている方は」

むっと目に力を帯びさせた。

「まだそのような話は出ておらぬ。いずれあるとは思うが、跡取りを失った直後にそんな話を持ちだす不埒《ふらち》な輩はおるまい」

勘兵衛は頭を下げた。

「弟を失ったことで気がおかしくなっているようです。どうか、おきき流しください」

「身辺に妙な気配を感じているのも、そのせいではないのか」

言葉に遠慮はなかったが、太郎兵衛は勘兵衛を気づかう瞳をしている。

勘兵衛はわずかに首をかしげた。

「おそらくそういうことなのでしょう」


美音の屋敷に寄った。蔵之介の死の前になにか変わったことがなかったか、なにか感じなかったかきこうと考えていたが、せっかく落ち着きつつある池を波立たせるのもどうかと思い、やめておいた。おそらく久岡家の者はなにも感じてはいない。

不意の来訪に美音は喜び、蔵之介の部屋に通し、茶と羊羹をだしてくれた。

勘兵衛は遠慮なくいただいた。今日は朝からなにも食べていないのを思いだした。

「うまいな」

二切れあったのをまたたく間に胃の腑におさめた。

「美音は食べぬのか」

「私は先ほどいただきましたから」

「そうか」

湯飲みに手を伸ばし、勘兵衛は茶を飲んだ。

「勘兵衛さま」

不意に美音が口を開いた。

「兄が結婚話をすべて断っていたことを不思議に思われていましたね」

湯飲みを戻して勘兵衛は見つめた。

「わかったのか」

「もしかしたらという程度ですけれど」

「きこう」

美音が控えめに顎をあげた。

「兄は剣を生業《なりわい》にしたかったのでは、と思えるのです」

「剣を生計《たつき》の道に」

そうだったのかもしれぬ、と勘兵衛は思った。道場での、あの生き生きとした動き。あれは、自らの本分が剣にこそあることを、確かめることができたからではないか。

「なるほど、そう考えれば納得できる。俺と美音を一緒にさせたがったのもな」

勘兵衛に家を継いでもらい、自分は剣の修行にひたすら打ちこみ、いずれ道場をひらく。嫁を迎え、子ができたらその夢はあきらめるしかない。

「それにしても、よく気づいたな」

「家を継ぎ、書院番についても兄は以前と変わりませんでした。でもある日、庭で木刀を振っている姿を見て、もしかしたら私は考えちがいをしているのでは、と思ったことがあるのです。それをこの前、思いだしました」

美音が一息入れて、続けた。

「木刀を振るう兄は別人と思えるくらいはつらつとしていて、汗をぬぐうのもとても気持ちよさそうでした。生きている喜びにあふれているというか、自分が本来あるべきなのはこういう姿だと語っている気がしました」

「そうか」

勘兵衛は大きくうなずいた。夢半ばで殺されたかもしれない蔵之介を思うと、無念でならなかった。

「でも、今日はよく訪ねてくれました」

美音があらたまって、いう。

「顔が見たくてな」

美音の顔に少し影が射した。

「なにか心配事でもあるのですか」

「そう見えるか」

美音が小首をかしげた。

「なんとなくですが、なにか屈託を抱えているように」

勘兵衛は笑ってみせた。

「心配するな、なにもない」

「本当ですか」

「本当だ」

いきなり美音が胸に顔を預けてきた。

勘兵衛は驚いたが、やわらかでしなやかな体を両腕で支えた。

「兄を失い、その上もし勘兵衛さまになにかあったら……」

言葉を途切れさせた。


屋敷に戻ってきた。居室に落ち着くや、ごろりと横になって腕枕をし、目を閉じた。

生きてはおりませぬか、と勘兵衛は思った。悲報をきいた美音が躊躇なく自らの命を絶つのはまちがいなかった。

ということは、自分は決して死んではならないのだ。死んでたまるか、と思った。

風が梢を騒がせている。腹が減っていた。羊羹だけでは足りなかった。足先が冷たいのは空腹も関係しているのか。

起きあがり、足をさすった。さすりながら障子があった場所に目を当てた。昨夜のまま で、無残なものだ。

勘兵衛はふと手をとめた。本当の噂の出どころに思い当たっている。

屋敷を飛びだそうとした。だが、思いとどまった。とうに出仕したはずだ。今から組屋敷を訪ねても仕方がない。

まず腹ごしらえをすることにし、台所に向かった。お多喜が寄ってきた。

「食事になさいますか」

勘兵衛は笑顔を見せた。

「頼む」

お多喜は膳を持ってきてくれた。

脂がのった鮭がおかずだ。あとはお多喜自慢の漬物がたっぷりと盛られた皿。

ねぎと豆腐の味噌汁と一緒に飯を食った。

「ところで、お部屋はどうされたのです」

勘兵衛は口のなかの飯を飲みこんだ。

「昨日の風でなにか飛ばされてきたんだ」

「それはたいへんでしたでしょう。すぐにおっしゃってくれたらよかったのに」

「そうだな、すまなかった」

勘兵衛は味噌汁をがぶりとやった。うわ、あちち。吹きだしそうになった。

お多喜は体を反《そ》らしてとばっちりを避けておいてから、大丈夫ですか、ときいた。

「ああ、なんとかな」

勘兵衛は口のまわりを袖でぬぐった。

「水をお持ちしましょうか」

「いやいい」

「次からは熱くないほうがよろしいですか」

勘兵衛は虚勢を張るでもなく、いった。

「いや、うんと熱いのにしてくれ」

わかりました、とお多喜はいった。

「障子は、惣七さまに頼んでおきました」

「すまぬ」

素直に礼をいい、勘兵衛はお多喜を見た。

お多喜は、なんでもお見通しの母親の目をしていた。とはいっても、勘兵衛の身になにが降りかかっているかわかっているとは思えなかった。

夜を待って、屋敷を出た。闇風に襲われても、いつでも対処できるよう気を引き締めて歩いた。

徒目付衆の組屋敷に麟蔵を訪ね、座敷で向き合うや詰問した。

「噂を広めたのは飯沼さまですね」

「なにをいっている」

勘兵衛は傲然《ごうぜん》と無視した。

「それがしをおとりにするために」

「いったいなにをいっておるのだ」

「藤井どのの言から探索をはじめた飯沼さまはついに闇の組の存在を信じて疑わぬまでになった。しかし、闇の組の者は影さえ見せない。どうすればおびきだせるか」

麟蔵は勘兵衛をにらみ据えたままだ。

「飯沼さまは、殿中で元隆公と古谷の部屋住みがよく似ているといった雑談がかわされたことを、おそらく配下からきかされた。この話はつかえることを飯沼さまは直感した。そう、新たに標的をつくればいいことを思いついたのです。そして、福蓮寺のあの絵を見たことで、その策が十分に活《い》きることを疑問の余地もなく信じた」

「それはちがうぞ」

麟蔵が冷静にいった。

「俺があの絵を見たのは、落胤の噂を知ってからだ。俺が噂を広めたわけではないし、おぬしをおとりにしようと考えたこともない」

麟蔵の口調に嘘は感じられなかった。勘兵衛はあえて確かめた。

「本当ですか」

「本当だ」

勘兵衛は麟蔵を見つめた。麟蔵は凪《な》いだ内海のような平静さを面《おもて》に浮かべている。

「嘘はついていないようですね」

麟蔵がふっと笑った。

「おぬしに俺が見抜けるのか」

むっ、と勘兵衛はつまった。

「安心しろ、今度こそ嘘はついておらぬ」

となると、あの噂は落ち葉を焼いた煙がただ広がっていったにすぎないのか。

「だがおぬしが襲われたということは、あの噂を本気にした者がいたのはまちがいない。あの絵もきっと目にしているのだろう」

「誰があの者たちを雇ったと」

「俺の口からいえるはずがない。だが、考えるまでもないことだな」

麟蔵が腕組みをした。

「調べてみる。今日のところは帰れ」

四十

それから数日たったが、中村家の者がとらえられたという話はきこえてこなかった。その間、闇の組の者や闇風の襲撃もなかった。じっと待っているのも退屈だった。ついに我慢がきかなくなり、勘兵衛は麟蔵を訪ねようと決意した。

その前に噂が舞いこんできた。

教えてくれたのは左源太だった。わざわざ屋敷を訪ねてくれたのだ。

「まことか、それは」

ここ最近、口癖になった言葉を勘兵衛は吐いた。

「本当だ。だからこうして足を運んだのだ」

勘兵衛は思わずうなった。しかし、予期できたことといえないこともなかった。

佐野主税の兄半之助が、屋敷で切腹して果てたというのだ。訪ねてきていた目付二人が帰ったあとのできごとだったという。

どういうことか、勘兵衛は気づいていた。

主税の縁組は、半之助が闇の組に依頼し、児玉家の嫡男を殺害させて成立したものだ。

それで麟蔵は調べていたが、自害されてしまったということだろう。

それにしても、と勘兵衛は思った。麟蔵らしからぬへまではないのか。

「やはり、弟の不始末がこたえたのだろうな」

なにも知らない左源太が悲しげに口にした。

「ところで勘兵衛」

一転、明るい口調で話しかけてきた。

「そろそろ道場に出てこぬか」

そうか、と勘兵衛は気づいた。弥九郎が死んでから道場に顔をだしていない。それで、噂話にかこつけて左源太はやってきたのだ。

うれしかった。友のありがたみ、大事さがよくわかる。こいつらがいなかったら、立ち直りはもっとおそかっただろう。人というのは一人で生きてゆけぬことを、掌中《しょうちゅう》にしたように実感した。

夕刻、麟蔵を訪ねた。麟蔵は屋敷にいた。火鉢が赤々と焚かれている座敷にあげてくれたが、明らかに疲れていた。そして怒っていた。

「最も落としやすい男を死なせてしまった」

拳で畳を殴りつけた。ずんという衝撃が正座する勘兵衛の膝に伝わった。

「俺が行けばよかったのだ」

悔しげに言葉を吐きだす。

「飯沼さまが行ったのでは」

侮辱するなといいたげな目をした。

「俺だったら、死なせるようなへまはせぬ」

「なぜご自身で行かなかったのです」

「いろいろあるのだ」

唾を吐くようにいった。

「くだらぬ手柄争いみたいなものがな」

徒目付組頭をとめられるのは、目付しかいない。職禄千石の本物の目付だ。

「中村家のほうはいかがです」

勘兵衛は別の問いを発した。

「進展はない」

「ひっぱってはいないのですね」

「証拠がない」

「そういうものですか」

勘兵衛がなんとなくいうと、麟蔵は目をむいた。

「徒目付といっても、証拠がないのに無理にひっぱって自白を強要することはないぞ」

唇を湿らせ、つけ加える。

「それに春隆どのは、病死として届けがだされている。それをひっくり返すのも容易ではない」

麟蔵は奥に向かって叫んだ。

「酒を頼む」

おきぬがいそいそと姿を見せた。

「なんとおっしゃいました」

麟蔵は面倒くさそうに繰り返した。

「おやおや、お珍しい」

どこかうれしそうにひっこんでゆく。

「滅多に口にせぬが、たまにはよかろう」

つき合え、と麟蔵はいった。すでに目が据わっているようで少し恐ろしい気がしたが、断る理由はなかった。帰りがおそくなるのが気になったが、今日は襲われることはあるまい、と気楽に考えることにした。

夜も更け、だいぶ酒は進んだ。

「帰るのは面倒だろう。泊まってゆけ」

「しかし……」

「かまわぬ、泊まってゆけ」

勘兵衛は兄のことを考えた。屋敷をあけるとなるとちょっぴり怖い。ただ、麟蔵のもとへ行く旨、告げて出てきたし、明日の朝、麟蔵のところに泊まったことを報告すれば、小言《こごと》はいわれるだろうが、叱られることはないのでは、と思えた。

叱られてもかまわぬ、とひらき直って考えた。子供ではないのだ。

「よろしいのですか」

「かまわぬ。かまわぬ」

それからは、こんなにあるのかと驚くほどの酒がだされた。麟蔵は、飲むときはとことんというたちのようだ。

肴《さかな》もうまく、おきぬの包丁の達者さを教えられた。美音といい勝負だろう。ただ、おきぬはひたすら飲み続ける二人にあきれたのか、とっくに奥にひっこんでしまっている。

「前からおききしたかったのですが」

勘兵衛は酔眼を麟蔵に向けた。

「なんだ」

「お二人のなれそめです」

麟蔵は重たげなまぶたを持ちあげた。

「前に話しただろう。紹介だ。おまえ、相当酔っているな」

「酔ってなんかいませんよ」

実際、完全にできあがっている自分を意識している。こんなに酔ったのは久しぶりだ。目の前の麟蔵は、すすきのように体を揺り動かしている。

勘兵衛は麟蔵を見直した。こんなに酒が進むなど、意外と馬が合うのかな、としびれた頭でぼんやりと思った。

四十一

勘兵衛はびくんと身震いした。目が覚めた。いつの間にか寝ていた。

頭に枕が当てられ、体には掻巻《かいまき》がかけられている。半間《はんげん》ほど離れたところに置かれた火鉢が、じんわりとしたあたたかみを送ってくる。

頭をあげた。ずきんとした。頭蓋に斧《おの》でもふるわれているようだ。

火鉢をはさんだ向こうに、同じように掻巻をかけられた麟蔵が寝ている。畳を巻きあげかねない豪快ないびきをかいている。

隅に行灯がつけられている。その灯がちらちら揺れ、やがて消えた。油が切れたのだ。部屋は暗くなった。一気に冷気も忍び寄ってきた気がした。火鉢からにじみ出る明かりが頼りなく壁を照らしている。寝返りを打つように体を動かし、目を閉じた。

人の気配を嗅いだ。目を見ひらいた。気配には、殺気が濃厚に混じっている。

(この前のやつらだ)

そう直感した勘兵衛は刀をどこに置いたか考えた。床の間の刀架だ。

麟蔵はいびきをかき続けている。

気配が梢を揺らす風のように動いた。

飯沼さまっ。叫びざま立ちあがろうとしたとき、巨大な波に巻きこまれたように畳に押さえこまれた。同時に腹の右側を殴られた。鉛のかたまりでも叩きこまれたようで、息がつまった。必死にもがこうとしたが、相手の力は強く、自由はきかなかった。

もう一度叫ぼうとした。それに気づいたように一発、腹にきた。

正確に急所を狙っていた。力が水に溶けだすように失せてゆく。流れ去ろうとする力を堰《せ》きとめ、かき集めて顔を左右に動かした。

不意に麟蔵が目に入った。麟蔵は三人の男に押さえつけられていた。

男たちは覆面に黒ずくめ。やはり、この前の者どもだ。

麟蔵は声もだせずにいる。なにか袋らしきものを顔にかぶせられそうになっていた。

自分も同じなのを勘兵衛は察した。

獣めいた臭いが鼻についた。死に物狂いで体を動かそうと試みたが、どうにもならなかった。酔いが抜けていないのも影響している。畳の上で磔刑《たっけい》にかけられたみたいなものだ。

袋が頭にかかった。だが、なかなか引き下げられない。賊どもは、勘兵衛の頭の大きさに戸惑い、手間取っていた。

いきなり留め金でもはずれたように、袋が一気に引き下げられた。視界が閉ざされ、闇が顔を包みこんだ。息ができにくくなった。これか、と思った。これで、こいつらは病死に見せかけてきたのだ。首を動かそうとしたが、無駄だった。

気が遠くなってゆく。恍惚《こうこつ》感みたいなものがあった。こうして人というのは死んでゆくのか。弥九郎の死顔が浮かんできた。弥九郎の安らかさはこれだったのか。俺も穏やかに眠っているような顔になるのだろうか。みんな悲しむだろうな。

「なにをしているのです」

女の声がきこえた。海の底できいているような遠くくぐもった声だ。

途端、まだこんなに残っていたのかと自分でも意外に思えるほど体に力が戻った。肘をつかって腕を揺らし、畳を蹴って体を浮かせた。右手が自由になった。

右手を振りまわした。がつ、と手応えがあった。拳が一人の顔に当たったのだ。

「なんなのです、あなたたちは」

女の声は続いている。それがおきぬであることに勘兵衛はようやく思い至った。

右手を振りまわし続けた。

不意に左手が自由になった。勘兵衛は左手も振りあげた。

いきなり腹に一発食らった。息がつまり、気力が萎《な》えかけた。

おきぬの悲鳴がきこえた。黙らせようと賊が飛びかかっていったのだ。

助けねば、と勘兵衛は思い、気力を取り戻した。体中の力を振りしぼり、男たちの手を払いのけた。体を跳ねあげて立ちあがった。

なにも見えない。袋をかぶったままだ。

すらりと刀が鞘を走る音がし、人が畳の上を滑る気配がした。

勘兵衛は身がまえた。脇差を突きだしてくる男の姿が見えるようだ。

勘兵衛はとっさに体をひらき、かわした。すぐに返しの胴が来た。これも避けた。もう一人が来たのをさとった。これもよけたが、左腕に鋭く痛みが走った。

勘兵衛は袋を取ろうとした。頭が邪魔になった。横から突っこんできた。よけきれず、勘兵衛は正面からどしんと受けとめる形になった。脇差はわきの下を通り抜けている。勘兵衛は男の腕をねじりあげた。男が苦しげにうめいた。

勘兵衛は男を畳に投げ捨てた。瞬間、脇差を奪い取り、握り返すと、向かってきた気配に突き立てた。刃が肉を突き破ってゆく。

その紛れもない手応えに勘兵衛ははっとした。なにも考えず腕を動かしたのだが、人を殺すのはこれがはじめてなのに気づいた。あまりに突然で、勘兵衛はかたまった。

またおきぬの悲鳴がした。

勘兵衛は我に返った。袋を取り、畳に叩きつけた。太い息を荒く吐いた。

背後から躍りかかってきた敵を袈裟に斬って捨て、あわてふためいて逃げようとする一人に一跳びで追いつき、背中を斬りおろした。

浅手だったが、男は襖を突き破って隣の部屋に突っこんでいった。

おきぬに馬乗りになって首を絞めあげている男の背に、脇差を突き通した。

男は悲鳴とともに背中を反らし、畳の上に倒れこんだ。

ただ、おきぬの首から指は離れず、勘兵衛はもぎ取るようにしてはずした。

おきぬは死んだように横たわっている。

間に合わなかったかと思ったが、胸がゆっくりと上下していた。ほっとした。気絶しているだけだ。やがておきぬは体をよじるようにして、咳《せ》きこみはじめた。

残りは二人。二人とも、いまだに麟蔵におおいかぶさっている。麟蔵が息絶えたように痙攣《けいれん》一つしていないのが気になった。

駄目なのか、と思いながら勘兵衛が近づくと、二人は猫のように敏捷に起きあがった。

勘兵衛は、二人が脇差を抜く前に攻勢に出た。二人とも峰打ちで肩を打った。

二人は骨を抜かれたように崩れ落ちた。ただ、一人は当たりどころが悪かったため か首の骨が折れたらしく、顔が妙な方向を向いている。

勘兵衛は部屋を見まわした。これで全員か。

問題は麟蔵だ。急いで袋をはずしたが、ぐったりしたままだ。頬を叩いたが、目も口もひらかない。顔に耳を寄せてみたが、息をしていない。心の臓も動いていない。

おきぬも勘兵衛の横にやってきて、あなた、起きてください、と目に涙をためて必死に揺り動かした。だが、麟蔵はぴくりともしない。

本当に死んでしまったのか、と勘兵衛が暗澹として思ったとき、麟蔵の腕が不意に動いて勘兵衛の袖口をつかんだ。

ぱちりと目をあけた。なにが起きたのかわからぬ顔で、不思議そうに勘兵衛を見つめた。

「大丈夫ですか、あなた」

大きく息をついておきぬが声をかけた。

「今、川のほとりに立っていた」

生きているのを確かめるように、はあはあと荒い息を繰り返した。

麟蔵が上体を起こし、部屋を見まわした。三つの死骸が転がり、三人が動けずにいる。

「いったい何者だ」

勘兵衛を見て、いった。

「闇の組の者でしょう」

「ちがう、おぬしだ」

それには答えず、勘兵衛は畳の上の袋を手にした。

獣皮を膠《にかわ》で塗りかためたようなものだ。これをすっぽりと顔にかぶせられ、体を身

動きできないように押さえつけられれば、息ができなくなり、どんな者でも死に至るだろう。

四十二

五日後の夜、勘兵衛は麟蔵に呼ばれた。屋敷を訪ねると、座敷に通された。

「一人は死んだ、袈裟に斬られたやつだ」

向かいに座った麟蔵はいった。

「二人は生き残った」

勘兵衛は目を閉じた。四人もの人間を手にかけたことになる。まぶたをひらき、手のひらに目を落とした。まさかこの手で人を殺す日がくるとは思わなかった。

「なにか吐きましたか」

麟蔵はわずかに間をあけた。勘兵衛を思いやる目をしている。

「中村家の名が出た」

「やはり」

「植田春隆どの殺しをやつらに頼んだのは、中村祥《しょう》右衛《え》門《もん》だった」

中村祥之介の父。

「まちがいないのですね」

ああ。麟蔵が深くうなずいた。

「おぬしを殺《や》るように頼んだのもそうだ」

勘兵衛は嘆息した。

「あのような噂を真に受けるとは……」

「よほど切羽《せっぱ》つまっていたのだろう。名が出てはもはやとぼけることはできず、祥右衛門はすべて白状した」

植田家の跡継争いに敗れたあと、ふさわしい家から養子の口がかからない次男を哀れに思い、闇の組の存在を知って依頼したという。

「祥右衛門が闇の組を知ったのは、売りこみがあったからだ。ある法事の帰り、知らぬ間に懐に文が差し入れられていたらしい」

「その文は」

「とうに焼き捨てたそうだ」

麟蔵がおもしろくなさそうにいった。

「仕事料は五百両。安くはなかったが、かわいいせがれのことを思えば決して高いものではなかった、と祥右衛門はいった」

顔をしかめ、舌打ちした。

「昨夜、祥右衛門は切腹した。中村家は取り潰しだ。それはもうきいたろう」

その通りだ。一族の大事だけに、耳をそばだたせ、目を見ひらいていた。

「祥之介はさる譜代家に預けになっている。いずれ沙汰がくだるだろうが、まず軽くはないな。祥之介がなにも知らなかったのは事実だが、それですまされぬのが武家だ」

それには勘兵衛も同感だった。

「ただ、もっと気に食わぬことがある」

憤然とした口調で麟蔵がいった。

「あの六人に首領がいたことだ」

「首領。誰なのです」

「わからぬ」

「どういうことです」

「まずあの六人の正体からいうと、下総で押しこみを働いていったんはとらえられたものの、火事を利して逃げだした者たちだ」

やはりそうだったか、と勘兵衛は思った。

「火事を起こし破牢の手引きをしたのはその首領らしいが、首領は六人に決して顔を見せることはなかったという。常に頭巾《ずきん》をかぶり、標的を指示するだけだったそうだ。金は潤沢に与えられたというぞ。それが六人をつなぎとめていたのだ。仕事は押しこみより楽、金ははるかに多く入ってくる。笑いがとまらなかったらしい」

押しこみよりも殺しが楽な連中。それを成敗したのだ。重かった気分が少しだけ軽くなったのを感じた。それに、考えてみれば、弥九郎や蔵之介を殺った連中かもしれないのだ。

「破牢したのは七人で、その翌日、首領が死骸で見つかったとの話をききました」

「知っているのか」

勘兵衛はいきさつを説明し、問うた。

「中村祥右衛門から仕事を請け負ったのもその首領ですね」

「それがちがうのだ。仕事を受けるのは確かに首領の役目で、六人はいわれた通りにこなすだけだったらしいのだが、中村家は別だったというのだ」

「といいますと」

「中村家だけは、六人のうちの一人が仕事を受けたというのだ。なんでもこの話をまとめたら、報酬は自分たちのものにしていいといわれたそうだ。それで男は勇み、五百両で請け負ったのだ。おぬしはもっと安い」

「いくらだったのです」

「百両だ」

自分の命が百両の価値しかないと見られるのは、さすがにいい気分ではなかった。

「しかし、首領はどうしてそのような真似を」

「考えられるのは一つだな。中村祥右衛門が見知っている男ということだ」

「もしや首領は武家ですか」

「そうとは限らぬだろうが、そう思える節はある」

勘兵衛は興味をひかれた。

「仕事を請け負ってくるだけで実際には手をくださぬ首領に、やつらはもう少し報酬をあげてくれるよう頼みこんだことがあったらしいのだ」

勘兵衛はあきれた。話の腰を折りかねないことを承知で口をはさんだ。

「命を助けてもらっただけで十分でしょう」

「俺もそう思うが、悪党というのは考え方がちがうらしい。際限なく乳をほしがる赤子みたいなものかな。首領を殺し、自分たちでなんとかしようと思わなかっただけ殊勝といえるのだろう」

麟蔵が軽く笑った。

「首領を殺そうと思わなかったのは、首領が相当の遣い手であるのをさとっていたからでもある。六人で襲いかかっても、一瞬でやられるのがわかるほどだったそうだ。そのあたり、悪党特有の勘が働いたようだな」

「それで首領が武家と思えるのですね」

「町人や百姓に、それだけの腕を持つ者はまずおらぬだろうからな」

「やつらがどれだけの仕事をこなしたか、わかっているのですか」

「今調べている。まだはっきりしたことはつかめていない」

「はっきりわかった家は」

麟蔵が勘兵衛を鋭く見た。

「久岡蔵之介のことか」

「松永弥九郎も」

「その二つについては吐いておらぬ」

そうですか、と勘兵衛はいった。

「首領の手がかりにつながりそうなものは出ていないのですか」

「それなんだが」

麟蔵が左耳の下をぽりぽりとかいた。

「ただ一つ、首領には癖らしいものがあった」

「どんな癖です」

「こうして左耳の下をかくことだ。ときおりそういう仕草を見せていたそうだ」

見たことがある、と勘兵衛は思った。どこで誰がそんな仕草をしたのだったか。

「なんだ、心当たりでもあるのか」

「その仕草を見せた者がいるのですが……」

「思いだせ」

勘兵衛は必死に考えたが、無理だった。

「仕方あるまい。いずれ思いだすだろう」

勘兵衛はいだいていた疑問を口にした。

「それにしても、首領はなぜ覆面をしていたのでしょう」

「顔を知られたくなかったからだろうな。配下がつかまったとき、顔を知られていなければとらえられることはない」

「では、名も」

「ああ。頭《かしら》、とだけ呼ばせていたそうだ」

「配下どもは、顔を見たいと思ったことはなかったのでしょうか」

「あったようだな。もしとらえられたとき、とかげのしっぽ切りではないかという不安はさすがにあったらしいから」

「しかし、見せてはもらえなかった」

「金だけのつながりといわれたそうだ」

四十三

広々とした場所に勘兵衛はいる。風が吹き渡り、草をなびかせている。どこだと思ったが、なんだと胸をなでおろした。四ッ谷大木戸向こうのいつもの原っぱだ。

弥九郎が立っていた。唐突なあらわれ方だ。風の衣にまとわれて運ばれて、風が吹き去った途端、封が解かれたという感じだった。びっくりしたが、そんなことより、生きていたのか、と勘兵衛は心の底からの安堵を覚えた。心配させやがって。

弥九郎はちょっぴり照れくさげに笑ってから、左耳の下をそっとかいた。それから勘兵衛をのぞきこんだ。

勘兵衛ははっとした。弥九郎がうなずいた。切なそうな笑みを片頬に浮かべている。

風が一際強く吹いた。勘兵衛が目を閉じ、身をかがめたほどの強風だ。

気づくと、弥九郎の両足が宙に浮いていた。手を振っている。これが最後のお別れとでもいうように激しく。それから、糸の切れた凧《たこ》のようにぐんぐん上空にのぼっていった。

勘兵衛は呆然と見送った。ひたすら悲しく、涙がおびただしく出てきた。

やがて弥九郎は天の一点となり、星粒がすうと流れたように見えなくなった。

勘兵衛は目を覚ました。涙が目尻にたまっていた。それをぬぐい、上体を起こした。

夜具のなかだった。すっかり元通りになった障子に目を向けた。まだ夜明け前だ。静かなもので、鳥のさえずりもきこえてこない。

弥九郎ありがとう、と勘兵衛は思った。あれが誰の癖だったか思いだしたのだ。

あの男は一度だけだが、確かにそういう仕草を見せたことがある。一度だけだから、癖とはいえないかもしれないが。

だが、勘兵衛は疑いを持った。疑いというより、すでに確信だった。

なぜあの男が首領なのかはまだわからないが、とにかく天から舞いおりてきた弟が真実を教えてくれたことだけはまちがいなかった。

勘兵衛は麟蔵に話した。夢に出てきた弥九郎のことは伏せた。

麟蔵は真摯に耳を傾けたが、しかしあり得るか、とき終えていった。困惑げに眉を寄せている。

「それに、いったいなにが目的だ」

「金でしょうか」

「金に窮しているようには見えぬが」

「でも、実際にどうかはわからぬでしょう」

その通りだが、と麟蔵はいった。

「しかし、だったら春隆どの殺しの五百両、配下にすべてわけ与えるか。しかも金をふんだんに与えていたのはそのときだけではない」

「中村家にうらみがあったとか」

「うらみを晴らすのだったら、もっと直截《ちょくせつ》な手をつかうだろう」

その通りだった。

「耳の下をかいたのは、ただの一度きりなのだろう。かゆかっただけではないのか。俺も何度か会ったが、そんな仕草を見せたことは一度もなかった」

そういわれると勘兵衛は、確信の土台が波に洗われるような心許なさを覚えた。

「しかし、やつには中村祥右衛門どのと面識があります」

なんといわれるか承知で、いった。

「面識があるのはやつだけではない」

予期した通りの答えが返ってきた。

悶々《もんもん》として日々をすごした。

そのあいだ、伝わってきたのは中村祥之介の自刃《じじん》だった。幕府の処置に応じたものではなかった。処分がくだされる前に、いさぎよく自らの始末をつけてみせたのだ。

二十一の若さで命を散らせた祥之介に、勘兵衛は同情を禁じ得なかった。いったいなぜ死ななければならぬのか、勘兵衛には一片の理由たりとも見つけられなかった。

麟蔵からは、首領がつかまったとの話はもたらされていない。配下どもがどの家で仕事をしたか、その調べも進んでいないようだ。

左源太が道場にもたらした噂では、本当に首領がいたのかという話にまでなっているそうだ。首領などはなからおらず、賊がでっちあげたものにすぎないというのだ。

首領がつかまらぬのは、と勘兵衛は思っている。あの男に目を向けようとしないからだ。その一点に尽きる。

だからといって、自分で動こうとは思わなかった。動いてしっぽをつかませるほど愚かな相手でないのはわかっているし、こうして自分だけでもひそかに目を光らせていれば、いつかぼろをだすのでは、とも考えている。

四十四

年が明け、勘兵衛も歳を一つ取った。

さらに日が流れ、中村祥之介の死からおよそ四ヶ月ほどがたって、暦も二月に入った。祥之介の死も人々の脳裏から消え、勘兵衛の落胤の噂も立ち消えたとき、勘兵衛は道場で一つの噂を耳にした。

「植田家が堀井長次郎を迎えるらしい」

口にしたのはいつものごとく左源太だった。勘兵衛はすかさずただした。

「まちがいないのか」

将軍世嗣の小姓をつとめる男。次期将軍に最も気に入られているといわれている男。

「まずな」

左源太は自信満々だ。

(堀井長次郎が植田家に……)

勘兵衛はひっかかりを覚えた。それがなんであるかわからぬまま帰途についた。

暮れるにはまだ間があるく街を歩きながら、そうかあの男は六千石の当主になるのか、と長次郎の容姿を思い浮かべた。

はっとした。屋敷に着くや部屋に籠《こ》もった。

考え抜いた末、ついに結論を得た。

こういうことだろうか。勘兵衛は深々と一人うなずいた。おそらくまちがいない。

(ついにしっぽを見せやがったな)

勘兵衛は、男がそこにいるかのように壁をにらみ据えた。


夢とよく似《に》た光景だ。

雪をまとう富士の方角からの風が吹きすさび、丈の低い草を水草のようになびかせている。風に冷たさはない。すでに春のあたたかさをともなっていた。

原っぱに勘兵衛は立っている。時刻は六つ(午後六時)に近づきつつあった。正面からまともに風を受けている。ときに息苦しくなる。この息苦しさは、風だけのせいではない。

さして待つほどもなかった。約束通り、六つきっかりに姿をあらわした。自信たっぷりな心持ちでいることは、その堂々とした立ち姿から知れた。

藤井信左衛門は五間《けん》ほどまで寄ってきた。

「一人か」

勘兵衛は問いかけた。

「ご覧の通り」

勘兵衛は信左衛門の背後に目を走らせた。人っ子一人いない。

「こんなところに呼びだして、いったいどのような用件でしょう」

風に乗って信左衛門の声はよく伸びる。

「用件はわかっているはずだが」

勘兵衛は冷ややかに告げた。信左衛門が腕組みをした。

「わかりませぬが、まずはおききしましょう」

勘兵衛は足許を確かめるように土をじりとさせた。

「闇の組の首領はきさまだな」

ずばりといった。

「首領とは。闇の組というのは、もしや私が突きとめた組のことですか」

「とぼけずともいい。すべてわかっているのだ、藤井信左衛門」

「こちらはさっぱりです。どうか、わかるよう述べていただきたいですね」

勘兵衛は前置きなしに語りはじめた。

「きさまの狙いは、堀井長次郎どのを植田家の養子に迎え入れることだった。長次郎どのは今はまださほど騒がれてはおらぬが、いずれ幕府の重職につくだけの器量と噂されている。この、今はまだ、というのがきさまにとって大事だった」

信左衛門は瞳を勘兵衛に貼りつけたまま、なにもいおうとしない。

「その存在が騒がれて、他家が目をつける前に長次郎どのを植田家に引き入れねばならなかった。すべては植田家の大名復帰のためだ。長次郎どのがいつか若年寄、老中になる日を信じて。なぜなら、この両職は譜代大名しかなれぬからだ。そう、きさまの真の狙いは若年寄、老中になるために一気に加増される、そのことだった。こうすることで、植田家は以前のような大名に戻れるというわけだ」

信左衛門が目を細め、柔和に笑った。

「ずいぶん気の長い話ですね」

「八十年前のことといえども、刃傷という事実は重い。まともにやっては大名復帰など望めぬ。ときがかかっても、より確かな方法を選んだのだろう」

「我があるじの大名復帰への思いがお強いのは事実です。ご自分の代でせめて礎《いしずえ》だけでも築きたいと願われているのも。しかし、それだけです。長次郎どのを迎えたところで、必ず出世するとは限らぬでしょうし」

「いいわけとしてはうまいな」

「いいわけですと」

信左衛門は目を光らせた。

「隆憲どのの意を受けて、きさまがすべての筋を書いたのだろうが」

「しつこいですね」

信左衛門がこれ見よがしに舌打ちした。

「帰らせていただきます」

体をひるがえし、さっさと歩きはじめた。勘兵衛は信左衛門の背中に告げた。

「堀井長次郎を入れればいい、と思いついたまではいいが、しかし植田家にはすでに春隆どのがいた。春隆どのは暗愚ではなかったが、凡庸《ぼんよう》なたちでしかない。幕府の重職につける器ではなかった。であるなら……」

勘兵衛は言葉を切った。信左衛門が歩をとめ、振り向いた。

勘兵衛は平板な口調で続けた。

「春隆どのを若殿の地位から引きずりおろせばいい。ただし、八十年前に取り潰しの危機から救ってくれた浜野家から迎えた養子を離縁などできぬ。だったら、亡き者にするしかない。だが、表立って殺すわけにはいかぬ。殺せば、探索の手が入るゆえ。殺すなら病死に見せかけるしかない。しかし、それだけでは足りぬ。今度は中村家から祥之介どのが入ってくる。きさまとしては、策をさらにひねらなければならなかった」

勘兵衛は唇を湿した。

「きさまは知恵をしぼり、部屋住みを若殿に仕立てあげる闇の組を思いついた。ただ、闇の組の人選には頭を悩ませた。最後にはとらえられ、闇の組の存在と頼んできた者を吐いてもらわねばならぬ者たちだからな。家中の者をつかうわけにはいかぬし」

信左衛門が勘兵衛に向き直った。なにかいうのかと思ったが、口をあけはしなかった。

「誰にするか悩んでいたとき、下総で七人の押しこみがつかまったとの話を耳にした。すぐさま下総に出向き、七人を破牢させ、首領を殺した。仕事にかかったきさまらは、弟や跡継のいない若殿や若い当主を次々に殺していった。そして、中村祥之介どのしか植田家の養子候補がいなくなったのを見届けて、春隆どのを殺した」

勘兵衛は信左衛門をにらみつけた。

「俺が元隆公の落胤、との噂を流したのもきさまだな。噂が万が一真実なら、祥右衛門どのとしては俺も殺すしかないからだ。他家の若殿たちを殺したのは、中村家に腕前を見せつける意味もあったのだろう。きさまは配下に、闇の組のことを調べまわっている飯沼どのも始末するよう命じた。配下が俺たちの始末をしとげてもしとげなくても、きさまにとってはどうでもよかった。徒目付頭が死ねば探索は厳しくなるし、配下が返り討ちに遭えばそれで一人くらいはとらえられるからだ」

勘兵衛は言葉を切り、信左衛門を見た。信左衛門はまばたき一つしない。

「そしてきさまの目論み通り、中村家は取り潰され、祥之介どのも死んだ。堂々と堀井どのを養子にできる」

勘兵衛は間を置き、問うた。

「俺を選んだのは、元隆公に似ていたからだな。元隆公の側室の話はつくりか」

「そのことを誰かに」

不意に信左衛門が口をひらいた。

「話しておらぬ。話しても信じてくれる者がいるとは思えぬ」

「賢明ですね。そんな馬鹿げた噂、まき散らされたらたまりませんから」

信左衛門が指をほぐした。

「それにしても、よくそこまで考えましたね。わけをきかせてもらえますか」

勘兵衛は語った。信左衛門が苦笑した。

「気がつきませんでした。自分にそんな癖があるとは。しかし、一度だけ見た癖をよく覚えていたものですね」

信左衛門がわざとらしく左耳の下をかいてみせた。

「先ほどの問いに答えますと」

ゆったりとした口調でいった。

「嘘ではありませぬ。正室が悋気持ちだったことも、側室が男子を産んだのも真実です」

「その子はどうした」

信左衛門はにやりと笑った。

「目の前にいるではないですか」

勘兵衛は虚を衝かれた。

「きさまは隆憲どのの弟だったか」

「歳は離れてはいますがね。もっとも」

信左衛門が勘兵衛を意味ありげに見た。

「歳の離れた兄弟など珍しくもないでしょう」

胸をぐいと突きだした。

「この事実を知る者は家中でもほとんどおりませぬ。それがしは母のもとで育ちました」

「隆憲どのの母に、おぬしの母は命を狙われたのではなかったか」

「あのあたりのくだりはつくりです」

小石を投げるように軽くいい放った。

「母が入谷鬼子母神近くの別邸でひっそり暮らしていたのは嘘ではないですが」

勘兵衛は目を険しくした。

「ならば、策を弄《ろう》して堀井長次郎を養子になど取らずとも、きさまが隆憲どのの跡継となればよいではないか」

「それがしは公に認められた存在ではありませんし、殿さまという、窮屈な座に興を抱いてはおりませぬ。好きなときに大の字になれる、今の境遇に不満はありませぬ。幕府内での出世も望みませぬ」

「策を弄したことを否定しなかったな」

「今さらどうでもいいでしょう」

信左衛門が羽織を脱いだ。

「大名復帰という狙いだけでなく、それがしは浜野と中村をなんとかしようと考えました。この二つの家は八十年も前のことを恩に着せ、我が家にとって顔のまわりを飛ぶ蠅《はえ》のようにうるさくてなりませんでしたから」

信左衛門が勘兵衛を冷笑する目で見た。

「弥九郎どのが、松永の養子に入ったのも偶然ではありません。弥九郎どのの役目は、古谷家と植田家の関係がいかに深いかを中村家に見せつけるためでした」

勘兵衛は愕然《がくぜん》とした。

「弥九郎どのは、役目を終えたことで殺されたのです。そのまま松永の者として暮らせば、なにを目にし、なにを耳にするかわからぬゆえ」

勘兵衛は頭に血がのぼるのを感じた。信左衛門をずたずたに引き裂きたかった。

「蔵之介も闇の組の仕業か」

冷静さを装って問うた。信左衛門が首をかしげた。

「さあ、どうでしょうか。そうだった気もしますし、そうでなかったかも。もし覚えていたとしても、頼んできた者が誰かなど教えはしません。しかしそれだけではなんですので、一つだけ」

信左衛門が左肩を軽く揺すった。

「部屋住みを若殿にする策を思いついたのは、闇風が殺した旗本の跡に養子が入ったことです。闇風が誰かなど知りませぬが、少なくともそれがしの役には立ってくれました」

そういうことだったか、と勘兵衛は思った。

「では、決着をつけますか。もう話すこともないようですしね」

信左衛門は腰を落とし、刀に手を置いた。

「それがしも忙しい身でして、いつまでもこんなところにいるわけには。堀井長次郎を迎え入れる支度に追われているのです」

四十五

「俺は養子になどならぬぞ」

いきなり勘兵衛の背後で声があがった。

まずい、と勘兵衛は思った。怜悧《れいり》な男と見ていたが、意外に熱いものを体内に宿していた。立ちあがった男に、勘兵衛は振り返って目を当てた。舌打ちしたい気分だった。なにがあっても、たとえ勘兵衛が殺されるようなことになっても、草むらでずっと息をひそめているよういっておいたのに。

信左衛門に気配をさとらせないよう、風下を選んだのも無駄となった。

「堀井長次郎……」

信左衛門は呆然としている。

今しかなかった。勘兵衛は刀を抜き放つや、信左衛門めがけて突っこんだ。

信左衛門も抜刀した。

「堀井どの、逃げろ」

走りながら勘兵衛は叫んだ。

しかし長次郎は動かない。信左衛門に殺されることはないと思っているのか。

あり得ない。長次郎も始末しなければ、大名復帰どころか植田家は破滅なのだから。

その証拠に、信左衛門は鬼の形相だ。筋書の要《かなめ》といえる人物を殺さねばならなくなったのだから、当然だった。

「おのれ、きさま」

信左衛門は怒りにまかせて刀をふるってきた。まさに剛剣だ。植田家だけでなく、どの家中でも十分に剣術指南役がつとまるだけの腕なのはまちがいなかった。

まともに打ち合っては分《ぶ》がなかった。勘兵衛は幼い頃そうしたように、原っぱを走りまわった。

信左衛門は足もはやかった。それでも勘兵衛は追いつかれることはなかった。

「俺の疲れを待つつもりか。無駄だ。俺はうぬ以上に鍛えている」

勘兵衛はとまらなかった。

「まったくちょこまかと。尋常に勝負せい」

しびれを切らして、信左衛門は怒鳴り声をあげた。

勘兵衛はその声にしたがうように足をとめた。充血した目の信左衛門はずんずんと大股に進んできた。

突然、信左衛門の体がぐらりと傾いた。右足が深く土にはまったのだ。

勘兵衛は一気に距離をつめた。

「うぬ、これを知っててここを」

必死に右足を抜こうとする。今度は左足がずっぽりとはまった。

間合いに入るや勘兵衛は刀を振りおろした。信左衛門はなんとか刀で跳ねあげたが、左足はさらに深くもぐった。体勢が崩れ、顔には狼狽《ろうばい》が刻まれた。

「やめてくれ、頼む」

必死に懇願した。無視して勘兵衛は信左衛門の背後にまわった。

信左衛門は必死に振り向こうとするが、かなわない。

「やめなされ」

鋭い声が響き渡った。

無視できないものをその声に感じ、勘兵衛は振り向いた。あっ、と声をあげた。

堀井長次郎の首に、刀が添えられている。刀の主は、信左衛門の屋敷の用人だ。信左衛門をこの場に呼びだすとき、文を手渡した男だった。

「馬鹿め、本当に一人で来たと思ったのか」

信左衛門は両腕をつかい、土を抜けようとしている。

勘兵衛は、峰を返した刀を信左衛門の胴に叩きこもうとした。

「やめなされ」

用人が再び叫んだ。

「殺しますぞ」

刀を大きく見せつける。長次郎はかたまったように動かない。

「刀を捨てなされ」

信左衛門はまだ土を抜けられない。

「くそっ、なんだここは」

唾を吐いて、毒づいた。その目が、不意に大きく見ひらかれた。

うわっという悲鳴がした。勘兵衛は悲鳴のもとに目を向けた。

用人が倒れている。

長次郎はなにが起きたのかわからないらしく、立ちすくんだままだ。

長次郎のうしろから人影があらわれた。

勘兵衛は目をこらした。麟蔵だった。抜き身を手にしている。

「勘兵衛っ」

麟蔵が鋭く声を発した。

横から殺気が盛りあがってきた。いつの間にか信左衛門は土を脱していた。

上段からの猛烈な打ちおろし。勘兵衛はかろうじてかいくぐった。

信左衛門は返す刀を胴に持ってきた。勘兵衛は受けとめた。信左衛門は袈裟斬りを狙ってきた。勘兵衛は跳ね返した。

信左衛門は一歩踏みだし、刀を逆胴に払ってきた。そのとき信左衛門の体が揺れた。

また左足が土に埋まっている。

「おのれっ」

信左衛門の顔が醜くゆがんだ。勘兵衛は本能の命ずるままに剣を振るった。

ずん、という鈍い手応え。血が風に逆らって激しく飛んだ。ぐむうというううめきを残し、信左衛門は地面に倒れこんだ。袈裟に斬り裂かれた傷口から奔流のように流れはじめた血が草を濡らしている。すでに血だまりになりつつあった。

しまった、と勘兵衛は呆然と思った。殺してしまった。いや、と思い直した。本当は殺したくてならなかったのだ。刀をとめようと思えばできたのだから。

信左衛門はがくがくと手足を痙攣させている。息絶えるのはじきだった。

麟蔵にともなわれ、長次郎がやってきた。

「なぜ逃げなかった」

勘兵衛はきつくただした。長次郎は信左衛門の横顔を見つめている。

「逃げだせるわけがないでしょう」

それに、と長次郎は続けた。

「いざとなれば助太刀のつもりでいました」

「腕に覚えが」

「多少は」

勘兵衛は長次郎の体に目を走らせた。確かに少しはできそうな筋骨はしていた。

「どうしてここへ」

勘兵衛は麟蔵に目を向けた。

「見損なうな」

うのだろう。

この言葉がすべてをあらわしていた。つまり、麟蔵も信左衛門に目をつけていたとい
「では、それがしの言葉を信用しなかったのは、芝居だったのですか」

「当たり前だ」

麟蔵は刀を鞘におさめた。

「表立って動いたら、警戒させてしまう。まったく勝手なことしやがって。おまえが信左衛門を呼びだしたらしいのをきいて、あわてたぞ。まあ、とにかく間に合ってよかった」

勘兵衛は気配を感じ、まわりを見た。人影が十ばかり見えた。麟蔵の配下だ。

「まさか、首領などいない、との噂を流したのも……」

「俺だ」

麟蔵はそっけなく答えた。かなわぬな、と勘兵衛は素直に思った。

不意に、長次郎があっという顔をした。

地面に伸びた腕がぴくりと動いたのを勘兵衛も見た。信左衛門が地の底からよみがえったように上体を起こした。刀を横に振った。それが勘兵衛の脇腹をかすめた。

勘兵衛は刀を思い切り打ちおろした。がつと音がし、首が変な揺れ方をした。どたりと倒れた。今度こそ息はなかった。

「危なかったな」

信左衛門の死骸を見おろして麟蔵がいう。

「殺してしまってまずかったですか」

「気にするな。おまえの気持ちもわかる」

麟蔵は背後を振り返った。

「用人は生かしてある。信左衛門の忠実な家臣だ。すべて知っているだろう」

十日後、庭で剣の稽古をしていたところを兄に呼ばれ、勘兵衛は座敷に赴いた。

「植田家は取り潰しに決まった」

兄は静かな声音《こわね》で告げた。

「隆憲どのは即日自害された」

勘兵衛はなんの感慨もなく兄を見ている。兄も感情のない口調で続けた。

「松永太郎兵衛はとらえられたぞ」

勘兵衛は目をみはった。ことが露見するや、鳥が飛び立つように逃げだしていたのだ。

「どこでです」

「福蓮寺だ。逃げ場に困り、舜清を頼っていったらしい。舜清は以前は大寺の住持だったらしいが、金でへまをして福蓮寺に追いやられたようだ。ことが成就した暁には大寺に戻すことを条件に、策謀に乗ったようだな」

兄はつけ加えた。

「あの寺は、下総の六人の隠れ家でもあったそうだ」

寺男を置いていることを舜清がいっていたのを、勘兵衛は思いだした。

「太郎兵衛の仕置きは」

「斬罪に決まった」

勘兵衛は唇を嚙み締めた。できるなら、この手で弟の仇を討ちたかった。

「舜清は」

「寺社奉行に預けだ。いずれ首を刎《は》ねられることになるか」

それから、と兄はいった。

「おまえが見た絵な、舜清が描いたものらしいぞ」

福蓮寺へ行くよう勘兵衛にいった女中は、名をお豊《とよ》といったらしいが、いちはやく姿を消した。もしつかまったとしても、女だから死罪にはならないものと思われた。遠島《えんとう》にもならず、追放、所払《ところばらい》がせいぜいだろうから、姿を消した今となんら変わるところはない。

四十六

半月ほどたった。勘兵衛は久岡家の座敷にいた。横に美音。橙色の振袖を着ている。

「そうして二人並んでいると、もう夫婦《めおと》になったようだな」

蔵之丞が目を細めていう。はやくも酔いがまわった様子で、頬が赤くなっている。

「祝言の日が待ち遠しいものだ」

それは勘兵衛も同じだった。

目の前に並んだ皿や椀には、美音の心づくしの限りが載っている。

刺身や煮つけ、吸い物。美音の包丁は相変わらず抜群で、箸は進んだ。

酒はくだり物。とろりとして甘みが濃い。

「こたびの一件では、お手柄だったそうだな」

蔵之丞が膝を進ませ、徳利を傾けた。

「勘兵衛どのがいなかったら、事件の真の解決はなかったそうではないか」

勘兵衛はありがたく受けた。

「いえ、たまたまです」

「謙遜せずともよい」

蔵之丞は杯を干した。

「父上、飲みすぎです」

美音がとがめる。

「たまにはいいではないか」

「いけませぬ」

美音は、蔵之丞が手酌《てじゃく》でやろうとした徳利を取りあげた。

「お酒を召しあがった翌日は、いつもだるそうにしていらっしゃるではありませんか。もうお歳なのですから、お体を大事になさいませ」

「わかった、わかった」

いいながら蔵之丞は背後から徳利を取り、杯を満たすや一気にあおった。

「父上」

「しかし勘兵衛どの」

怖い顔をしている美音を無視して蔵之丞が呼びかける。

「勘兵衛でけっこうです」

勘兵衛がいうと、照れたが蔵之丞が咳をした。

「しかし勘兵衛」

あらためていい直した。喜びを噛み締める口調だ。

「こんな口うるさい娘で本当にいいのか」

あまりおそくならないうちに久岡屋敷を辞去した。暮れ六つ（午後六時）をすぎていた。

そこまでお送りしてきます、と父母にいい置いて美音がついてきた。

「うれしくてならぬのです、父上は」

体を寄せて、美音がいった。

「新しい息子ができることが」

「不肖の息子だが」

「不肖だなんて。一件のご活躍で、どれだけ勘兵衛さまを誇りに思ったことか……」

「俺も蔵之丞さまのせがれになれてうれしい。美音の夫になれるのはもっとうれしいが」

抱き締め、口を吸いたかったが、両親が門脇にいてこちらを見ている。

仕方なくあきらめ、美音にいった。

「ここでいい」

あまり屋敷から遠ざかると、逆に美音の帰りが心配になってしまう。

美音が名残惜しげに見あげた。

「また来る」

「お待ちしております」

体で隠すようにして、勘兵衛は美音の手をすばやく握った。絹のようにやわらかい。

美音は強く握り返してきた。しばらくそのままでいた。

未練を断つように勘兵衛は手を放した。

「では」

勘兵衛は一人、番町を歩きはじめた。

少し酔いを感じている。冷たい風がほてった頬にむしろ心地いい。

東の空に月がのぼっている。ずいぶん明るい。その気になれば太陽の代わりくらい朝飯前、といっているようなまん丸の月だ。

月に見守られながら、勘兵衛は足を運んだ。

成瀬小路に差しかかろうとしたとき、背後に人の気配を感じ、振り返った。

上段から剣が落ちてきた。しまった、と思った。

油断しきっていた。一つ事件が解決して、闇風もいなくなったと勘ちがいしていた。

だが、思った以上に楽に避けられた。闇風ではないのだ、と直感した。腕がだいぶ落ちる。二撃目の胴をかわすや、勘兵衛は抜刀し、すぐさま反撃に出た。

また袈裟に振りおろしてきたところをすっと横に出、峰打ちで脇腹を打ち据えた。

息がつまった声をだして、相手は地面に崩れ落ちた。勘兵衛は刀を突きつけた。

男は月に照らされて横たわっている。

「新八……」

右手で腹を押さえ、泣いている。痛みのせいばかりではなさそうだ。

(そういうことか)

勘兵衛は新八を見おろして、思った。

蔵之介殺しの依頼者は新八だったのだ。闇の組が壊滅したことを知り、やつらの口から自分の名が出ることを覚悟したが、捕り手が姿を見せる気配は一向になく、身辺は静かなままだった。闇の組の者はなにもしゃべることなくあの世に逝ったらしいことを察して胸をなでおろしたが、美音の婚姻の日が近づくにつれ、我慢がきかなくなった。

つまりはそういうことなのだろう。

依頼者が兄でないのがわかって、勘兵衛は深い安堵の気持ちを覚えた。信じてはいたが、やはり素直にうれしかった。

問題は、新八をどうするかだった。殺すか。こいつがいなかったら、蔵之介は死なずにすんだ。憎しみが急速にふくれあがるのを感じた。腕に力がこもった。だが、今さら殺してどうなるという気持ちも湧きあがってきた。

心のなかでせめぎ合いが続いた。

勘兵衛は、気持ちを落ち着けるように息を大きく吐いた。

「命は取らぬ。ただし、今度狙ったら、次は容赦せぬぞ」

新八はうなだれたままだ。

「答えろ、新八」

「わかった」

蟻ですらもっと大きな声をだすのでは、と思えるか細い答えが耳に届いた。

「よかろう」

首を落としたまま動こうとしない新八をそこに残し、勘兵衛は歩きはじめた。

そういえば、と思った。子供の頃、新八の屋敷を訪ねた理由を思いだした。

新八が美音をいじめ、それで屋敷に乗りこんでいったのだ。新八が美音をいじめたのは、好いた気持ちの裏返しだったのだろう。

背後で、一際高い泣き声がした。

ちがう。なにか切羽つまったものを感じた。振り返ると、新八が大の字になって地面にうつぶせているのが見えた。伸びた右腕がみみずのように動いている。

「新八、どうした」

返事がない。体の横に影ができている。

勘兵衛は目をみはった。影ではない。血だまりだ。駆け寄ろうとした。

はっとして、足をとめた。黒い影が宙を飛ぶように躍りかかってきた。天蓋が目に映り、それがあっという間に視野をふさいだ。月の光を浴びて、刀がぎらりと光った気がした。わずかにぬめっている。猛烈な袈裟斬りが来た。なんとか避けた。また、あの風が湧き起こり、体を持っていかれそうになった。

勘兵衛はこらえようとしたが、あっけなく体勢が崩れた。胴を予測した。突きだった。体をひらいた。よけられたか自信はなかった。なんの痛みもなかった。

勘兵衛は天蓋めがけて刀を振った。

はずれた。視野から闇風が消えた。横合いから猛烈な殺気が巻きあがった。勘兵衛は向き直ろうとした。そのときには相手の刀は胴に振られていた。刀で必死に受けとめたが、衝撃はすさまじく、勘兵衛はよろけた。

それに乗じて闇風は猛烈な剣をふるってきた。袈裟に胴にと、刀が牙をむきだしにして襲いかかってきた。

まさに息もつかせぬ攻勢で、勘兵衛は完全に押しこまれた。攻撃に転じる隙などかけらもなく、なんとか跳ね返すのが精一杯になった。闇風の剣は蔵之介を彷彿《ほうふつ》させたが、鋭さとはやさで蔵之介を上まわっていた。

すべてを受けるのは無理で、体のあちこちに傷ができつつあった。やられるのはときの問題というところまで、勘兵衛は追いこまれた。あと一太刀か二太刀で、息の根をとめられることがはっきりとわかった。

不意に、闇風の背後で影が動いたのを勘兵衛は見た。闇風めがけて刀が振りおろされた。鈍い太刀筋だが、闇風にとって思いがけない攻撃で、明らかに虚を衝かれた。

新八だった。思い通りにならぬ体を必死に働かせている。闇風は、新八の渾身《こんしん》の袈裟斬りをあっさりとかわした。新八は逆胴に斬られ、悲鳴もあげずに道に倒れこんだ。

「新八っ」

ぴくりともしない。息絶えていた。

新八の死を無駄にすることなく、勘兵衛は攻勢に出た。闇風はすばやく向き直ったが、すでに勘兵衛のほうが優位に立っていた。

今度は闇風が受けにまわった。

勘兵衛は怒りにまかせて刀をふるい続けた。頭は冷静で、闇風が次にどんな動きをするか、よく見えていた。足はなめらかに動いた。

勘兵衛は次第に闇風を追いこみつつあった。

闇風からは余裕が失われていた。荒くなった息づかいがきこえてくる気すらした。天蓋のなかにかすかに見える瞳にも、疲れと焦《あせ》りの色が濃くなってきていた。

ここで逃してはならなかった。もし逃せば、次にいつこんな機会があるかわからない。とらえるのは無理だった。殺すしかない。

勘兵衛は逆胴に振った刀を胴に返した。闇風は避けたが、わずかに及び腰になった。勘兵衛はすかさず上段から刀を見舞った。

闇風はぎりぎりよけたが、天蓋の上側がぱっくり切れ、そこへ月明かりが射しこんだ。

勘兵衛は目をみはった。闇風は面《おもて》を伏せた。そこを狙って勘兵衛は上段から刀を落とした。

まだこれだけ力が残っていたのかというすばやさで、闇風は勘兵衛の脇をすり抜けた。その際、勘兵衛の胴を抜こうとした。勘兵衛はよけざま、刀を片手で振りおろした。

空を切った。闇風は踏みとどまりかけたが、思い直したように体をひるがえした。裾があがり、右足のすねが見えた。猛然と夜を駆け去ってゆく。

勘兵衛は愕然とした。足は自然にとまっていた。そんなことがあるのか。まさか、信じられなかった。やつが闇風だったとは。

四十七

八丁堀にある町奉行所の組屋敷に行った。一軒の屋敷前に立ち、訪《おとな》いを入れた。

「どちらさまでしょう」

出てきたのは清吉だった。

「これは古谷さま。こんな刻限にどうされたんです」

「七十郎に会いたい」

清吉は、少々お待ちを、とひっこんだ。すぐに七十郎は姿を見せた。

「古谷どの、なにかあったのですか」

勘兵衛の厳しい顔を見て、顔色を変えた。

「まさか闇風があらわれたのではありませぬか」

勘兵衛の着物に目を向けた。勘兵衛も、袖や脇腹のところなどあちこちが切れているのに気づいた。

勘兵衛は七十郎をにらみつけた。

「とぼけるのはやめろ。まさかおまえが闇風だったとは」

「いったいなにをおっしゃっているのです」

七十郎は一歩踏みだした。勘兵衛は刀の柄《つか》に手を置いた。

「おぬし、右足に傷があるよな」

七十郎が戸惑った。

「ああ、これですか。ええ、確かに」

ためらいなく裾をめくり、傷を見せた。もう晒しは巻いていなかった。

「最近、治りがどうもおそくて……」

勘兵衛の険しい目にぶつかって、七十郎は口を閉じた。

「俺はな」

勘兵衛は低い声をだした。

「さっき襲われたばかりなんだ」

「えっ、やはり。どこでです」

屋敷を飛びだしそうな勢いを見せた。

「待て。その闇風と思える者には、右足のすねに傷があったのだ」

七十郎は目をみはった。直後、はっと気づいて眉を動かし、腑に落ちた顔をした。

それから呆然と口をひらいた。

「古谷どのは、それがしが闇風だと」

「さっきからそういっている」

「しかし五年前、闇風と思える男に古谷どのが襲われたとき、それがしは通りかかっています。古谷どのは、命を助けられた、とあれほど喜んでいらしたではないですか」

「別の者に襲わせたのではないか」

七十郎は怪訝そうにしたが、すぐに思い当たったようだ。

「闇風が最後に殺した浪人が、実は古谷どのを襲ったと考えたわけですか。浪人を殺したのは口封じ」

「そういうことだ。しかし七十郎、なにを目的に俺に近づいた」

「古谷どのに近づいた、か。勘ちがいもはなはだしいですね」

軽く笑った。いやみな笑いではなかった。

七十郎の裏のない笑顔を見て、勘兵衛は口をつぐんだ。混乱している。足の傷というだけでここまでやってきたが、冷静に考えれば七十郎が闇風であるはずがない。この前闇風に襲われたとき助かったのは、清吉を使いにだしてくれた七十郎のおかげなのだ。

七十郎は腕を組み、なにかひっかかりがあるとでもいうように考えこんでいる。

ふと、深刻そうな影を面《おもて》に落とした。

「右足に傷があったといわれましたね。まちがいありませぬか」

「うむ」

七十郎が再び考えこんだ。

「まさか……」

つぶやいて目を転じ、勘兵衛を見つめた。口から言葉をしぼりだす。

「一緒に来てください」

向かったのは、すぐそばの屋敷だった。

与力の屋敷だ。同心屋敷の四倍はあろうかという宏壮さを誇っている。

敷地に足を踏み入れながら勘兵衛は、七十郎は闇風をこの屋敷のあるじと考えているのか、と思った。まさか。信じられない。いや、今はなにがあっても不思議ではない。

玄関前に立った七十郎が訪《おとな》いを入れた。中間が出てきた。

「桐沢さまはご在宅か」

七十郎は鋭い声できいた。五十すぎと思える中間は、少し驚いた顔で七十郎を見返した。

「どのようなご用件でしょう」

「お目にかかりたい」

「少々お待ちくださいませ」

中間は奥に姿を消した。

待つほどもなく、奥から市兵衛が鬢をぼりぼりかきながらやってきた。着流し姿だ。

「どうした、七十郎、なにかあったか」

「いえ」

「酒を飲んでうとうとしていた」

勘兵衛に気づき、おや、という目を向けてきた。

「おききしたいことがあります」

七十郎の声はかすれ、震えを帯びていた。

「どうした、そんなにあらたまって」

七十郎は腹に力をこめた。

「足の傷を見せていただけませんか」

勘兵衛に向かって手を広げる。

「古谷どのによく見えるように」

「どういうことだ。説明しろ」

「とにかく見せていただけませんか」

市兵衛は七十郎を見つめていたが、やがて首をうなずかせた。

「よかろう」

市兵衛は裾を払い、右のすねを見せた。

いかがです、というように七十郎が勘兵衛を見た。勘兵衛は深くうなずいた。まちがいなくこの傷跡だ。かなり古い。

「その傷はいつのものです」

勘兵衛はたずねた。

「九年前だ」

そういえば、と勘兵衛は蔵之介の話を思いだした。九年前、めちゃくちゃに暴れた賊にやられ、一月《ひとつき》以上床を離れられなかったことがこの男にはある。そのときは肩の傷が最も深かったらしいが、足にもかなりの手を負ったのだ。

七十郎は悲しげだ。しばらくだまっていたが、意を決して口をひらいた。

「闇風の正体は桐沢さまですね」

錐を突き通すようにいった。

「おいおい、なにをいっている」

市兵衛が先ほどの七十郎のようにあっけにとられた。それから余裕の笑みを見せた。

「七十郎、冗談もたいがいにしろ。俺が闇風のわけないだろうが。どうやら、古谷どのが闇風と思える者の足に傷跡を見たということらしいが」

裾をもう一度あげた。

「このような傷、持つのは俺だけではなかろう。はっきり見たわけでもなかろうし」

「なぜ、はっきり見たわけでないのがわかるのです」

勘兵衛はすかさず問うた。市兵衛は勘兵衛に一瞥をぶつけた。

「はっきり見るだけの余裕があるのは、闇風を倒したときだけだろう」

「桐沢さん」

勘兵衛は呼びかけた。

「刀を見せてください」

「かまわぬが、まさか血がついているとでもいうのではないだろうな」

「ついているでしょう、べっとりと」

今、市兵衛は無腰だった。刀を手にする口実を与えるのには不安があったが、ほかに証となるものが考えられなかった。

「よかろう。それで、俺が闇風かどうかはっきりするならかまわぬ」

わずかに市兵衛の声の調子が変わったのに勘兵衛は気づいた。七十郎も同じらしく、眉を寄せた顔に緊張をみなぎらせている。

「といいたいところだが、そこまでにらまれてはもうごまかしはきかぬな」

市兵衛が唇をゆがめた。

「そうだ、俺が闇風だ」

拍子抜けするほどあっさり認めた。観念したのか。ちがう。市兵衛の面《おもて》に、もはやこれまでといったあきらめは見られない。

「なぜなのです」

七十郎が鋭くきいた。

「そんな問い方では、どう答えていいか迷ってしまうな」

七十郎は腹に力を入れ直した。

「なぜ殺した者から首を切り取ったのです」

市兵衛は笑った。

「ききたいか、ききたいだろうな」

笑いをおさめた。

「信長《のぶなが》公よ」

敬意のこもる口調で、重々しく告げた。勘兵衛にはぴんとこなかった。

「戦国の世に生きた織田《おだ》信長公ですか」

七十郎がいった。それでようやく誰のことをいっているのか理解できた。

「首を切り取ったのはもしや酒杯ですか」

信じられないという顔で七十郎がきく。

市兵衛が満足げに七十郎を見やった。

「信長公の故事にならったのだ」

勘兵衛は頭をめぐらせた。酒杯、故事。そういえば、織田信長が敵将の頭蓋を酒杯にしたという話を耳にしたことがある。

「首はすべて酒杯に」

勘兵衛は愕然として、きいた。

「見るか」

市兵衛がさっさと背中を見せた。妙なことになった。勘兵衛は七十郎と顔を見合わせた。とにかく市兵衛を追うことにした。

廊下を抜け、三つの無人の部屋を通りすぎた。静かな屋敷で、さっきの中間もどこに姿を消したのかわからない。

連れていかれたのは、屋敷の一番奥。行李がたくさん積まれている廊下を通りすぎた右手の部屋だった。

商家の金蔵《かねぐら》にふさわしいような頑丈な錠がつけられている戸をあけ、市兵衛は入っていった。

勘兵衛たちも足を踏み入れた。

納戸だった。人の出入りはほとんどないらしく、かび臭さがよどんでいた。その臭いに、勘兵衛は体をからめ取られる気がした。

市兵衛が隅の行灯をつけた。なかはけっこう広い。八畳ほどは楽にある。天井も高い。古簞笥《ふるだんす》が奥の壁際に置かれ、その横に行李が四つ重ねてある。ほかにものはない。

市兵衛は行李を上からどかしていった。最後に一番下の行李を引きずって、前にだした。

いとおしげに蓋を一なでする。振り向き、勘兵衛たちにほほえみかけた。首を切り取られた者の影が寄り集まったような、鬼気迫る笑いだ。

勘兵衛はこの世のものでないものを見たように思い、目を閉じかけた。吐き気も覚えた。

市兵衛は瞳を輝かせて、行李をひらいた。どうだ、といいたげに勘兵衛たちを見やる。

勘兵衛たちはのぞきこんだ。すぐに息を呑むことになった。

十いくつもの大小さまざまな酒杯が並んでいた。頭蓋骨はどれも黒々とした光沢を放っている。確か信長は金箔《きんぱく》を貼ったという話だが、これらには漆《うるし》だけが塗られているようだ。最も小さな酒杯は子供だろう。

ほとんどの疑問が勘兵衛から消えた。

「俺を狙ったのは、俺の頭をこの列に加えたかったからだな」

市兵衛は行李をのぞきこんだまま、述懐する口調でつぶやいた。

「これらには苦労した。信長公がどのような杯をつくられたか、わからなかったし……。とにかく肉を削ぎ落とし、味噌を取り去り、鋸《のこぎり》をつかって……」

勘兵衛は酒杯に再び目を当てた。

酒杯は、下顎で切り落とされている。耳と鼻の穴は粘土のようなものでふさがれ、漆が上塗りされている。頭蓋をひっくり返した上歯のところが飲み口になっている。

この男は、と市兵衛の背中を見つめて勘兵衛は思った。この杯で酒を口にしたことがあるのだろうか。

「これで飲む酒はまた格別でな」

勘兵衛の心を読んだようにいう。

「おぬしらにも味わわせてやりたいほどだ」

勘兵衛は息を呑みくだした。

「俺を狙うのに、どうして四年も待った」

市兵衛は首だけを振り返らせた。

「剣の修行をしていた。一度襲い、このままではおぬしを殺《や》れぬのがわかったから」

「二人の侍から首を取らなかったのは」

「どれほど腕があがったか知りたかった。名うての遣い手を正面きって討てれば、もはやおぬしを殺れぬことはないと思った」

腕試しだったのか、と勘兵衛は思った。

「五年前、おぬしはおかしな剣をつかおうとしたよな。そのことを俺は直感し、無理をせず引いたのだ。それからひたすら修行を続け、新たに剣の工夫もした」

剣の工夫。あの風を起こす剣のことだろう。

七十郎が一歩踏みだした。

「七年前、お志麻《しま》さまを亡くされた桐沢さまはひどく落ちこんでいらした」

志麻というのは妻女だろう。

「それが五年ほど前、打って変わって生気を取り戻された。なぜなのか不思議に思ったこともありましたが、私は単純に喜んでいました。まさかこれだったとは……」

市兵衛がふっと笑った。

「志麻を失って、世の中のものすべてが色を失ったのは事実だ。だが一人になったおかげで、誰に遠慮することなく酒杯の手入れと剣の修練にいそしむことができた」

市兵衛が酒杯に磨きをかける光景を勘兵衛は想像した。身震いが出た。

「なぜ新八を殺した」

「おぬしは俺の獲物だ。手だしは許さぬ」

勘兵衛は、自分の首を酒杯にすることをさも当たり前に話す男を、夢のなかを歩いているような気分で眺めた。

「首を取るようになったきっかけは」

「俺の父上は不幸な死に方をした」

市兵衛が七十郎に顔を向けた。

「知っているよな」

七十郎が勘兵衛に語ろうとした。

「知っている。蔵之介からきいた」

「そうか、蔵之介がな」

目に一瞬、潤んだ色があらわれた。すぐ捕物の冷静さを感じさせる表情になった。

「六年前、父上を殺した下手人はひょんなことからわかった。別の一件でとらえた者が罪の軽減を願って吐いたのだ、与力殺しの下手人の名をな。そのときそこにいたのはたまたま俺だけだった」

　正気とはとても思えない光が瞳に宿った。

「俺は一人、隠れ家に乗りこんだ。人を殺すのははじめてだったが、ためらいはなかった。血しぶきがあがった瞬間、強烈な快感が全身を貫いた。なんだこれは。そのあまりの恍惚感に戸惑うほどだった。俺は、戦国を生きた先祖の血を自覚した。俺は戦人《いくさびと》なのだ。不浄役人などと呼ばれる与力に生まれついたのは、なにかのまちがいなのだ」

　目が思いだすものに変わった。

「それである日、遣い手といわれる侍とやり合ってみた。竹刀でなら達人と呼ばれる者も、真剣では俺のほうが上だった。俺は戦人の血を確信した。戦人ならすべきことがある。首を切り取り、用意しておいた桶で持って帰った」

　桶を床に置く仕草をした。

「さて、首をどうするか。ふと、信長公の故事が頭をかすめた」

　その思いつきがよほどうれしかったのか、頬に幼子のような笑みが浮かんだ。

「さすがに金箔は無理だったが、それでも考えていた以上のものができあがった。一つできるともっとほしくなり、また侍を殺した。人によって、頭蓋の形も大きさも異なることに気づいた。さらにほしくなり、ふと女はどうなのだろうかと考えた。そのときから、老若男女を問わなくなった」

「それで赤子まで……」

七十郎が力なくつぶやいた。

「騒ぎが大きくなり、奉行所も本腰を入れはじめ、終わりにしようと思ったそのとき」

勘兵衛を上目《うわめ》づかいに見た。

「蔵之介とともにおぬしがあらわれた。俺は稲妻に打たれた。これを最後と襲ったが、しくじった。そのときは仕方なくあきらめ、代わりに頭の大きな浪人を殺した」

これが最後に殺害された浪人だろう。

「だが、それは逆の結果を呼ぶものでしかなかった。浪人の酒杯はこれまでで最も大きかったが、おぬしとはくらべものにならぬ」

行李のなかに目を落とし、一つの大きな酒杯を取りあげた。お歯黒をされたような歯並びが不気味だ。

「俺は、どうしてもこれ以上のものを飾りたくてならなくなった」

勘兵衛を見た。いや、正確には勘兵衛の頭をだ。

「戦人のことはとうに消えていた。古谷勘兵衛の頭蓋を奪う、ただそれだけが俺の生きる糧《かて》、目的になったのだ」

酒杯をなかに戻した。行李からあげた腕には刀が握られていた。

「首はいただく」

低い声で宣した。

「先ほどは邪魔が入ったが、今度はそうはいかぬ」

「桐沢さま、やめてください」

七十郎が市兵衛の前に立ちふさがり、十手をかまえた。

勘兵衛は七十郎の肩をつかみ、脇にどけた。

「まかせろ」

「古谷どの」

「いい度胸だ」

勘兵衛をじっと見て市兵衛がほくそ笑んだ。

いきなり足を進めるや刀を引き抜き、袈裟斬りを見舞ってきた。

勘兵衛も刀を抜き、跳ねあげた。恐ろしく重い剣で、腕がしびれた。

市兵衛はもう一度袈裟に振りおろした。

勘兵衛は体をひらき、かろうじてよけた。風が吹き、体が揺れそうになった。

勘兵衛は無理に持ちこたえようとはしなかった。体が運ばれるにまかせてすばやく足を進め、市兵衛の裏にまわりこんだ。市兵衛は裏目に出たことに気づき、半身からの胴を放ったが、それは勘兵衛の前に体をさらす結果をもたらした。

伸びきった背中を、勘兵衛は峰で打ち据えようとした。刀は、だが空を切った。眼前から市兵衛が消えた。横合いに猛烈な殺気を覚えた。勘兵衛は罠だったことを知った。この程度は、松本達之進や坂崎掃部助もやってのけたということなのだろう。

勘兵衛は体をよじり、なんとか逃れようとした。猛然と袈裟に振りおろされた刀を一度は跳ね返したが、その拍子に腕から重みが消え失せた。刀がどこかに飛んでいった。

瞬間、上段から打ちおろされた刃《やいば》が一気に迫ったのを勘兵衛ははっきりと目にした。やられたっ、と観念しつつも体と顔を無理にひねったとき、刀が顔の寸前でとまった。

そのわけを勘兵衛は瞬時にさとった。体を低くするや脇差を抜き、獲物をとらえる鷹のようなすばやさで懐に飛びこんだ。市兵衛はとっさに背後に飛びずさった。勘兵衛は許さず距離をつめた。市兵衛が苦しまぎれに刀を振りおろそうとしたところを狙いすまし、下からすくうように脇差をふるった。

一瞬の早業《はやわざ》だった。ぶつと鈍い音がきこえた。手応えはほとんどなかった。勘兵衛はすばやく一歩下がった。

同時にぼとん、と棒きれのようなものが床に落ちた。市兵衛の右腕だ。刀を握っている。肘の下ですぱりと切断されていた。血が、坂を流れくだる雨水の勢いで噴きだした。

市兵衛は血の噴出を抑えこもうと左手を当てたが、もはやむなしい仕草でしかなかった。

「しくじったな」

自嘲気味にいって、勘兵衛を見た。

「命より頭蓋を大事にしてしまうとは」

がくりと膝をついた。

「今のが五年前につかおうとした剣か。小太刀とは思わなんだ。なんという」

「鷹の尾」

勘兵衛が答えると、市兵衛は左手で腰の脇差を引き抜いた。

「小手狙いとは。いかにも小太刀らしい」

市兵衛が脇差を振りあげた。勘兵衛が身がまえ、七十郎が踏みだそうとした瞬間、どんと自らの腹に突き立てた。

「思った以上に痛い」

真っ赤に充血した顔をゆがめ、荒い呼吸をせわしなく繰り返した。やがて、つっかえ棒がはずれたように前のめりに倒れた。顔を動かして勘兵衛を見た。

「その首を取れなかったのが……なにより心残りだ」

左手を伸ばした。指先が震えている。震えが不意にとまり、腕が床に落ちた。

息絶えていた。

五年前、市兵衛に襲われたとき、勘兵衛は今は亡き師匠から教えこまれたこの鷹の尾をつかおうとした。だが、あまりの恐怖のために体がいうことをきかなかった。しかし今日はちがった。運のよさもあったが、信左衛門との戦いなど、これまでの経験が活きたということらしかった。

七十郎は眼前で起きたことが信じられないようにいまだ呆然としている。勘兵衛は隅に転がっていた刀を拾いあげ、鞘におさめた。七十郎の肩を叩く。

「行こう」

きびすを返した。おや、と勘兵衛は思った。

「閉まっていたか」

戸を指し示した。

「いや、確かあけ放してありましたが」

いやな予感がした。的中した。

あかなかった。七十郎も力を合わせた。駄目だった。まるで岩戸のようだ。

「錠がおりている」

誰の仕業か。

「あの中間だな」

勘兵衛は腕組みをした。

「しかし、閉じこめてどういうつもりだ」

七十郎が市兵衛の死骸を見た。

「もしや桐沢さまは我らをここにおびき寄せたのでは」

「自分が殺《や》られたとき、はなから道連れにするつもりでいたと」

「信長公に傾倒していたことを考えますと……」

信長の死にざま。本能寺《ほんのうじ》。

「火」

勘兵衛が口にするや、薄い煙が戸の下から霧のように忍びこんできた。ぱちぱちとなにか燃えている音もする。

二人は力を合わせ、もう一度戸をあけようとした。体当たりもしてみた。

無駄でしかなかった。

「清吉っ」

戸をどんどんと叩いて、七十郎が声をあげた。清吉はこの屋敷に入ってきていない。あるじがどうしているか、外で心配しているはずだった。

煙は濃くなり、少し息苦しくなってきた。目がしみ、涙が出てきた。

「旦那っ、古谷さま」

戸の向こう側から清吉の声がした。助かった、と勘兵衛は思った。

「戸があかぬ。錠をなんとかできるか」

七十郎がきく。

「行李がたくさん積まれてまして」

「どけろ」

「やっているんですが、どれもこれも火がついていて」

火を消そうとしているのか、着物かなにかではたく音がきこえる。

「しかも油がまかれているようで……うわっ」

清吉の悲鳴がした。どたりという床に倒れこむ音もきこえた。

「どうした、清吉」

七十郎が呼んだ。応えはない。

「中間だ」

勘兵衛は三方の壁を見た。いずれも板壁だが、手応えから外側は厚い土壁になっているのがわかった。とても破れそうにない。

勘兵衛は天井を見あげた。

七十郎は戸を叩き続けている。

「清吉っ、大丈夫か。清吉、返事をしろっ」

勘兵衛は、壁際に置かれている三つの行李に目を当てた。

「七十郎、手伝え」

七十郎は我に返ったように勘兵衛を振り返った。二人は行李を積みあげた。三つ積んだところで勘兵衛は、押さえてくれ、といって一番上に立った。上のほうはさらに熱かった。渦を巻くように熱気が頬にぶつかってくる。火は戸に燃え移ったらしく、今にも猛り狂った炎がなだれこんでくる気がする。

清吉はどうしたろう。心配だった。

刀の鞘で、天井板を続けざまに小突《こづ》いた。ばりばりと音を立てて板は張り裂けた。あいた穴から勘兵衛は頭を突きだした。

天井裏は煙が充満していた。火はきていない。しかしそれもときの問題だった。

「七十郎、ついてこい」

腕をつかい、勘兵衛は天井裏にあがった。うしろを七十郎が続く。

暗い。そしてせまい。煙のせいもあって視界がきかない。どちらへ進めばいいのか。不意に煙が揺れ、四間《よんけん》ほど先にわずかに光が見えた。湿気取りの小窓だ。外を風が吹いたようで、そこから大量の煙が流れ出てゆく。光のもとはどうやら満月だった。しかし、見えたのは一瞬にすぎなかった。小窓はすぐに煙の幕に閉ざされてしまった。

勘兵衛は手を伸ばして七十郎に触れ、ついてくるよういった。

勘兵衛は這うようにして小窓にたどりついた。うしろを振り返った。安心した。七十郎はちゃんとついてきていた。

勘兵衛は小窓をはずそうとした。意外にしっかりしたつくりで、びくともしない。

背後でぼんという音がし、二人が抜けだした穴から炎が噴きあがった。熱気が天井裏に充満し、踊る炎が天井板をなめあげはじめた。

体の向きを変え、勘兵衛は小窓を蹴りつけた。何度も繰り返した。炎は徐々に高さと勢いを増す波と化して迫ってくる。煙はさらに濃くなり、息がしにくくなった。

体中から汗が噴きだしてきた。熱さのせいばかりではない。気ばかり焦る。

勘兵衛は必死に蹴り続けた。

不意に足がすっぽりと抜けた。小窓の枠が外にばらばらになって落ちてゆく。

手が切れるのもかまわず残骸をのけるように取り去り、勘兵衛は顔をのぞかせようとした。がつ、と音がし、顔がとまった。頭が当たったのだ。痛みは感じなかった。こじるように顔をくぐらせ、下を見た。

そこは裏庭だった。月に照らされて景色がぼんやりと見えた。かなり高く、三間《さんげん》は楽にある。高いところが苦手な勘兵衛は一瞬、目がくらみかけた。

ごつごつした石が配置されているせまい庭のやや右手に、平坦な場所を見つけた。あそこなら怪我の怖れはなさそうだ。ただ、果たしてうまく飛びおりられるか。

躊躇している場合ではなかった。行くぞっ。七十郎に声をかけ、勘兵衛は飛びだした。

狙った通りの場所に飛びおりることができた。日があまり当たらないせいか土が湿っていて衝撃はほとんどなく、足をくじいたとか骨が折れたということはなかった。すぐに立ちあがり、場所をあけた。どすんと七十郎が落ちてきた。

「大丈夫か」

「なんとか」

七十郎は苦しそうに顔をしかめている。それから激しく咳きこんだ。

勘兵衛もつられた。しばらく胸を押さえて耐えていたら、風が凪ぐようにおさまった。近くで半鐘《はんしょう》が打ち鳴らされている。

「清吉っ」

七十郎が立ちあがり、走りだした。勘兵衛はあとを追った。

屋敷は火に包まれようとしている。炎が幾筋もの腕を夜空においでおいでをするように伸ばしている。あたりは、昼を思わせる明るさに満ちていた。

ためらいを見せることなく七十郎が火中に飛びこんでいった。とめる暇はなかった。

勘兵衛も続こうと考えた。一人で行かせることはできない。

横から殺気を感じた。刀が振りおろされた。難なく避けて、勘兵衛は襲撃者を見た。

あの中間だ。踊り狂う炎に照らされてぎらぎらと脂ぎった面《おもて》には必死の思いが浮かんでいる。陰翳が逆に際立ったその顔はどこかあの酒杯を思い起こさせた。

「やめろ、おぬしの腕では無理だ」

無視して中間は斬りかかってきた。

勘兵衛は刀を抜くや、峰を返した。相手の刀をよけ、がら空きの胴に刀を叩きこんだ。

中間は腰を折り、地面に膝をついた。息がつまったらしく苦しげに体をよじったのち、立ちあがろうと試みた。かなわなかった。

中間は刀を持ちあげ、自らの首筋に添えた。

勘兵衛は刀を蹴りあげようとした。間に合わなかった。刀がぐいと手前に引かれ、首の血脈から激しく血が噴きだした。中間は前のめりに倒れこんだ。顔が勘兵衛に向けられている。瞳に無念の思いがありありと見えた。

「頭蓋を手土産に会いたかった……」

目を見ひらいたまま、やがてこときれた。

勘兵衛は中間を見つめていたが、はっと気づいた。燃えあがる屋敷に目を向けた。

次の瞬間、立ちすくむことになった。轟音《ごうおん》とともに母屋が崩れ落ちたのだ。

「七十郎、清吉……」

全身から力が抜けてゆく。目の前の光景が信じられなかった。

母屋が崩れ落ちたとき一度火勢は弱まったが、今また炎は激しく噴きあがりはじめている。下敷きになった二人がどうなったか、考えるまでもなかった。またも親しい者を失ったことに勘兵衛は愕然とした。しばらく言葉もないまま動けずにいた。

右手に人の気配を覚えた。

七十郎が清吉を支えて立っている。勘兵衛は七十郎に駆け寄った。

気が抜けたか七十郎はよろけかけた。勘兵衛はとっさに手を差しだした。

「大丈夫か」

七十郎の鬢は焼けこげ、顔はすすだらけだ。着物もところどころ燃え、ぼろぼろだ。

やけどもかなりしている。

「頭を殴られたようです。命に別状は」

七十郎のことを気づかったのに、清吉のことを答えた。この男らしかった。

七十郎は清吉を地面に横たえた。

「七十郎は大丈夫か」

勘兵衛はあらためてたずねた。

「もちろんです。古谷どのは」

七十郎は額の右側を手で押さえてみせた。

「血が出ています」

触れると、指先に血がついた。

「たいしたことはない」

小窓を抜けたときだ。脈打つたびにずきんとするが、唾をつければすむ程度の傷だろう。

七十郎が不思議そうに勘兵衛を見る。

「しかし古谷どの、よく我らのことがわかりましたね」

「なんのことだ」

「母屋が崩れる直前、こっちだと教えてくれたじゃないですか。その声のほうに進んだら、そこだけぽっかりと燃えていないところがあって、それで我らは」

「いや、俺は……」

勘兵衛は考えた。

「声は俺だったのか」

「ええ」

弥九郎だろうか、と勘兵衛は思った。顔は似ていないが、声はそっくりだ。ありがとう弥九郎、と胸のなかでつぶやいた。

清吉が目をあけた。七十郎が安堵の息をつく。

「気がついたか」

「あっしはいったい……」

勘兵衛が経緯を説明した。そうだったんですか、と清吉はいった。

「旦那のためなら水火も辞さずって気持ちだったのに、逆に旦那に……」

すすで真っ黒な面《おもて》に涙の筋がくっきりと浮かびあがった。

火消したちが怒鳴り声をあげつつ飛びまわっている。勘兵衛が見た限りでは、火は母屋だけですみそうだ。幸い、延焼する怖れはなさそうだった。

七十郎が中間の死骸に気づいた。

「死にましたか」

「ああ。あるじのあとを追った」

七十郎がため息をつく。

「桐沢さまの父親の中間もつとめていた人です。父親が亡くなったあと、桐沢さまを我が子のようにかわいがっていました……」

四十八

また秋がめぐってきた。涼しい風が江戸の街を吹くようになっている。富士も見事に真っ白だ。おとといの雨が霊峰に白い衣をまとわせている。ため息が出るほどに美しい。

待ち望んでいた日がついにやってきた。

勘兵衛は久岡家の座敷にいる。

横に美音。白無垢《しろむく》をまとい、綿帽子をかぶっている。上から下まで見事に白だ。富士に負けぬ美しさというのはこういう姿をいうのだろう。

兄とお久仁は、ひなのようにニ人そろってにこにこしている。歩くようになって兄嫁を手こずらせている彦太郎も、今日はおとなしくお久仁の膝の上だ。お多喜は涙をぼろぼろと流し、まさに号泣《ごうきゅう》の体《てい》だ。その横で惣七も涙ぐんでいる。道場仲間も集まってくれた。うれしさを隠しきれない左源太はすでに酔いはじめている。

七十郎もいる。清吉をともなっている。二人とも、怪我もやけどもとうに完治していた。七十郎は勘兵衛の誤解を、人にはまちがいがつきものです、と笑って許してくれた。とはいえ、二度楽松でおごる羽目になったが。もっとも、市兵衛の一件で七十郎が相当の衝撃を受けたのは紛れもなく、それをやわらげたくもあって勘兵衛は楽松に誘ったのだ。

「盛会だな」

肩を叩いてきたのは徒目付の麟蔵だった。とろんとした目をしている。

「ちょっと相談があるのだが」

顔を寄せてきた。酒臭い息がかかる。

「なんでしょう」

少し警戒する思いがある。

「俺がおまえの腕を買っているのはよく知っているよな」

「えっ、そうなんですか」

「そうなんですか、っておまえ」

今度は音が出るほどに肩を叩いた。

「水臭いいい方をするじゃないか」

「はあ」

「俺はおまえを買っているんだよ、古谷勘兵衛」

「久岡です」

「わざとだ。とにかくだ、また手に余る事件が起きたら、手を貸してくれぬか」

麟蔵が肩に手をまわしてきた。

「まさか、いやとはいわぬよな」

ぐいと腕に力をこめる。

「手間賃は出るのでしょうね」

「細かいことを申すな。千二百石の当主が」

「ただですか」

「そうはいっておらぬ。ときにはうまい酒を飲ませてやれよう。きらいではないよな。俺の屋敷ではさんざん飲んでくれたからな」

舌があのときの味を思いだした。

「おきぬどのの肴つきなら」

「安あがりでいいな。よし、決まりだ」

麟蔵がぱちんと手のひらを打ち合わせた。

「飯沼さま、どうぞ」

横に座り、声をかけてきたのは美音だ。徳利を両手で持っている。

「おう、すまぬな、花嫁自ら」

「これからもよろしくお願いいたします」

「こちらこそ」

麟蔵はぐびりと杯を干した。

「美音どのは美しいな。目がくらみそうだ」

美音はほほえみ、再び徳利を傾けた。

「ところでなにがお決まりに」

麟蔵は目玉をぐるりとまわした。

「ご両人の男子の名づけ親だ。俺に決まった」

「まことですか」

目を丸くして美音が勘兵衛を見た。

「まことというか……」

「目付が名づけ。響きもいいではないか」

「いや、でももう名は決めてあるのですよ」

勘兵衛は美音を見つめ、穏やかにいった。

「本当か」

麟蔵はおもしろくなさそうな疑り深い目をした。

「いってみろ」

勘兵衛はにっこりと笑った。

「蔵之介です」

参考文献

『大江戸ものしり図鑑』花咲一男監修（主婦と生活社）
『時代考証事典』稲垣史生（新人物往来社）
『半七は実在した』今井金吾（河出書房新社）
『CD-ROM版 江戸東京重ね地図』吉原健一郎、俵元昭監修（株）エーピーピーカンパニー）
『近世事件史年表』明田鉄男（雄山閣）

解説

谷津矢車《やつやぐるま》
（小説家）

この解説をお読みの皆様は著者、あるいは歴史時代小説のファンであろう。著者や本作『部屋住み勘兵衛　闇の剣』の位置づけといった背後情報に触れずとも支障はなかろうが、小稿は一応解説であるからして、まず、基本的な情報から書き起こすことをお許し願いたい。

鈴木英治は一九六〇年生まれ。一九九九年、『駿府に吹く風』で第一回角川春樹小説賞特別賞を受賞し、受賞作を『義元謀殺』と改題し刊行。その後、書き下ろし時代小説文庫にもそのフィールドを広げ、「口入屋用心棒」シリーズ（双葉社）を始めとした多くのシリーズを抱える人気作家となり、書き下ろし時代小説界ビッグ3の一角を担う。某時代小説ランキングにおいて殿堂入りを果たすほどの圧倒的支持を誇る、超売れっ子作家である。

本作『部屋住み勘兵衛　闇の剣』は、鈴木英治作品の中では、キャリアの浅い時期に刊行された作品である。デビュー作『義元謀殺』のコンセプトである戦国時代ミステリを正統に進化させた『血の城』、それまでの戦国時代ミステリから一転、江戸の時代小説に初挑戦した『飢狼の剣』に続く第四作が本作となる。長らく角川春樹事務所から刊行されていたが、この度、光文社文庫で再版がなり、装い新たに世に出た恰好である。

本作について特筆しておくべきは、著者初シリーズ物の劈頭《へきとう》を飾る作品であることだろう。「勘兵衛」シリーズは後に十六作を数える大長編作品となる。著者にとって、本作はシリーズ物時代小説家としてのデビュー作であるといえるのである。

と、こうした予備知識を押さえた上で、作品解説に移りたい。

仲間に揶揄《からか》われるほど頭の大きい部屋住みの青年、古谷勘兵衛《ふるやかんべえ》。そんな勘兵衛は久岡《ひさおか》蔵之介《くらのすけ》や岡富左源太《おかとみさげんた》といった友人たちときな臭い話を肴に酒を飲んだ帰り、かねて世上を騒がせている辻斬り、闇風《やみかぜ》の襲撃を受ける。辛くもその凶刃を躱《かわ》した勘兵衛だったが、この日を境に、不穏な気配が勘兵衛の周囲に垂れ込め始める。古谷家の本家筋に当たる植田《うえだ》家の次代当主、春隆《はるたか》が急死を遂げ、それと共に大名家や旗本家の跡取り、当主の連続不審死が頻発していることが明らかになり、そうした不審死が、勘兵衛のすぐ近くでも起こる。さらに、勘兵衛の出生の疑惑までも取り沙汰されるに至り、事態はどんどん混迷の度を深めていく……、これが、本作のあらすじである。

最初に本作から立ち上るのは、濃度の高いサスペンス成分の味わいだろう。幾度となく正体不明の敵に襲われるたびに勘兵衛は危難を己の剣で切り払い、闇に目をこらし、敵の正体に迫っていく。その中で、様々な謎や出来事が次々につながっていき……。この息もつかせぬ展開が、読者を摑《つか》んで離さない。

また、迫力ある剣戟《けんげき》シーンも本作の見所の一つである。剣に生きる人間の矜持や心理、身体感をも織り込んだ、どっしりとした剣戟シーンは、作品そのものに凜《りん》としたたたずまいを与え、サスペンス的な読み味を補強、魅力的なものへと仕上げている。

しかし、これら二つは、あくまで表面的なフレーバーに過ぎない。よい酒は複雑な味わいや風味を持っているというが、本作は、サスペンスや剣戟といった要素の奥に、いくつもの味わいを含んでいる。

まず本作は、青春小説・モラトリアム小説としての側面を有している。

主人公の勘兵衛は養子の先、縁組の先も見つからずに部屋住みに甘んじ、部屋住みの仲間たちと日々を過ごしている。当人たちは将来の不安を抱えながらも、友人の前ではその不安を口に出すことはない。この不安で落ち着かない感じは、就職活動を控えた高校二年生、大学三年生の男子の雰囲気なのである。主人公勘兵衛がモラトリアムを脱するまでの道程を描く本作には、多くの方が経験したであろう、モラトリアムの時期特有のメランコリックが見え隠れしている。

また、「人情」の濃さも無視できない要素である。

本作はサスペンス部分だけでも充分に読ませる作品であるし、あるいはサスペンスに絞ったほうがシャープな物語になったかもしれない。しかし、本作に差し挟まれる人々の感情や機微が丹念に描き込まれることで、サスペンスの持つ意味以上の膨らみを本作に生み、人情時代小説としての滋味が強く立ち現れている。例を挙げれば、主人公勘兵衛と女中お多喜《たき》との関わりもその一つだろう。勘兵衛はお多喜に対して口さがなく揶揄い、またお多喜も（主の子に対するものとしては相当に）辛口な応酬をしている。この二人の〝甘え〟からなる関係性は、サスペンスとは色合いの違う、人情物の味わいを読者に与えるのである。また、勘兵衛の親友久岡蔵之介の妹、美音《みね》と勘兵衛との恋愛模様も、広い意味で「人情」の濃さを担保する要素である。二人のいじましくもどかしい交歓は、サスペンスの色濃いストーリーの箸休《はしやす》めとしても機能していて、ほっと息をつくことができるし、ハードな展開の救いともなるだろう。

そして何より、本作に複雑な味わいを与えているのは、男性の描かれ方だろう。

鈴木英治作品に登場する男性は、ただ恰好いいだけ、強いだけの存在ではない。どこか抜けているところがあるし、粗忽《そこつ》なところもあるし、ずるいところもある。しかし、その描き方に嫌味がない。すごく可愛げがあるのである。

女性読者におかれては意外に思われるかもしれないが、男性社会ほど可愛げが物を言う処《ところ》はない。もちろん、実力があったり声の大きい人間が出世していくのも男性社会の現実なのだが、その一方で、どんなに実力があっても、可愛げがないことでチャンスを摑《つか》めないなんてこともよくある。何が言いたいのかというと、男性もまた、「可愛い」ものに目がないのである。そして、本作に登場する男性のほとんどは、男の目から見て極めて「可愛い」のである。

その観点から見ると、主人公勘兵衛は、可愛げてんこ盛りである。頭が人一倍大きい（いじりがいのある）チャームポイントが存在し、時には失言をする。仲間思いで家族思い、とにかく情に厚いが、恋愛に奥手なところがある。そして何より、大筋において善良。もし仲間内にいたら、なにくれと面倒を見たくなってしまうような男だし、一緒に酒を酌み交わしたくなるような男なのである。だからこそ、男性読者は主人公の勘兵衛の行く手が気になってしまう。

この可愛げは他の男性登場人物にも付与されている。たとえば勘兵衛の遊び仲間の岡富左源太。この人物は粗忽者で生意気な人物として描かれているが、子供の頃、燕《つばめ》のひなの墓を作ったエピソードや、子供ならではの残酷な遊びに一人加わらなかったという挿話（二八五〜二八六ページ）があり、心優しい意外な一面が描かれる。また、抜け目のない腕利き徒目付組頭《かちめつけくみがしら》、飯沼麟蔵《いいぬまりんぞう》の描かれ方にも注目しておきたい。勘兵衛からすれば取っ付きづらい人物として造形されている麟蔵が、妻のきぬにのろけるシーン（三三五ページ）などは、ギャップ萌え的な男の可愛げに満ちている。

そして、この「可愛げ」は時にサスペンスを、時に人情を支える隠し味として機能している。鈴木英治の作家としての凄《すご》みは、「男の可愛げ」を物語の万能スパイスに昇華させている点にこそある。


さて、細部の解説から離れ、本作の大きな話へと戻ろう。

身の回りの不審な事件に巻き込まれていく勘兵衛は、徒目付組頭の麟蔵の思惑に導かれつつもついに事件の真相を知ることになる。そうして提示される真相の裏には、「太平の世」から弾かれた人々の闇がうごめいている。詳しくはネタバレになるため述べることはしないが、犯人の動機や狂気は、江戸時代という硬直的な時代だからこそ成立するものである。本作主人公の勘兵衛もまた、現代社会には存在し得ない、部屋住みの立場にある。そして、犯人の境遇も、主人公勘兵衛の身分も、太平の世である江戸期の闇に属するものであるといえる。

本作は、江戸期の闇にうごめく人々の群像劇であるともいえるのではないだろうか。

（以降、本稿にはシリーズにまたがる重大なネタバレが含まれます。）

時代小説シリーズ作品の第一作という観点から眺めると、本作はかなり尖《とが》った形態を有している。

のちに「勘兵衛」シリーズは三章、のちに四章の構成が取られるにも拘《かか》わらず、本作には章立てが存在しない。本作の段階では、シリーズ形式が成立していないのである。

本作のそうした不定型さは、章立てだけに留まらない。主人公の親友である久岡蔵之介、実の弟である松永弥九郎《まつながやくろう》が殺される展開には、普段シリーズ作品を読み慣れている方ほど驚かれたことだろう。実はわたしも拝読しつつ声を上げた。特に、久岡蔵之介は、明らかに主人公の相棒ポジションに相応《ふさわ》しい人物造形がなされているだけに、蔵之介とのバディものなのだろうと早合点なさりつつお読みになった方もおられるのではないのだろうか。一般的なシリーズ作品の場合、一巻の段階である程度人物配置を固定するのが創作技法上のセオリーだし、読者もまたそうしたセオリーに慣らされている側面もある。

なぜ本作がこうした尖った形態を有しているのか——予断を差し挟むことになるから、一読者であるわたしの立場から何か申し上げるべきではあるまい。が、結果として、この「尖った」第一巻のおかげで、「勘兵衛」シリーズ全体に独特の風合いが与えられた気がしてならない。

この後、勘兵衛は蔵之介の妹、美音と祝言を挙げて久岡勘兵衛と名乗りを替えて家庭を築くとともに、飯沼麟蔵の下について徒目付の役目に邁進することとなる。そうした勘兵衛の身辺の変化と共に、「勘兵衛」シリーズは時代ミステリ連作としての形式を得るに至る（役儀上の相棒、山内修馬が登場するのもその一つである）のだが、第一巻で明確に物語の枠組みが設定されなかったことで、勘兵衛の人生を丁寧に描き出すことに繋《つな》がったといえる。「勘兵衛」シリーズの魅力は、時代ミステリ・サスペンス由来の手に汗握るストーリー展開と同時に、勘兵衛やその周囲の人生模様を描いた人情小説の側面に求めることができるとは拙稿で既に指摘済みだが、本作でシリーズの枠組みを固め過ぎなかったことが、人情小説としての読み味を強化した側面があるといえるのである。

　そして何より、「かつて自らのすぐ側にいた親友がいない」という勘兵衛の空漠とした心情が、シリーズが進行してもなお、じわりと浮かび上がる場面がある。そのたびに、勘兵衛の心の古傷は痛み続け、完全無欠の親友、久岡蔵之介の面影を追うことになる。時折、物語の底部で響くこの哀調は、形を変え、なんと最終巻に至るまで勘兵衛の翳《かげ》として張り付き続けている。

　大事な人への喪失感を引きずりながら、それでも精一杯目の前の仕事をこなし、亡き友の分も充実した人生を生きる勘兵衛。そんな彼の生き様に秘められた一抹のビターさも、「勘兵衛」シリーズの大きな魅力なのである。

二〇〇二年三月　ハルキ文庫（角川春樹事務所）刊

光文社文庫

長編時代小説

闇《やみ》の剣《けん》　部屋住《へやず》み勘兵衛《かんべえ》

著者　鈴《すず》木《き》英《えい》治《じ》

2024年1月20日　初版1刷発行
2024年12月15日　4刷発行

発行者　三宅貴久
印刷　堀内印刷
製本　フォーネット社

発行所　株式会社　光文社
〒112-8011　東京都文京区音羽1-16-6
電話（03）5395-8147　編集部
8116　書籍販売部
8125　制作部

ISBN978-4-334-10193-0　Printed in Japan

組版　萩原印刷